U0746629

彭南季望

聚学文丛

流沙河 —— 著

流沙河随笔拾萃

文匯出版社

图书在版编目(CIP)数据

流沙河随笔拾萃 / 流沙河著. -- 上海：文汇出版社，2024.8. -- (聚学文丛 / 周伯军主编). -- ISBN 978 - 7 - 5496 - 4290 - 8

Ⅰ. I267.1

中国国家版本馆 CIP 数据核字第 2024WS3357 号

（聚学文丛）

流沙河随笔拾萃

主　　编 / 周伯军
策　　划 / 鱼　丽
篆　　刻 / 茅子良

著　　者 / 流沙河
责任编辑 / 鲍广丽
封面装帧 / 王　峥

出版发行 / 🄼文匯出版社
　　　　　　上海市威海路 755 号
　　　　　　（邮政编码 200041）
经　　销 / 全国新华书店
排　　版 / 南京展望文化发展有限公司
印刷装订 / 上海颛辉印刷厂有限公司
版　　次 / 2024 年 8 月第 1 版
印　　次 / 2024 年 8 月第 1 次印刷
开　　本 / 889×1194　1/32
字　　数 / 220 千字
印　　张 / 9.75

ISBN 978 - 7 - 5496 - 4290 - 8
定　　价 / 68.00 元

出版缘起

　　曾子曰："士不可以不弘毅，任重而道远。"读书之事，乃名山事业。从古至今，文化事业需要一代又一代人的接续与传承。

　　"聚学文丛"为文汇出版社推出的一套文化随笔类丛书，既呈现读书明理、知人阅世的人文底色，也凝聚读书人生生不息的求索精神。

　　"聚学"一词，源于北宋文学家范仲淹的"聚学为海，则九河我吞，百谷我尊；淬词为锋，则浮云我决，良玉我切"（《南京书院题名记》），意在聚合社科文化类名家的治学随笔、读书札记、史料笔记、游历见闻等作品，既有丰富的精神内涵，又有独到的观察与思索，兼具学术性、思想性和可读性，力求雅俗共赏，注重文化价值，突显人文关怀，以使读者闲暇翻阅时有所获益。

　　文丛致力于文化普及读物的出版，在市场经济的环境中坚守初心，不随波逐流，以平和的心态，做一些安静的书，体现文化人的责任与担当，以此砥砺思想，宁静心灵。

　　书中日月，人间墨香。希望文丛的出版能为广大读者营造一处精神家园，带来丰富的人文阅读体验与感受。

文汇出版社
二〇二四年四月

编前语：文化的守正与批判

说一则与诗人有关的笑话。

有一位每天能写二十首诗的诗人，某日与人发生口角冲突，二人揎拳捋袖，唾沫横飞，势均力敌不相饶让。正难分胜负间，对方忽出一狠语：本人今天奉陪到底，我不怕你——只要你先生不写诗！哗！围观者弯腰捧腹大笑，诗人面红耳赤大惭，狼狈败下阵来。误己又误人而矢志不渝者，文界诗坛中何其多也。流沙河写诗大半辈子，其后声称自己黔驴技穷，不写诗十多年。不过据我所知，还从未遭人如此嘲谑过。

"学贵常，又贵新。"（祝允明）不写诗而著文，对他或是明智之举。本书第一篇"给诗算个命"便是他写诗生涯的自白与告别。于是乃沉潜书海、游目文史，得以助谈资、遣情怀；人生苦短，此身如寄，文人所托，以精神文化为家园最宜。他常叹自己所读有限，生有涯而知无涯。我同他从书店买回胡适著《中国哲学史大纲》一书，他说：胡适二十多岁写成的这本书，已经是对中国文化深入钻进去又钻出来，我现在七十多岁了，对中国文化远说不上弄透，精读熟谙于心的不过《史记》《诗经》《说文解字》《庄子》几部书罢了。

书房中壁立的书柜、宽大的书桌，是他耕耘的一亩三分地，供其安身立命之所。每日里或读或写，翻检寻觅典籍类书、野史笔记，经年累月，成就了六本散文随笔集。这本随笔拾萃是辑自《流沙河近作》和《再说龙及其他》二书。本书文章内容大致可分三类：一为考据知识，二为文化批评，三为旧人旧事。

文人钻故纸堆一般为人所诟病，至少有落伍避世之嫌。然这是一个文人作家争当明星、娱星艺人僭称教授、大师大家纷纷出笼的时代。薰莸同器，玉石不分，文场、商场、官场中人桃园结义，以利共分共享；喧嚣浮躁的假面舞，文化的下滑错位，社会不以为怪反以为常。如此狂欢节般的场面，真正的读书人是退避三舍的，钻故纸堆虽不是最好的选择，但或是一种葆传统之品性、持文化之精魂的追求和作为。如能打通古今，博涉多闻而后择拾精华，结出果实大小且不论，只要能增人知识、广人见闻、怡人性情，对社会文化的建设就有积极意义。本书中有一部分说天文星宿、谈苜蓿植物、讲民俗、析字义的，属博物知识性、杂说类文，便是他遍翻类书古籍后发而为文的产品。

唐代诗人皮日休云："惟书有色，艳于西子；惟文有华，秀于百卉。"我想这也是流沙河坐拥书斋、蛀书为乐的理由。他多次说过："一个人要有点业务上的长处，不但有稻粱谋实际用处，而且客观上也保护了自身的人格，让你不用去当混混，胁肩谄笑于上司，做些蝇营狗苟的事情。"我说，不读书的混混正吃香哩。他不回答，念了一句闻一多的诗："不如让给丑恶来开垦，看他造出个什么世界？"

不过，话说回来，在这个欲望汹汹的现代信息社会里，要学"不知有汉，无论魏晋"的桃花源中人几乎没有可能。两耳不闻窗外事，不是神仙就是呆子。经常有人以各种名义找上门来。官场商场上的勾当可以不接招拒帮闲，但别人以文化的名义又怎能峻拒？某日，一成功人士发财后有好古雅之心，带上书画大作上门向流沙河讨教。据我在旁观察多年的经验，说是讨教，十有八九都是希望借光包装，极少有真想听批评意见的谦谦君子。此公书与画实不敢恭维，展开的卷轴面上只见张扬漫漶，狂野气质毕见，应属不得法一路，但上有各级官员题词作伟赞，称其为八大山人、米芾再现什么的。我正担心流沙河该如何应对是好，他却应允为此人的作品"写几句话"。于是第二天别人派员前来取货，却发现写有"字轻楷追怪，画弃工求野，妄标墨趣"等话语，显然不能用诸增色添彩，只好令此公悻悻然也。这便是本书中《为书画进一言》之本事。

另一篇《城市命名谈》之写作也是一件有趣事情。前一段时间，本地某房地产商及有"开拓精神"的官员突发妙想，想找一个与国际接轨的快速通道。乃借曾到此地旅游的一美国人之口，说是发现"伊甸园"在本土本城，又找一帮文人墨客吹嘘帮闲，言之凿凿声称有据，硬把《圣经》所说的伊甸园在幼发拉底河、底格里斯河畔的巴比伦（今伊拉克）地区的事实移植于天府之国四川。流沙河读书严谨，对历史文化抱虔敬之心，从来不作无根之谈，对这种随意剪裁历史、天马行空的臆想加小儿科噱头本不想置一词，但有人定要他出来抬轿子，于是便有负客意写下本篇。而后私下对我说："让我当托儿，不干。"

如以上两篇类似的文章还有《又挑金庸》《李教瞽说〈诗经〉》《比饿功》《道家茶的妄说》《七月流火，一错再错》《残酷忆端午》，等等。文化人别无他能，看家本事乃手中一支笔，为文化正名而守持，不轻佻作他用，是其本色精神。读者诸君，自可鉴察。

吴茂华

目录

说
类

看见这个"类"字，我心忧伤，如丧友人。上面一个米，下面一个大，是何意耶？米大了就类吗？抑或大人头上顶米？他为啥不手提不肩扛不背负，而偏偏用头去顶？造字的仓颉夫子专出难题考我们，他安的啥心哟？

仓颉笑笑说："我也不认识这个字。你去问东汉的许慎吧。他著《说文解字》，最擅长解怪字。"

许慎迟疑说："我也不认识。拆开看看吧。米是粟米，你们叫小米。那四点像粟粒，一竖一横像筛子的经纬，粟粒很小，从筛孔漏下来，稃壳留在筛内，被倒掉了。米字用筛孔来表示那是粟米，这种方法谓之会意，或曰象意。米字下面一个大，大也是人。人头戴米，有顶礼崇拜意。或含有民以食为天的意思吧？"这位五经博士不免妄说，闹笑话了。

原谅他和仓颉一样，都不识简体字。类字的繁体，米下原非大字，乃是犬字，右边还有一个页字。当初先民这样造这个字，有其独特思路存焉。我们一简化，那思路便永远埋没了。这是一大损失，教人心中忧伤。笔者借此篇幅介绍繁体类字，权作招亡友之魂吧。

先说米旁一个页字，读 lèi，义为"很难分辨"。此字右边的页与面同义。书籍一页又叫一面，面即页也。粒粒粟米，察其面貌，彼此相似，所以此字有"很难分辨"的意思。列宁说俄罗斯的农民像一袋马铃薯，彼此相似，很难分辨。吾国仓颉夫子（假设确有其人）未见过马铃薯，但朝夕喝小米稀饭，想必也曾掬起一握小米，一粒粒细察其面貌吧。他老人家由此触发灵感，造出米旁一个页字，读 lèi。这就是类字的老祖宗。他把米和页合成一个字，从而会出"很难分辨"之意。这种造字方法就叫会意，或曰象意。今人说二物彼此相像曰类似，正是"很难分辨"的引申义。用具象的物体，如粟米和面部，放在一起，去暗示一个抽象的意思，如"很难分辨"和"类似"，就像在打哑谜，让你去猜想，去体会，此乃吾国一大发明。这是形象思维方法，用在古文字中，例不胜举。汉字由此获得了极强的形象暗示功能，而有别于当今世界上的任何一种文字。汉字使中国诗不但入耳成歌，而且触目成画，别具特长。当然，短处也是有的，就是诗不可译。

篆文䊂　　篆文類

米和页合成的这个字，后来在左下角加一犬，构成又一个字，就是种类的类字。种类分明，唯犬为最。当初造这个字，专指犬之种类。同类相似，异类相别。种类概念建立起来，任何一只狗都有了归属。这又是逻辑思维了。后来类概念由犬而豕，而牛羊，而禽兽，而人类，而万物。但是字形上仍存留一犬，暗示其来由。一旦写成简化的类字，不仅无意义可讲解，而且埋没了古人的思路。

说井

半个世纪之前，内地人家炊厨，普遍烧柴。成都平原盛产桤木，不及拱把便砍倒了，锯成尺截，劈成四块，捆成一挑，挑到柴市。主妇买柴回家，总要吩咐拆散，砌成井字架，晾干才好烧。所谓井字架，就是四块柴砌成井字形，一层层地愈架愈高，若砌塔然。儿童争着来砌，很好玩的。古人说的"譬如积薪，后来居上"，这积薪也就是砌柴吧。唐玄宗时有个下围棋的翰林院供奉，名字王积薪，俨然是要后来居上的了。

说到这个井字，疑问来了。东汉许慎《说文解字》最权威的解释是井字"象构韩形"。清代段玉裁亦权威，注释说，韩是"井上木阑"。《辞源》据此，说韩是：① 井阑，井口的围栏；② 井干，井上的围栏；③ 井床，井上的木栏；④ 井垣。以上四说，加上段玉裁说，总共五说，互相一致，皆谓井韩就是井口上的木构围栏，其设置不消说是为了安全，防人落井吧。如果此说不错，这个井字象形，该象井口上的围栏之形，两竖是立柱，两横是栏杆。古往今来，这样解释井字，似乎再无异议。昔年笔者读《庄子·秋水》，见那书中说，井蛙"跳梁井干之上"，疑问生焉。井底之蛙能出井口，到栏杆上跳着玩吗？站得稳吗？攀得住吗？有谁目睹过青蛙翻高低杠呀？

　　到了二十世纪八十年代，见考古发掘报告说，甘肃某地发现一口古井，井口下竟是一层层的枕木砌成井字架，从井底一直砌上来，到井口为止，我才恍然憬悟，这就是《庄子·秋水》的井干，《说文解字》的井韩。所谓构韩原来正是砌井字架，而井韩的韩通今涵洞的涵。用现代汉语说，井韩（或井干）应该说成井涵，俗称井筒子和井壁。井韩绝非井口上的围栏。《说文解字》不错，《庄子·秋水》不错，后人注释错了。井蛙出水，到井涵上跳跃，这就讲得通了。《说文解字》说井字像井口下的井韩之形，乃是从上向下俯视，不是向前平视。向前平视，倒真的有点像井口上的围栏。前人注释，错在平视井字。

　　水井处处有之，设围栏者极少。怕不安全，加盖可也。围栏不便挑水，故多不设。吾蜀掘井，地系泥土，例皆凿个深洞，下石板五或六，围成井壁便成。黄河流域，地系沙土，有无法凿成深洞者，必须挖个大坑，用枕木从坑底向上砌井字架，层层升高，一直砌到地平面，然后回填大坑，筑实地面，正如甘肃古井那样。先民创造这个井字，用心良苦，他们把造井法画成图留给后代。吾辈当珍惜之，不宜妄言废除汉字，做败家子，为四邻哂笑也。

　　有内行说："篆文井字中间还有一点。"对，中间还有一个圆点。华北平原土厚井深，站在井口俯视，黑洞幽邃，唯见天光投影，圆圆一点。若无这个亮点，那就是没水的涸井了。

释凶

二十世纪五十年代文字改革之前，凶、兇二字各立门户，各具内涵，不得互相混淆。在古书中，"凶"与"兇"或可互通使用。但在近代文书中，二字泾渭分明，混淆不得。该用凶而误用兇，或该用兇而误用凶，就要被人嘲笑写别字了。概括言之，事涉犯罪杀人，须用兇字，例如兇杀、兇犯、兇手、兇焰、元兇、正兇、帮兇、行兇；事涉大不吉祥，则用凶字，例如凶兆、凶年（荒年）、凶闻（噩耗）、凶人（恶人）、凶事（丧事）、凶服（孝服），以及《礼记·曲礼》的凶器。此凶器乃指丧葬的用具。棺木就是头号凶器。至于犯罪杀人所用器物，刀枪棍绳之类，那是兇器，非凶器也。简化字一宣布，兇字判处死刑，遗属转投凶字门下效力，致使凶字内涵膨胀，一个门牌两户人家，很难和谐起来。窃以为文字语词之演变，宜循自然法则，不宜随便杀一个字，轻易灭一个词，将给后人阅读古籍增添困扰，终不利于文化传承。

回头再说凶字，《易经》用得最多，皆指大不吉祥。

凶字拆开来看，两个部分。下面是坎的象形字。坎就是坑，音转。蜀谚云："上了多少坡，就要下多少坎。"坎之可怕者为崖下的深壑，好玩者为校园之沙坑。古人畏惧失足坠崖，所以在坎中画个叉。此叉就是五字，其原义为禁止，不是三加二的五。最初的五就是后来的毋。大人制止小孩儿、猫狗恐吓人类，都要发出此声。画个叉给临高崖者示警，便是会意字的凶了。由此引申出吉凶之义来。顺便说说吉字。上面士兵，下面嘴巴。古代吃饭乃大问题，真是一饭难求，所以"吃粮投军"就是吉了。此说出自四川文史馆故馆长刘孟伉先生。

说族

当初造出这个族字，据《说文解字》说，专指"矢锋"，就是套在箭杆前端的致命的锐器。此物有石制的，有骨制的，后来又有青铜制的，再后来才有铁制的，皆具杀伤猛力。弓箭是原始人学会取火后的又一重大发明。箭族的精良化使狩猎收获量不断增长。更多量的动物蛋白质又使原始人更加孔武有力，从而猎得更大型的野兽。狩猎之外，弓箭同时用来作战。两军对阵，弓箭手布置在第一线最前沿。史书有"矢如飞蝗"的记载，真是恐怖。狩猎也好，作战也好，需要多种不同类型的箭族，各有各的用途。《周礼》记载就有八种不同类型的箭族：枉矢、絜矢、杀矢、鍭矢、矰矢、茀矢、恒矢、庳矢。各类型的差异主要在矢锋上，就是在箭族上。同一类型的族，必须放在一起，用起来才方便。《左传》有言："非我族类，其心必异。"这个说法，据我愚想，或许源于箭族形制不同各归其类。心在这里乃指矢锋。在《诗经》里存此一例，那就是心不指人心，指棘针。闻一多《诗经通义》有此说，不引了。正是由于矢锋型制各不相同，箭族才分出多种类型来。

箭族分类的观念借用于人群分类，便出现了家族、宗族、氏族、羽族、水族、族人、族居等说法。不得已，只好又造一个镞字，从此箭族写成箭镞，腾出族字专用于人群的划分，乃至于生物群的划分。但是族字右下角的矢字，毕竟留下尾巴，让人追查出矢锋的历史。

"非我族类，其心必异"这个说法恐怕不对。革命年代都说人以阶级划分，不管什么家族、宗族、民族、国族，只要阶级同，其心也必同。所以有"全世界无产者联合起来"之号召，又有无产阶级国际主义用来批判资产阶级民族主义。早就批过了嘛，何必我来多嘴。

疝与山之关系

怪哉，右腹股沟之上，为何凸起一丘，半个乒乓球大？这是啥呀？初疑肿瘤，暗自惊恐。食指按之，立即潜散。不按，又凸起来。夜眠仰卧，摸摸又不见了。真是"敌立我起，敌卧我潜"，小球与我同时作息。到底是啥瘰病，因为靠近隐私部位，不便就教于人。三个月后，居然长到鸭蛋大了。幸好不痛，只是行走久了，觉得腹内牵扯微疼。就怕再长大，便请教医生。医生告知，这是腹股沟疝，小施手术即可平复，我放心了。

医生川籍，疝 shàn 读成 shuàn，音读讹了。疝应与山同音，前者去声而后者阴平声。《说文解字》有疝，山是声符，所晏切。可知确实读 shàn，不但医生，可能川人都读讹了，口头说成"涮气"。外省人笑川人认字认半边。疝字若认半边，反而对了。

从语源角度讲，山之为言升也。平地升起大丘，所以叫山。人飞升，就叫仙。下谤上，就叫讪。腹股沟畔，小小肥沃平原，忽然升起一丘，那不就是疝吗？山是疝的表音符号，但其功用不仅表音，兼且参与意义。

所谓形声字，其声符有纯表音的，也有兼参义的。例如杨字繁体楊，右旁声符告诉我们此字读 yáng，同时暗示这种树木枝柯上扬。

回头交代贱恙。入院开刀，小小平原之上犁开浅浅一条耕畴，置入一块薄片，长七厘米，宽四厘米，压在腹腔外壁，将那不听话而崛起的小肠镇住，使之老实听话，规规矩矩平卧，不得拱起膝头再搞造山运动。十日拆线，功德圆满，又能健步，迅走如常。只是那块薄片太贵，德国进口，要一千八百元。我的天啊！

龙与恐龙化石

作此文时，正值甲申端午。端午龙舟竞渡，可以说是龙的节日。提笔想起龙的传说，考其起源，应该是恐龙化石之发现。近五十年来，我国多处发现恐龙化石，已见报道。那么近五千年呢、近一万年呢？难道就没有发现过恐龙化石吗？以理推之，应该多次发现。遗憾的是有关发现记载皆不具体，只说"龙骨"而已，而不详其形状。《史记·河渠书》载"穿渠得龙骨"，只有这五字。其后还有著作也提到过"龙骨"，亦不详其形状。揣测起来，古人所谓龙骨应指包括恐龙在内的多种爬虫类化石。记载最详者当推明代的《五杂组》云："司徒马恭敏治河日，于淮济间得一龙蜕，长数十尺，鳞爪鬐角毕具，其骨坚白如玉。"可注意者"长数十尺"，非是恐龙不可。

恐龙化石不见肉身，唯存骨架，长颈长脊长尾，长到数丈，古人睹此长身怪物，猜想其存活时的形状。于是构成龙的意象，由此产生龙的传说。这般巨大尺码的爬虫类动物，远远超出古人的常识范围，他们感到难以理解，便把此物神化。《说文解字》释龙："鳞虫之长，能幽能明，能细能巨，能短能长，春分而登天，秋分而潜渊。"直到我幼年，还听大人说，某年涨洪水时，有龙穴地而出，小如蚯蚓，得水而长，寸而尺，尺而丈，乃至十丈百丈，蜿蜒入江入海，神奇之至。

前几年新发现，辽宁阜新查海地区遗址中有用红褐色石块堆塑的龙形物，距今已有八千年之久了。揣测起来，吾国先民万年以前已经有了龙的意象。那时地表浅层存留着的恐龙化石比现在多，容易发现。先民质朴，意象必有现实依据，不会无中生有。

庄周笔下之龙

旧时李姓人家，堂上悬匾，多书"犹龙世泽"四字。此乃标榜老子。老子姓李，大圣人也，所以李姓人家多认他做始祖。"犹龙"一词，算是典故，出自《史记·老子传》。据载，孔子见老子，出来赞叹说："其犹龙耶！"意谓老子修养极深，似龙变化叵测。《史记》所载，原出《庄子·天运》。《天运》篇尾，孔子见老子，大吹仁义，碰钉子后，哑闷三日，叹曰："吾乃今于是乎见龙！"亦谓老子见识高超，变化无常，犹龙之可大可小，可飞可潜，可显可隐。非实指其为龙，譬喻而已。先秦典籍，比某人为龙者，自《庄子》始。《庄子》书中又两次说圣人"尸居而龙见"，端坐入定，忽显龙形。事涉神秘，又不像譬喻了。但在书中别处却明白说，龙乃仙人坐骑。乘龙遨游四海，好比乘坐现代波音飞机，龙不过是交通工具罢了。稍晚于庄周的屈原说"驾飞龙兮翩翩"，亦坐骑耳。道家宣传黄帝宾天，也是骑龙去的。古人想象龙为坐骑，所以《尔雅》说"马八尺为龙"。龙毕竟属牲畜，但具神性，异于牛马而已。是庄周第一个比圣人为龙的。此乃文学譬喻、个人创作，并非当时民俗有此观念存在。弄清楚这点，我看很重要。

古者政教合一，皇帝兼做圣人。秦始皇被呼为"祖龙"，意即头号圣人。汉继秦后，刘邦无赖，也充圣人，编造神话，说他爸爸梦中看见龙交配他妈妈，怀孕后，生下他。他当然是小龙，完全不顾虑他妈妈的名誉。从此以后，代代帝王以龙自拟。庄周比圣人为龙，谓其见识高超，变化无常。后世拟帝王为龙，谓其具有神性，权威可怖。前后不同若此。庄周泉下有知，定当悔恨。

有趣的是，孔子明喻老子是龙，楚狂暗指孔子是凤。《庄子·人间世》篇尾，楚国狂人接舆跑到孔子门前唱歌："凤兮凤兮，何如德之衰也！"何如的"如"就是尔汝的"汝"。呼凤兮而汝之，孔子便是凤了。你看，一老一孔、一道一儒、一龙一凤，配得多巧！闻一多说中国文化就是龙凤文化，极确。凤有文采，比于孔子儒家学派，谁曰不宜？历代帝王不取象于凤而取象于龙者何？威怖较之赏美，毕竟更具实用价值。

辛亥革命推翻两千多年帝制后，再无政治野心家敢以龙自拟，否则必遭国人声讨。末代皇帝溥仪都换脑筋，不相信自己是一条龙，而以做一个自食其力的劳动者为荣。"亚洲四小龙"，欧美的说法。旧大陆自古有圣乔治斩龙的民间传说，龙为丑恶象征，今加诸亚洲人，恐亦带有意识深处的敌视吧。不驳斥也可以，但犯不着领回脏帽自戴，以为这样便能张扬民族豪情。窃恐失察，贻笑世界。

作者附记《庄周笔下之龙》登出后，我发现末段内

"旧大陆自古有圣乔治斩龙的民间传说"一句被改成
"中国自古有圣乔治斩龙的民间传说",不胜惶恐,怕误
导了读者,特此更正,将"中国"二字改回为"旧大陆"
三字。

英伦三岛称欧洲大陆为旧大陆(Old Continent),
称美洲大陆为新大陆(New Continent),此系常识,不
宜弄错。圣乔治(Saint George)乃欧洲大陆古代传说
之英雄,为英国守护神,今尚有圣乔治勋章之颁发。传
说他曾勇斗恶龙,斩之丛莽,救出恋人。苏联有影片
《美丽的华西里莎》,美国影片有《斩龙夺美》,皆取材
于此。吾国藏族有青蛙公主之传说,汉族有月中蛤蟆与
嫦娥之传说,皆与圣乔治斩龙之传说有关联。但圣乔治
毕竟不是中国古代传说人物。

换一角度看龙

哪一门自然科学最古老?当然是天文学,前人早已
说过。天文学能古老到几千年前?尚无答案。我想答案
应该有了,那就是至少六千年前。

客曰:"咦,你别乱说哟。司马迁著《史记·天官
书》不过两千年前。《尚书·尧典》记四中星,就算此
篇不是战国时的著作,果然真是帝尧之典,也才四千
三百年嘛。怎么一下就跳到了六千年前?你有啥根
据呀?"

根据是一九八七年六月河南濮阳西水坡考古发掘出
来的一座墓葬,亦即著名的 M45 号墓葬,葬品已见东
宫苍龙七宿与西宫白虎七宿之端倪。请详述之。墓主男
性壮年,身长一米八四,仰卧,头南足北。其北,墓主
双脚正对用蚌壳和小孩儿胫骨摆塑成的北斗星。其东,

亦即墓主之右，用蚌壳摆塑一龙。其西，亦即墓主之左，用蚌壳摆塑一虎。此外，墓主四周还散布着零星蚌壳，表示满天繁星。蚌壳摆塑的那条龙，长一米七八，高零点六七米，形态似鳄，昂头挺胸，耸身曳尾，做爬行状。用碳-14测定，距今已有6 460±135年，被专家们称誉为"中华第一龙"。消息发布，轰动全国。报刊文章围绕此一重大发现，多认为可由此探求中华文明之起源，以及龙之起源与龙文化之丰富内涵。

窃以为，宜先说墓主双脚正对着的北斗星图。蚌壳摆塑北斗之魁呈三角形，稍有异于今人常见之四方形。若问原因，也很简单，六千年前古人所见的斗魁就是那个模样。须知一切恒星并非真恒，都在运行不止。积年既久，就变样了。脚对北斗表示墓主地位很高。《史记·天官书》云："斗为帝车，运于中央，临制四乡。"墓主乘北斗星，必须是大酋长（远古的帝）。墓主右旁的龙是龙星图，左旁的虎是虎星图。事关天象，不在乎"第一龙"之宣传（为啥不宣传"第一虎"）。二十八宿中的苍龙七宿，角、亢、氐、房、心、尾、箕，夏夜见于南天。去掉角宿和箕宿，中间五宿连缀成图像，古希腊人眼里是蝎，古中国人眼里是鳄（最早的龙）。这五宿最为农耕民族所熟悉。《国语》说"农祥晨正"指其中的房宿而言，事涉春耕。《豳风》说"七月流火"指其中的心宿而言，事涉秋收。仰观这五宿的连缀，小孩儿也会看出它像爬行动物。至于像什么，就和观察者的文化有关系了。吾国先民惧鳄，它要吃人吃畜。斗不过它，就崇拜它。仰观那五宿，觉得它像鳄（也就是龙）。后世苍龙七宿之说由此缘起。大酋长死了，灵魂升天，乘北斗星，右傍龙星，左傍虎星，遨游星空，照看人世。这就是M45号墓葬所见天文图像的语言。其间并无鼓吹龙伟大的意思，所说的是天象，是星座。

配合爱国主义教育，宜多宣传祖先在科学上的贡献，不宜搞龙崇拜。濮阳地瘠民贫，招徕游客，借龙生财，当然有理。只是专家和文化人在必要的凑趣之馀，也应多作高水准的纯学术的探讨才是。要传承的是文化，非龙崇拜。

交龙变成蛟龙

《周礼》规定，诸侯阅兵，场上竖交龙旗，所谓"交龙为旗"是也。旗绘二龙，一向上飞，一向下蹿，相互追逐。交龙图案暗示二龙性交，象征阴阳谐和。龙既然分公母，向下蹿的那条就该是母龙了。既有母龙存在，就得另外命名。公龙仍叫龙，母龙就叫蛟吧。读者不难明白，命名曰蛟，取"交龙"意。《周礼》《诗经》《易经》未见蛟字，可知其为后造之字。蛟字最初见于《管子》《庄子》书中，为时已晚。

蛟不像龙，不能上天，只能下水，且为水患。民间传说蛟发洪水，初出只是小虫一条，状似蚯蚓，蠕蠕而动，迅速长大，如鳝、如蛇乃至如蟒，召来八方野水，涌成一派狂流，漂没屋舍田园，淹死民众牲畜，极其可怕。洪水至，百姓呼："出蛟了!"桥冲垮，野老说，他亲眼看见是蛟撞垮的。常理推测，有可能是深山大壑冲出古木撞坍桥梁，而野老看错了。蛟的形状，《山海经》有一条注释："似蛇而四脚，小头细颈，有白癭。大者数十围。卵如一二石瓮。能吞人。"裴渊《广州记》说法又不同："其长丈馀，形广如楯，修颈小头，胸前赭色，背上青斑，胁边若锦。"世上本无蛟，正如没有龙。前面两种水生大型怪物是否存在，难以断言。看那样子，倒有些像传说中的"尼斯湖怪"——那不就是"洋蛟"吗？

在下所见，古籍单独提及蛟的不多，多的是并称为蛟龙，而以蛟属龙类。先民迷信神兽，造了龙又造蛟，反映出人类自身之无力、科学知识之缺乏。《周礼》说的交龙，误读变成蛟龙。想来忍不住笑，真是人造神啊。

抑龙扬蛇好些

辛巳年近，巳属蛇（巳像蛇形，读音古与蛇同，本来就是蛇字古体）。寒舍门联新贴，上联"小龙出洞"，下联"倦鸟归林"。俗谓蛇为小龙，以示尊敬。去年龙年，写过一篇抑龙扬凤的文章，也不见有龙种前来挑战。今年（阳历元月）技痒，又想谈蛇。恰好在《今晚报》副刊上读到一篇应景短文，说："封建皇帝以龙自许，就是源于刘邦的老娘，在梦中与蛟龙交合而生下这位真龙天子。"此说有误，正好供我插嘴。

《史记》上说，刘老娘梦交的乃是神，刘老爹跑去看却是龙。这显然是无赖子发迹后，底下人编造的。神耶？龙耶？故意闪烁其词，渲染其神秘性，好骗愚民。不过倒猜中了刘邦的潜意识，马屁拍得正合孤意。刘家无赖子年轻时羡慕过秦始皇。正是这个暴君，内心以龙自居，确信自己就是山鬼说的"祖龙"。暴君自语："祖龙者，人之先也。"注解《史记》的应劭说："祖者人之先，龙者君之象。"刘邦有样学样，跟着以龙自居。其实早在夏朝，夏后氏就以龙自居了。《史记》上说，夏朝将亡，雌雄二龙从天宫贬下来。孔甲愚蠢，竟把雌龙遗体烹来吃了，等于吃掉夏后氏的图腾，自取灭亡。可知君王与龙一体，这种观念由来久矣。

龙很少做善事。《太平广记》龙部故事甚多，统计起来，大部分是作恶行凶。倒是用科学的眼光看蛇，可以说是颇有益于人类。捕鼠是其首功，谁也不能否认。样子难看，正好提醒我们，千万不要以貌取人。但愿今后写文章的多为蛇说说话。

何时看梨花

　　诗有众人同赏，未必都能说透妙在哪里。苏轼《东栏梨花》："梨花淡白柳深青，柳絮飞时花满城。惆怅东栏二株雪，人生看得几清明。"（引自中华书局一九八二年版《苏轼诗集·第三册》）此诗古今书幅者不少，皆作"一株雪"。此引作"二株雪"。孰正孰误，说不清，存疑吧。愚以为此诗容易懂，殊不料明代郎瑛《七修类稿》认为，先说"梨花淡白"，后又说"一株雪"，岂不重复，而且不见梨花之美。郎瑛主张"梨花淡白"改成"桃花烂漫"更佳。像他这样有学问的人，竟提出这样可笑的主张，使我深感意外。

　　愚以为此诗可分为三层。"梨花淡白"乃初开花，此时柳色已深青了。淡白对照深青，是第一层。过若干日，柳色由深青而飞絮，梨花也由初开时的淡白而盛开，进而梨花满城。一天柳絮对照满城梨花，是第二层。以上两层乃前日与昨日之景，都是过去时了。今日清明，到此地看梨花。梨花由盛开而极繁，但见东栏外蓬蓬"一株雪"，使人惊喜，继而惆怅，感叹三春易逝，人生易老。诗人对照繁花，是第三层。层层推进，以见春光速去，转眼已是暮春清明。其间有蒙太奇（montage）之转换，造成连续画面。时空跳跃，诗有动感，所以不板。并非有意如此结构，吾人之思维步骤本来就是这样的。一句起，二句承，三句转，四句合，此诗正如此。什么起承转合，这是观念腐朽。我说非也，这是思维步骤，诗人也要遵守。自由是指心态自由，不是不守常规。至于到底是一株雪好还是两株雪好，愚以为两株是纪实，但一株更好看。

红杏赋

春雨入夜，朝暾向晨。草头戴碧，柳眼垂青。檐下晚归，栖旧年之语燕。笼间早唱，翻新调之鸣禽。出城近郊花重，登车远陌尘轻。眺望长天，随我极目。呼吸大气，让你清心。

眼前几树红霞，远护院中，犹如喧宾闹主。头上一枝艳蕊，斜伸墙外，好似笑脸迎人。我问：此何花耶，疑为桃而色嫌浅，认作樱而色太深。你答：桃花岂有这般素净，樱花绝无那样鲜明，是否。

我思杏树之为物也，遍生中原，特产魏郡。载于《竹书纪年》，宣诸《四民月令》。想彼曲阜鲁人，尼山孔圣，杏坛风清，竹简雨润，倚树传业，因材育骏，玩易删诗，鼓弦叩磬。悲仁政之不行，恨物名之不正。卷韦编而太息，挂筇杖以高咏。感杏花之飘零，伤凤鸟之困顿。

复有董奉求仙，匡庐退隐，为民医病，种杏遍岭。售果万斤，换粮千廪，赈苦济贫，救饥疗馑。尽终身之劬勤，倾满怀之悲悯。花开花落，杏林中度完有限人生。年去年来，牯岭上寻得无忧仙境。

我念圣贤，你说当今。来到蜀汉新路，经过王建古坟，地处锦里西郊，位居草堂北邻，今日已成闹市，昔年乃是荒村。楼名红杏，店家借宋尚书之丽句。酒有青莲，顾客做李学士之嘉宾。巴肴蜀菜，美景良辰。杏花劝饮，芳草留情。赋毕请回圣贤，何妨小醉。杯干消除寂寞，便是长生。

犬狗之辨

孔子解说古文犬字："视犬之字，如画狗也。"他认为，犬与狗指的是同一物，犬即狗也，狗即犬也。《庄子·天下篇》引名家学派命题曰"狗非犬"。战国名家研究事物概念，认为概念要有大小之分，大概念包含着小概念。犬，包含着野犬和家犬在内。家犬即狗。狗属于犬，不等于犬，故"狗非犬"。至多也只能说"狗乃犬之一种"，毕竟不能与犬画上等号。

《尔雅·释畜》也说狗乃犬之一种，但与犬之或野或家没有关系。其说云："未成豪，狗。"犬之幼者，尚未生长出刚强的豪毛，名之为狗，正如幼马之名驹也。

比《尔雅》晚出的东汉许慎《说文解字》别创新说。许慎认为狗是大概念，包含着小概念的犬。一、它们统称为狗。二、"狗之有悬蹄者"又称为犬。"悬蹄"旧解有说跑得风快，仿佛蹄爪悬空似的。此解恐难成立。确切的解释是犬的前肢肘下附有已退化的残趾，就叫"悬蹄"。王世襄教授就是这样说的。

想起一九一七年，青年教师胡适著《中国哲学史大纲》，曾在书中图解以上二说。特录（见图），以添趣味。

依《尔雅》说：
"狗，犬也。"

依《说文》说：
"犬，狗也。"

许慎"悬蹄"之说，较之前贤犬狗不分，家犬为狗、幼犬为狗诸说，更能令人信服。许慎似有科学头脑，能从进化过程考察狗与犬之不同，认为狗分两类：其一类肘后无残趾，另一类肘后有残趾（特称为犬）。依许慎的意思，先有狗名，后有犬名。如果甲骨文提前到东汉发现，他一定会修正其说。因为甲骨文有狼字，有犬字，而无狗字（郭沫若疑甲骨文有狗字）。比甲骨文晚数百年，《易经》《诗经》仍无狗字。可知许慎弄颠倒了，应该是先有犬名，后有狗名。犬是大概念，狗是小概念。犬，包含狗在内。犬之无"悬蹄"者又称为狗。狗无"悬蹄"是由于在进化过程中逐渐消隐，看不见了。

犬是从狼演变成的。全世界四百多种犬都属狼的后代。大约一万二千年前，在北非和西亚地区，人类驯化培育出家犬来。野犬可能是欧陆的狼、北非的豺、北美的郊狼等动物的后代。它们最初像狼一样成群觅食，常来先民村落，找些食馀弃物。日久形成依赖，从而亲近人类。其温驯者被人收留，代代选择培育，野犬遂成家犬。其中又有一些更温驯者"悬蹄"完全消隐了的，用来看家，执行孔子说的"叩气吠以守"的任务，被人特称为狗。所以说，狗属于犬类。其名后出。

现代动物学犬科包含着狼和狐在内。狼和狐亦有"悬蹄"。狗无"悬蹄"，许慎据此定义。不过今人不兴这样分了，似已习惯混犬狗为一物，而于宠犬，蜀人特呼狗狗，如母呼儿乖乖，以示爱意。

释臭

　　吾人颈部以上，拿四川话来说，头不能叫头子（土匪头子），脸不能叫脸子（川戏脸谱），面不能叫面子（脸面），嘴不能叫嘴子（香烟嘴子），口不能叫口子（街巷口子），眼不能叫眼子（小孔洞），耳不能叫耳子（黑木耳），唯独鼻可以叫鼻子，岂不怪哉？

　　所以想起"自"这个字。篆文"自"字，画一只鼻。原来自就是鼻。强人夸谈自己，往往傲然指鼻。川人吵架，最可笑者，自指其鼻，大吼一声："老子不得怕你！"可知鼻乃自我象征。据说胚胎初成，鼻先显现，所以始祖称为鼻祖。鼻即自，自即鼻。先有自字。鼻为后造之字，从自畀声。如此说来，鼻子或许应该写成鼻自？面部器官命名，单称曰鼻，复称曰鼻自，也说得过去吧？

　　自既是鼻，臭就是狗鼻子。本义是狗用鼻辨别气味，音 xiù。后来加个口旁，成了嗅字。其实加口毫无道理，因为嗅只用鼻，不必用口。奈何吾人把气叫作气味，已将口尝之味混同于鼻闻之气了，又何必责怪加口的嗅呢？推测起来，后人加口成嗅，拿去作动词用，而让臭专门作名词用，移指气味。或许是这样吧？最早出现于《诗经》和《易经》内的臭，如"无声无臭""胡臭亶时""其臭如兰"都作气味解，而且音 xiù。杜诗警句云："朱门酒肉臭，路有冻死骨。"臭亦气味。用现在的话说，就是富贵豪门酒香肉香。有说豪门酒肉山积而坏，都发臭了。这恐怕讲不通。酒积陈年更香，哪会发臭。肉多，可腌可熏可腊可酱，也不至于坏臭。

晚于《诗经》《易经》的《礼记·郊特牲》章内，七次出现臭字，无一例外，仍然作气味解，仍然音 xiù。到了汉代，著书的人觉得臭字在经典中偏指气味之好闻者，而那些难闻的气味就不好用臭字，所以新造一个殠字，音 chòu，专指太难闻的气味。《汉书·杨王孙传》说帝尧的墓葬不深埋，"下不露泉，上不泄殠"而已。《汉书》用殠字，《说文解字》跟着收进去，云："殠，腐气也。从歹臭声，尺救切。"到南北朝《玉篇》还收这个殠字，可知仍然用于文书。不过民间又造出殠的俗字来，作臰。此字表示鼻子闻到了死亡的气息，那就是腐恶之气了。后来这个殠字以及臰字又被废置，回到臭字。从前臭字音 xiù，作气味解，不管好闻的难闻的都包揽了。现今好闻的移交给香字，太难闻的留给臭字。半个世纪前反右派斗争，右派分子必须斗臭（或曰搞臭），音 chòu。臭字面目更加恶化，人见之而掩鼻。只是化学课说空气"无色无臭"，臭不能读成 chòu，还残留一点古老的记忆。

豳字的困惑

《诗经·豳风·七月》很多人都读过。被报刊文字普遍误用的"七月流火"便是此诗首句。本指秋凉，误作酷暑。曾有拙文纠正，奈何秋风驴耳，其谁听之？罢，罢。且说这个豳字，三千年前国名，在今陕西旬邑一带，旧称邠州，今称彬县，豳音 bīn，与邠同。可能是考虑到豳邠二字难认，所以改用常见的彬字，免得叫错地名。

就是这个豳字，一千九百年前，给正在著《说文解字》的许慎出难题，使他困惑不解。按许慎的主张，文是单元，不可分解，例如日月人女这四个文，而字则是文的组合，例如昭朗仁好这四个字。是文，他就加以说明；是字，他就加以分解。《说文解字》就是说明单位的文，分解组合的字。豳由山豕豕三个文组合成字。一山二豕，这样造字，想表达啥意思？为啥此字读 bīn？许慎回答不了。又假设二豕组合成豩字，与山再组合。可是查遍经典，并无豩字。他是五经博士，深知假说难以服人，所以这样解豳："从山，从豩。阙。"阙者缺也，缺解释也。不妄立说，不强作解，这是负责任的大家作风，令我景仰。

事过一千九百年后，我今请求试解。窃以为，豩乃当时豳国人造的字，不被中原接受，所以未入典籍，就像广东人造了冇，北方人造了甭，不为学术著作接受一样。豩音 bīn，是豳字的声符。仿照《说文解字》体例，拟解释曰："豳，从山，豩声。补巾切。"

请看"并"字古写，或能启发我们。二人足下最初一横，后来两横，表示互相联系，就是合并的并。二三友人凑份聚餐，蜀人称打并伙。由人及物，车驾二马曰骈。引而申之，俪偶四六之文，谓之骈文。小麦粉粒千千万万揉和成块，就叫饼了。回到人吧，男女二人如此这般，从前上海人就叫轧姘头。宋儒朱熹导读《诗经》，指情诗为"淫奔"而痛斥之。奔是借字，以音求之，即今姘字。又有所谓私奔，不过是绕开婚姻礼仪，私自相姘而已，非奔跑也。

二人互相联系也好，合并也好，乃是往好处说。往坏处说，二人斗狠打架，宣称"老子同你拼了"。拼是后造字，最初就是并。《水浒》同伙械斗谓之"火并"。找到这条思路，回头看那二豕组合成的豩字，三千年前在豳国造出来，我猜想是用两条野猪斗狠打架来会意拼命的拼。如此说来，可能就是拼的古字呢。豩在豳字只起声符作用，pīn 与 bīn 今音异，古可通。豳初为山名，所以字从山。后来以山名国，乃有豳国，可知此字历史悠久。

在下试说，不敢强求读者首肯。但愿读后觉得行文曲折，就像看侦探片那样有趣，添助于脑筋的急转弯，笔者就满意了。

古月胡之类

　　旧时成都盐市口有一家甜食店，三合泥最有名，水晶糕也不错。门悬金字匾，隶书古月胡。最初开业老板姓胡，川人口音不正，胡符二姓都读 fú 音。为了区别开，一称古月胡，一称竹头符。古月胡做招牌，通俗好记，就没人问一声："古代的月亮和姓胡的有啥关系呀？"

　　原来篆文胡字右旁不是月亮的月字，而是一只猪腿，亦即肉字。肉字作偏旁用，如肌脂肥肺肝脾肠胃肾脸胸肚肛臂臀等，为了书写方便，都被简化成月字了。胡字从肉，古声，是指黄牛颈下肉垂。水鸟名鹕，见《诗经》之"维鹈在梁"，其颈下有肉垂状的嗉囊，所以俗呼鹈胡，胡又写成鹕字。这样看来，若要服从文字学的常识，胡字拆成古月，那就错了。

　　今人有拆姓为名者，如罗（羅）四维、雷雨田、成刀戈、余未人、夏百友、申由甲、贾西贝、覃西早，全弄错了。罗乃罗网，上面是网简化，非四。雷字下面三个球形闪电象形，俗呼滚地雷者是也，其古文为一大一小的两个同心圆，非田。成字左旁弯拐是丁变形，非刀。余字上面非人，下面非未，其整体不能拆，乃蟾蜍之象形。夏非百友合成，贾非西贝合成，覃非西早合成，怕读者烦，不解说了。申字上看亦非由，下看亦非甲，本系枝状闪电象形，其整体不能拆。也有拆姓为名而并未弄错的，作家舒舍予和张长弓这两人而已。舒舍予即老舍，已故去多年。张长弓刚过世几年。

说牙祭

半个世纪之前，吾川人有群聚沪上者，欢呼肉食，大声喊叫："打牙祭！"老上海人闻之，莫不失笑。盖以音近于"打野鸡"，暗指召游娼也。可知沪上原无"打牙祭"之说法。蓝翔先生《吃回锅肉打牙祭》一文（《新民晚报》二〇〇五年十月二十一日《夜光杯》载）说"牙沾了祭祖的光"，"所以幽默地称之为打牙祭"，也就不免于臆说了。

牙谓牙旗，非吾人齿牙也。古代军营要插大旗，直角三角形的，边缘做锯齿状，谓之牙旗。另有一说，旗杆顶上装饰象牙，谓之牙旗。旗杆所在营口，谓之牙门。调动军队要用兵符，铜制刀形，无刃有齿，谓之牙璋。牙为猛兽利器，可壮军威。战场厮杀，牙旗随着将军转移。各级战斗单位视牙旗之所在，随之进退。平时军中宣发号令，召开大会，皆在牙旗之下进行。古人认为万物有灵，牙旗当然有灵，所以要按规矩祭它，是谓牙祭。否则于军不利。

请看篆文祭字。上面是又与肉。又，右手也。肉，牲腿也。皆象形也。右手举献一只牲腿，便是祭了。下面是示，表示宗教活动。宰牲祭旗，抹点儿血在牙旗杆上，表示血食。剩下的肉，全营改善伙食，皆大欢喜。民间拾掇军人用语，跟着呼肉食为牙祭。旧时商店，每月初二日和十六日，厨下皆须备办肉食，犒飨店伙。

篆文祭

蜀中民众亦有"初二、十六打牙祭"之说。那时大家都穷，士绅与平民虽然有差距，亦不过小贫与大贫之别而已，鲜有人家能天天肉食者，所以特看重牙祭也。忆我少时，校园歌曲有"今天打牙祭，筷子削尖些"之句。今之学童，饱餍粱肉，很难理解。蓝翔先生说到吃回锅肉，甚确。此菜用肉偏肥，油大，最解馋，今人多不屑，几成化石矣。

丧家狗二说

先从丧字说起，够麻烦了。汉代学者许慎认为，丧字是由哭亡二字组装而成，哭亡为丧。可是看看丧字繁体，上面看不出像哭字，下面看不出像亡字。又看篆文，两个口若移到顶上面去，哭字就明显了，下面也确实是个亡字。再看金文，比篆文早，怎么又不像哭、亡二字了。再看三千四百年前最老的甲骨文，绝无什么哭、亡二字，分明是一棵桑四个口，同噩字很相似。原来最初造这丧字，四口表示众家属哭死者，桑只表音，读 sāng，而不读 sàng，丧失的丧。后来甲骨文被岁月埋没，世间无人知晓曾有这种文字存在，才用哭、亡二字新造丧事的丧字。西晋著《搜神记》的干宝说："桑，丧也。"蜀中至今仍有"门前不栽桑"的说法，或系三千四百年前甲骨文丧字留下的记忆。

丧家狗一词见《史记·孔子世家》。据说孔子游郑国，大街上与弟子走散了，独自一人站在东门发呆。郑人告知子贡："东门有人……累累若丧家之狗。"子贡去找，果然找到孔子。子贡转达原话。孔子听了，笑曰：

"谓似丧家之狗，然哉然哉。"这里的丧字仍然是办丧事的丧，读 sāng 吗？抑或是后来的丧失的丧，读 sàng 呢？

丧字：繁体、篆文、金文、甲骨文

如果读 sāng，"丧家之狗"就是办丧事家的狗。三国时魏国的王肃说："丧家之狗，主人哀荒，不见饮食，故累然而不得意。孔子生于乱世，道不得行，故累然不得志之貌也。"意思是说，家中办丧事，主人整天哭哀哀的，一心伤悼死者，不暇饲狗。狗挨饿，疲羸没精神，感到很失落。孔老先生西游郑国，弟子走失，自己迷路，如蟹断了六脚，十分可怜。别人说他满眼凄惶，面有饿狗表情，也真够损。孔老先生听了，不以为辱，反而欣然。这种涵养，这种返身观照的趣味，让人觉得夫子为人可爱。在下赞同此说。

如果读 sàng，"丧家之狗"就是丧失主家的狗。昔年鲁迅骂梁实秋是"丧家的资本家的乏走狗"，丧读 sàng，丧失也。杜甫早就这样用过。《杜工部草堂诗笺》第二十之《将适吴楚留别章使君留后兼幕府诸公得柳字》云："昔如纵壑鱼，今如丧家狗。"比喻无所归依。与纵壑之鱼相对偶，丧家之狗的丧必须是动词，读 sàng。读者明察，我未说过鲁迅把成语用错了。

忆我幼年祖父病亡，家中办丧事，道场做七日。门前拥挤，院中喧阗。吊客不绝，鱼贯而入，鸦噪而出。守门黄狗平时见客就吠，终日虎踞门口。此时不知该吠谁和不该吠谁，迷惑不安。加以锣鼓轰鸣，爆竹震耳，使它恐惧，不得不弃守了自己的岗位，躲入后院僻处狗窝，满眼凄惶。这才是丧家之狗的真相。儿童最能体会狗的心情。王肃只说主人忘饲，生理上的饥饿罢了，根本没有搔到痒处。

川西的小巢菜

春节期间，读到《新民晚报》二〇〇六年二月七日民生新闻版标题《草头豆苗卖出肉价钿》，我心喜悦，想向人说："口有同嗜焉，孟子说对了。"那条新闻写道："今年春节期间草头、豆苗成为冒尖的新贵，曾卖出每公斤二十元以上的最高价。目前价格虽有所回落，但仍与肉价钿相当。"我在成都所见亦复如此，虽然两地悬隔三千里之遥。原因简单，过节吃腻了，而此二物最解油腻。何况本身翠碧养眼，嫩细适口，鲜美娱心，正当着节令呢。

上海人说的草头和豆苗，就是成都人叫的马苜蓿（开金黄色的小花）和豌豆尖。我要感谢贵地读者来信指正，教我知悉贵地马苜蓿叫草头或金花菜，这让我明白从前我弄错了。至于贵地的豆苗，固非豌豆尖莫属。豆科植物茎叶之堪称佳蔬者，以上二味名列前头。

在下还要二次感谢贵地那位读者，从长信上推测他在某农科所工作，他还让我明白紫云英并不是紫花苜蓿，而这两种豆科绿肥植物亦非成都人所谓的苕菜（苕读 sháo 音）。以前我在《新民晚报·夜光杯》发表的《苜蓿有两种》完全搞错了，真不好意思。为此，我查了李时珍《本草纲目》以及《辞源》《辞海》的插图，才算弄清楚了。原来成都平原冬季所见遍野青翠的细叶弱蔓的豆科绿肥植物名苕菜者，正名小巢菜，又名元修菜。苏轼的朋友道士巢元修嗜之，故名。不但川人苏轼，浙人陆游入蜀也爱吃小巢菜。他说故乡亦曾见过此草，但不被视为菜。时过八百年后，今日在江南被当作菜了吧。

春节期间，成都平原正是采摘巢菜的时令。菜市难睹此物，因为嫩尖采摘起来太费时了。田间半日所得，烹熟上桌不过一碗而已。现今劳力值钱，农家缺乏采摘的积极性。旧时春节前后，此物大量上市，价钱便宜，家家户户莫不食之。回想起来，米汤烹小巢菜，放姜粒，配腊肉切成颗粒，细嫩清香，味道真美。

近读青木正儿著《中华名物考》，颇感吃惊。他认为，巢菜即《诗经》中多见的那个薇。看那插图，薇的植株形态正与小巢菜同。"采薇采薇，薇亦作止。曰归曰归，岁亦暮止。"薇到岁暮长出嫩尖，时令亦与小巢菜同。由《诗经》再上溯，"不食周粟"的伯夷和叔齐逃入首阳山赖以为生者，可能正是小巢菜，不过也有可能是野豌豆，即所谓大巢菜。

王安石《字说》说，"微贱所食，因谓之薇"。此说恐系想当然。鄙意以为，小巢菜的偶数羽状复叶，因为叶面极小，所以名薇。盖取义于叶之细微，而与贫贱所食无涉。

葵为百菜之王

学童诵诗励志,有云:"百川东到海,何时复西归?少壮不努力,老大徒伤悲!"这首汉代古诗头两句是"青青园中葵,朝露待日晞"。少时以为指的是向日葵,结葵花子,供嘴闲嗑。及长,读杜诗之"葵藿倾太阳,物性固难夺",更相信葵就是向日葵。后来信心动摇,始于植物常识获得。原来向日葵原名西番葵,初产北美洲,到明代才传入中国。唐代杜甫诗中葵藿,藿者,叶也(所以豆叶古称豆藿)。这是葵叶倾向太阳,而非当时未传入的向日葵花倾向太阳,二者不同。杜诗的葵,汉诗的葵,绝不可能是向日葵,那该是啥?

一番查阅,才发现这个葵了不起。一是资格老,《诗经》有"七月烹葵"的记载,《仪礼·特牲馈食礼》有汤锅用"夏葵"的记载,至少有三千年了。二是地位高,居"五菜"之首,其顺序为葵、韭、藿(豆叶)、薤、葱。三是种植广,北魏贾思勰《齐民要术》说到蔬菜种植,首说种葵,元代王祯《农书》推举葵为"百菜之王",推想家家户户那时都种此菜。司马迁写葵菜入

《史记·循吏列传》，话说鲁国博士公仪休当鲁相，事事维护农工利益。一日在家吃汤锅瀹葵菜，味美，就去后园"拔其园葵而弃之"，说是为了不妨碍菜农的销路。亦可旁证此菜种植之广，博士家中都有种植。那么，葵是今日的啥菜？我们见过吗？吃过吗？

答案出乎意料，竟是云贵川湘鄂赣六省人所说的冬寒菜。巴蜀人家，墙边院角，园中篱下，每每有之。价钱贱不说，厨路又特窄，一不能下锅炒，二不能入坛泡，三又不能做凉拌菜，只堪下汤锅配豆腐，或入粥侍候病人，算不上像样的正菜。以今衡古，葵的地位是一落千丈了。蜀中菜摊上也有冬寒菜，连叶柄掐下，扎成小捆卖，置放于隅角，与茼蒿、芫荽、茴香、蕺儿根之类为伍，而鲜有问津者。前日特去买一小捆，细察其叶。叶脉五歧，自柄端出，若五指之张开。叶扇形，色深绿，背无毛，边缘皆小缺。叶长九厘米，宽十四厘米。叶柄之长等同叶长。昨日返故家询堂妹，彼云："从前的冬寒菜，叶小而肥厚，背有毛，口感滑涎，比现今的味美。"想是菜农追求高产，而低产之良种被淘汰了。岂止冬寒菜，许多菜旧有之低产良种悉遭淘汰，致使高产劣种滥市，食之乏味，令人怀旧。

甲骨文葵

篆文葵

前引汉代古诗"青青园中葵，朝露待日晞"句中的"待"字有深义存焉。《齐民要术·种葵》有言："凡掐葵必待露解。"其下有注："谚曰，触露不掐葵，日中不蒻韭。"那诗中的葵叶显然是做菜用,而非供观赏看花的。供观赏的有俗名七盘花的蜀葵与锦葵。另有苋葵,叶小有毛,茎紫黑色,亦可下汤锅,口感甚滑涎。葵菜包括冬葵。《齐民要术·种葵》又云:"六月六日可种葵。中伏后可种冬葵。九月作葵菹。"葵菹即腌葵叶,北方冬季食之。冬寒菜之名由此而产生。篆文的癸字就是古葵字(在下臆说)。俯看葵株,其叶对生四出,篆文象此形也。道路向各方辐射而出,曰逵。谓其似葵株之俯看也。

说腊肉

或有读者嘲笑我说："腊月过年还早着呢，怎么就在说腊肉了。"是的，或该嘲笑。吾蜀要到每年农历腊月上旬才动手熏腊肉（是用柏枝烟熏），然后挂在檐下风干，以备除夕祭祖，合家享用。写此文时，还在农历闰七月里，确实太早。但是我说的这腊肉不是你说的那腊肉。你说的那腊肉，腊是简体字，繁体字作臘。腊月的腊也是简体字，繁体字也作臘。不仅此也，便是狩猎的猎，繁体字也作獵。古人所谓腊月就是狩猎之月。腊月里庄稼都收完了，平川一望无际，正好狩猎。猎物制成肉块，便是腊肉。腊音 là，猎音 liè。腊猎双声，可以对转，古音相同。这是你说的腊肉。而我此文所说腊肉，腊音 xī。俗话说："四川人生得憨，认字认半边。"这回认半边，读昔，却又认对了。这个腊字首见《易经》，义为晒干的肉，不是臘字简体，而是有三千年老资格的正体字。从前臘和腊，各具音义，是完全不相干的两个字。半个世纪以前，搞简化字运动，腊字被剥夺了干肉一义，又被暗哑了自己的 xī 音，仅剩一副躯壳，拿去充当臘字简体，全不想想后人读《易经·噬嗑》遇"噬腊肉遇毒"一句时，会闹出怎样的笑话来。

音 xī 的这个腊也编入了《说文解字》，其字作昔，不用肉（月）旁。许慎解释昔字说："干肉也。从残肉，日以晞之。"请看昔字篆文，上面便是两块"残肉"，下面日，表示晒。肉字篆文象形，猪后腿也。猪身上最肥美可口的是后腿，正好用来代指肉类。去掉肉字篆文周边曲线，剩下两条折线，表示后腿已被切割，不完整了，故曰"残肉"。昔字篆文上面共有四条折线，合左右各一腿。猪后腿本来就有两条嘛。

古人造这个肉字，细想起来，煞费苦心。肉类多种，牲畜的，禽鸟的，水族的，爬虫的，选择哪一种的拿来造字？动物身上，肢体的、胴体的、脊部的、臀部的，选择哪一处的拿来造字？一一比较之后，唯猪后腿不但肥美可口，令人印象深刻，而且容易象形成字，三画就能勾出来，一眼就能看出那是猪后腿。今之火腿仍作此形，真是一个象形管四千年（假设轩辕黄帝实有其人，而所有的古文字都是他的文臣仓颉一人所造）。

昔是晒干的肉，干肉便于储存，储存动辄数月，乃至经年，所以昔字又引申出久远一义，如昔日与昔年。引申义被常用，本义遂隐。怎么办？再加一个肉（月）旁，作腊（音与昔同），专指晒干的肉。这就是我说的腊肉，与你说的腊肉完全是两码事。文字早已弄混淆了，很难说清楚。若不提倡国学，叫读"四书""五经"，混淆了也不必说清楚。那也很好，鄙人就用不着在此啰唆了。

蒟蒻就是魔芋

魔芋制作食品，据说防癌，真是做梦也想不到。旧时蜀人饭桌上，魔芋食品叫黑豆腐，低贱不起眼，与凉粉同类。凉粉放蒜泥，加熟油辣子，除了下饭，还可零食。黑豆腐切成条烩酸菜，放豆瓣酱，仅可上桌而已，没资格当零食。偶有例外，就是炎夏小贩叫卖红糖黑豆腐。不用筷子，站在街边，端着碗喝。这是贫家小孩儿廉价冷饮，今已绝迹。好了，现在能防癌，地位升上去，可登宴聚了。川菜魔芋烧鸭，现已著名全国。

魔芋别名鬼芋，属天南星科，多年生草本，先花后叶。其地下块茎扁球形，有毒。误食而生幻觉，就会着魔见鬼，故名。吾国先民苦饥，设法去毒。先是洗净擦干，切成片段。又以草灰浸出之水，煮十馀沸。又以清水漂五六遍。然后换水，下锅再煮。煮成一锅浓稠浑汤，冷后冻结，便是黑豆腐了。峨眉山寺僧雪埋黑豆腐，使之凝成冰砖。春暖雪化，黑豆腐遂成泡沫塑料状，叫雪魔芋。此物配菜肴，吸汤汁，特入味，且有咬劲供嚼，故为著名土产。

魔芋在古书上名蒟蒻，首见于左思的《蜀都赋》。蒟蒻之名甚怪，因为蒟是蒟树，结果实如桑葚，可做蒟酱；蒻是香蒲，可织草席，都与魔芋无关。把两种植物名合成另一种无关的植物名，好比把猪叫作"牛羊"，实在不通。蒟蒻之名以音求之，当是鬼芋。鬼音 guǐ，蒟音 jǔ，可互转。其理正如英文 G，在 Girl 读刚音 gé，在 German 读柔音 jí。汉语也有此例。在古书上，革命的革读 gé，病革的革读 jí（同亟），正是 g 和 j 的互转。然后说蒻，音 ruò（同弱），与芋 yù 音近。中国是那样大，古代交通困难，各地有其土音。某地鬼读 jǔ，芋读 ruò，写出来就成为蒟蒻了。异地读者见到这两个陌生字，万想不到就是鬼芋、魔芋别名。

旧时贫家很少食肉，动物蛋白质摄入量不足，全靠植物蛋白质补充。华夏民族体质虽不够强壮，但也并非孱弱，这得感恩于植物蛋白质的主要提供者——大豆。通常大豆指称黄豆，兼及青豆黑豆。大豆原产中国，至今各地均有种植，东北三省尤多。《齐民要术》详说种大豆法。古人所谓五谷，包括大豆在内。大豆以多种加工形态进入膳食，例如豆腐、豆腐干、豆腐皮、豆腐乳、豆豉、豆渣、豆粉、豆花、豆浆、豆汁、豆油，以及酱油。

豆这个字，原为盛食物的一种高脚容器，象形。下面一横是容器的底座。两点是高足，支撑着容器。上面一横是器盖。《尔雅》说"瓦豆谓之登"。豆、登都是食物容器。秦汉以前，大豆不叫豆而叫菽。《诗经·小雅·小宛》："中原有菽，小民采之。"后来借用容器的豆，菽遂隐没了，仅存于雅言，豆腐叫菽乳，豆豉叫幽菽。《说文解字》有个菽的本字，其形象豆萌生之形。中横是地面。下是根，两点是根瘤。上是茎，顶戴二芽瓣。读音同菽，shū。原产中国的大豆，传入欧洲，英语叫 soy，读音犹近 shū，猜想是菽音译。soy 既是大豆，又是酱油（酱油也是大豆做的）。大豆传入欧洲，可能很早，所以英语 soy 近菽音。茶也是这样，英语叫 tea，正是茶的音译。荼是古名。东汉减去一笔，改变读音，名之曰茶。

大豆在《尔雅》中名戎菽。戎指山戎。齐桓公伐山戎，其地在今东北。东北大豆产量高，品质优。戎菽之名，暗示可能原产东北，后入中原。纵如此，亦算中国原产。

里脊应是膂脊

五十年前，在一家山西菜馆里，见菜牌上写着"醋熘里脊"，心中存疑，不知是啥。端上桌一尝，原来是猪肉，切成小碎块，油炸过，甜酸味，很好吃。问何以名里脊，不得答。后听人说，猪背脊骨里面的肉，简称里脊。我仍有疑，因为当时汉字尚未简化，若是里面的里，就应该写繁体"裏"，而那菜牌上写的是"里"啊。

入中年后，在本单位农场养猪，多次协助杀猪剖猪，虚心请教，方看明白，所谓里脊肉不在脊骨内（骨内哪来肉），而在脊梁骨的下面和左右两边，长长的一绺，很嫩的瘦肉，大概是生来保护脊梁骨的吧。实体解剖看了，不过何以名里脊，还是不明白。昨日温习《诗经》，见《小雅·北山》的"旅力方刚，经营四方"句下朱熹解说"旅与膂同"，乃恍然大悟。所谓里脊应该是膂脊啊，俗人写了别字。导致郖书燕说：膂就是脊骨，膂脊一回事。单言之曰膂又曰脊，复言之曰膂脊。"醋熘膂脊"菜名，省掉了结尾的一个肉字。

《说文解字》认为，膂的象形字就是吕。吾人有脊椎二十一块，连成脊梁。吕只画了两块脊椎。繁体的吕，中间有一短竖连接上下。简体嫌那一画烦琐，致使脊梁断裂，成了二口，再也看不出象何物之形。山西南部有山连绵四百公里，取名吕梁，就是因为像脊梁骨。要让大家明白，不妨写成膂梁，意思就是脊梁。回头再说膂脊写成里脊，不但不通，音也给读讹了。膂读 lǚ，不能读 lǐ。

蜀人吃茶十五谈

一

　　旧时蜀人不说吸烟而说吃烟，不说饮酒而说吃酒，不说喝茶而说吃茶。凡我蜀人，莫不吃茶。那时家家户户厨房一角都置有棕包壶，每晨揭开壶盖，抓一把廉价的红白茶投壶中，冲沸水满，盖严，供全家吃一天。壶是锡制，大若圆瓜，有铜提梁。锡壶不保温，须藏棕包内，覆以棉絮，棕盖压紧。壶嘴伸出棕包一寸，有塞。小孩渴慌了，从庭院里跑回厨房来，拔塞便啜。大人在室内做家务，闻脚步声如此急促，知其必然不守规矩，便要出来制止。守规矩的饮法，此时正好教给小孩，告知他左手持杯，右手摁着棕盖，向前微微一倾，茶水就能注入杯中，不允许含着壶嘴直接啜。小孩嫌麻烦，总不免偷偷啜。旧时贫穷落后，便是小康人家，亦不置备饮料，所以棕包壶在厨房具有显赫地位，扫目可见。我的童年回忆，厨房水缸边，高足茶几上，那个棕包壶，多么亲切啊。

二

　　居室逼仄，饭桌都安在厨房内。家中食指繁庶，挤满一桌。小孩们添第三碗饭，往往倾棕包壶，吃红白茶泡饭。蜀谚云："好吃不过茶泡饭，好看不过素打扮。"即指家常之红白茶泡干饭也。其风味回想起来很独特，饭粒入口而疏散，微香，嚼后回甜。若佐以泡豇豆泡萝卜，脆生生的，尤佳。这也是蜀人吃茶啊。

三

　　也有贫家，灶门悬吊陶壶，利用柴火尾焰烧一壶桑叶茶，解一日之口渴。桑叶冬采，退火清热，略有香味，不费一钱。少时下乡，做客农家，主人以土陶碗桑叶茶奉敬，亦甚解渴。唯柴烟窜入吊壶内，坏了茶香，为遗憾耳。乡下农家，十之八九皆吃吊壶桑茶。再穷也得吃茶，不然就不叫蜀人了。

四

　　小康之家，除棕包壶，尚有红铜茶炊。亦属茶具，又名炊壶。壶盛水，扁而圆。壶内有火炉管，烧桴炭使周围水沸。炉管上端伸出壶盖，口径收敛而成烟囱。炉管下端伸出壶底，口径侈张而成炉膛、炉门、炉桥、炉底、圈座。厨房柴灶内，夹出红桴炭，送入炉门，引燃满膛桴炭，壶水很快烧开，发出嘘声。厨婢闻声而至，给主人泡一卤壶上等茶，无非花茶、芽茶、青茶之类。卤壶有大有小，不一。大的承以托盘，配茶杯二至四只，送到厅堂款待来客。小的送到主人手中，都是景德镇名瓷器，花色精致，轻巧悦目。主人晨步庭院，持此卤壶，不时抿啜一口，于听鸟赏花之际，是谓清趣。卤壶的卣音 yǒu，蜀人读 lǔ，音同卤字，当系古音，非误读也。卣原是古代的注酒器，借来命名茶具，指其转注功能。也有主人晨坐檐下，就茶炊泡一碗所谓的盖碗茶，看书看报，不时浅啜一口，苦涩中品尝出清甘来，说是"可抵十年尘梦"，亦不过偶得浮生半日闲而已。有盖有船的茶碗系三件头的组装，盛行于蜀。茶盖直径小于茶碗口径，盖不严密，以利降温，使茶叶不至于被烫熟，保持七分生涩口味。茶碗尖底，续沸水时，沉底茶叶皆被冲翻，使味道均匀。茶船凹窝，嵌紧茶碗圈足，使其稳定。喝茶时，左手端茶船，右手揭茶盖，轻吹浮沤，然后一啜，缓缓吞下，此之谓喝盖碗茶。

五

家严有时在家中大厅上吃早茶，看昨日的《新新新闻》。更多的时候是早早起床到南街大宾茶社吃早茶，聚友闲谈。家中早饭备置好了，一等不回，二等不回，三番四次等得烦了，家慈叫我去催。槐树街出来，经西街到南街，一路上想不出吃茶有何好处。那时我正少年，一恨烟呛鼻，二恨酒杀喉，三恨茶苦嘴，不识早茶之妙。嗜早茶者有瘾，瘾不过足，腹中似有痞积，不想吃饭。必待过瘾之后，腹中清虚，腋下爽快，才肯回家去吃早饭。早茶比早饭更要紧。不吃早饭饿可忍，不吃早茶烦难消。何不就在家中吃？家中井水微咸，坏了茶味。南街大宾茶社，泡茶用八仙桥的河水，甘美不起浮沤，甚好。待我走到大宾茶社东觑西望，但见满堂拥挤，人影晃动，矮桌竹椅，座无虚席，真是"不到园林，怎知春色如许"。此时家严看见我了，挥手叫我快回，仍与茶友谈笑未已。这里上百人，空腹长精神，都让家中老等，而他们竟欣然自安，迟迟忘归。早茶醉人一何深哟。

六

县城大街上有茶馆数十家，以东街之金台、南街之沌泉与大宾、北街之龙泉为翘楚，常旺不衰。农历一、四、七逢场天（每月九天），大小茶馆家家满座，啁哳可怕。人说吃茶得闲，如此烦闹，有何闲耶？我说此当别论，这是逢场天，赶集日，那些行商坐贾，以及工匠农夫，多有交易活动，就在茶馆进行。彼等不嫌烦闹，照样吃茶，津津有味。不要以为他是下层百姓，土头土脑，茶船一端，茶盖一揭，泰然一啜，輶然而乐，其神情之自在，不亚于士君子。俗是俗，俗得有艺术，不可小看他。北人喝浆饮汁，原为膳食外之需求。蜀人吃茶品茗，乃是需求外之艺术。

七

"四书""五经"不见茶字，只有荼字。荼者，中原大地常见之苦菜也。蜀人惯吃之茶，初无其字，但有 chá 声而已。到了汉代，乃借中原荼字而减一笔，由蜀人创造出茶字来，音 chá。为何要借荼字，因为茶亦可视为另类苦菜也。西汉蜀人王褒《僮约》有"武阳买茶"句，为茶字之首见。东汉许慎《说文解字》不收，估计是因为中原人士不饮茶。何况蜀人造的这个茶字，完全不顾"六书"造字法则，许慎"说"不明，"解"不开，无从置喙。茶有别名，曰茗。这个茗字《说文解字》同样不收。最初创造茗字，专指茶之嫩芽，亦即今之芽茶。凡草木之嫩芽通称为萌。茗取萌声，专称茶萌，当然是茶的嫩芽了。《尔雅》郭璞注云："今呼早采者为荼，晚取者为茗。"乃是汉以后的说法。蜀国芽茶绝美，旧时通称西路芽茶，又称旗枪。嫩叶叫作旗，嫩芽叫作枪，取其形似也。

八

较之县城茶馆，旧时成都茶馆阔气多了，进去一坐，大长精神，如登春台。无论茶馆多么阔气，栋宇怎样轩敞，瓷碗怎样漂亮，铜壶怎样生辉，桌椅怎样明洁，而沸水冲泡盖碗茶，固无二致。何况除了那些有名的大茶馆而外，散见于街头巷尾的小茶馆，其逼仄与寒碜皆同县城茶馆一样。老茶客只看重茶叶真不真，茶水好不好，倒不在乎茶馆是否阔气。叶真水好，老茶客隅坐大半天，细品慢尝，悠然自得。不管邻座如何喧哗，地面如何潮湿，卖瓜子花生的如何骚扰，都不足以败坏他的兴致。他早晨就来了，空腹吃两个艾馍馍，在此瞑目养神，偶尔看一眼街坊的众生相，听几句邻座的包打听，要坐到午后才回家。古人"大隐隐于朝，中隐隐于市"，而他是老隐隐于茶。

九

抗日战争爆发，湘人易君左逃难来成都，有五律一首云："细雨成都路，微尘护落花。拒门撑古木，绕屋噪栖鸦。入暮旋收市，凌晨即品茶。承平风味足，楚客独兴嗟。"以最经济的笔墨描出二十世纪四十年代老成都的风貌。"凌晨即品茶"，半夜过三点钟茶馆就营业了。外省人发现黑黢黢的街上独有一家茶馆灯火通明，茶客魅影涌动，一定会很困惑。此时刚敲过四更锣不久，距五更报晓锣至少还有两个半钟头，这些成都人茶瘾这样大？其实成都人嗜好睡懒觉，虽然吃早茶，却不吃鬼茶。诗人所见乃是城门附近靠车站的茶馆，专为

"鸡鸣早看天"的旅客服务的。那时外省人逃难入川来，成都市人口增到八十万，大小茶馆多达一千六百家，创蜀国饮茶史纪录，是为茶馆业的黄金时代。设想大小茶馆拉平，每家接待茶客五十人，每天就有八万人闲泡在茶馆里，这多可怕。"承平风味足"是谴责："成都人就这样抗战吗！"湘人易君左不免悻悻然，独自嗟叹了。

<h2 style="text-align:center">一〇</h2>

同样是逃难来成都的张恨水，有《茶馆》一篇云："北平任何一个十字街口，必有一家油盐杂货铺（兼菜摊），一家粮食店，一家煤店。而在成都不是这样，是一家很大的茶馆，代替了一切。我们可知蓉城人士之上茶馆，其需要有胜于油盐小菜与米和煤者。"此文尾段说："对于成都市上之时间充裕，我极端地敬佩与欣慕。"张恨水不是激进派人士，所以止于说风凉话而已。最后再加一刺："一寸光阴一寸金"对成都的茶客说来，是个"例外"。外省人从茶馆看成都，评曰"人懒"。

<h2 style="text-align:center">一一</h2>

没有哪一个成都人因为口渴而进茶馆。朋友路遇，举臂打拱，那是深交。寒暄之后，便相携进茶馆谈心去。"别来沧海事，语罢暮天钟。"然后分手，各人去忙各人的业务。若是路遇泛泛之交，点头问好就可以了。分手时约对方明天见，"口子上吃茶"。不说明白是哪个十字街口，哪家茶馆，此之谓应酬话。朋友六七事先约定在某家茶馆里聚会，有业务要商量，不过是借桌椅借地方罢了，意不在茶，也算吃茶。更有七十二行种种行业，如匹头、百货、棉纱、药材、香烟、五金、木材、餐饮、匠作、教师、米粮、屠宰、黄金、美钞、金融，

等等，皆各有其交易联络的多家茶馆。这类茶馆也接待本行业以外的一般茶客，同样周到热情。茶馆形成这种分野，都属自然趋势，并无明文规定。可知一千六百家茶馆的座上客，吃业务茶者占比例不少，闲泡在那里的并不太多。张恨水细写了成都茶馆的表象，未必深悉其内情。

一二

那时成都人住房窄，家无余隙可做客厅，多借茶馆接待客人。宾主欢悦，叫来瓜子花生薛涛豆腐干，摆起高档香烟，畅叙情怀，疏通关系，花小钱，收实惠。扩展开来，介绍友朋，经纪买卖，揽工收徒，相亲看人，雇用仆婢，交割银钱，老乡联络，团体开会，卜卦算命，理发修脚，乃至围鼓清唱，都在茶馆进行。更有贼赃出售，嫖宿牵线，也假吃茶之名。还有少数茶馆设有书场，演唱曲艺，茶资加倍。一茶一座，静赏佳艺，细品香茶，亦颇不俗。最热辣的是吃讲茶，纠葛双方人员分坐茶馆左右两厢，共请袍哥舵爷主持场面，倾听双方陈诉事实，从中调解纷争，断决是非。茶馆门前挤满观众，街面都阻塞了。舵爷断得公平，观众叫好。若是武断乡曲，大家就要起哄，让那舵爷下不了台。如果纠葛双方冰炭过甚，出粗言，动手脚，演成武斗，茶堂倌就要趁场面混乱，搬出积存的破茶碗，倾投满地，让输理的一方赔偿。此为古代社会之遗孑，少时亲眼见过，终生难忘。

一三

蜀人吃茶就吃茶，吃茶过瘾，全民皆吃，很大众化，说不上多么雅，却又深得茶趣。蜀人吃茶，不设点心如粤人吃早茶，亦不吃闽人的工夫茶，那太烦琐可笑。至于日本茶道，蜀人看来，迹近装神弄鬼，甚不足取。蜀人既染茶瘾，抓茶叶就不免若牛草一大把，泡得浓酽苦涩，方称过瘾。曾见过一日之内三换茶叶者，太可怕了。冬日烤火嗜沱茶者，瓦罐熬茶若药，其色棕黑，污齿难洁。打通宵麻将者，全靠灌浓茶，香烟一支接一支，有因此罹肺癌而呜呼者，已类似吸毒矣。回头再看日本茶道，追求"和敬清寂"境界，或可纠蜀人之偏向，未可一笔抹杀。旧时厨师终日闻嗅油烟，接触肥腻，每晨必泡浓茶一海碗，置之灶头，不时大啜一口，虽不雅观，却得茶趣，令人欣赏。

一四

二十世纪五十年代政权改易之后，蜀中茶风丕变。一是茶馆纷纷歇业，盖碗茶式微了。老茶客们各自回家吃茶，通用卤壶。家中的棕包壶也弃置了，因为杂货店红白茶叶断档了。大城市里机关干部时兴喝茶（不说吃茶），开起会来人手一杯（不用茶碗）。通常一日之内两换茶叶，纷纷上瘾。滥湎于茶正如古人"沉湎于酒"，已成病态。茶叶铺里品种大为减少，蜀茶三花走俏。又有苏州一级、福州一级两种花茶，价格昂贵，仍能畅销。城市平民争购廉价的渣渣茶。阶层之分，犁然自见，忤人眼目。我当右派后，从苏州一级降为渣渣茶，茶癖终生不改，正如一般蜀人。又过了三十年，到了二十世纪八十年代，茶风复旧，茶馆重光，而盖碗茶复出。复旧同时又有创新，现代茶楼莫名其妙的高消费忽然流行，令人生疑，不敢登楼。尤其令人惊诧者，电视屏幕茶艺表演，堂倌武术装束，扯出各种把式，表演冲茶，完全失去了吃茶的雅趣，看了作呕。来日茫茫，不知伊于胡底，老夫长叹而已。

一五

　　广义而言，茶属轻度毒药。古人云："毒药苦口利于病。"（后人改作良药）可见毒药亦有用处。茶能发汗，兴奋神经，可治感冒。绿茶作为饮料，利于健康，远胜舶来可乐。蜀地阴天多，湿气重，吃茶可防痿痹之疾。古代蜀人大锅熬茶末，加盐加姜加茱萸，掺以米面粉末，谓之茗粥，当作药吃。成都大慈寺附近有一条茗粥巷，原系唐代古寺熬茶之所。古人说茶能"轻身"，就是减肥；又说茶能"清心"，也就是解油腻，这些都是好处。好处又是坏处，因为"轻身"和"清心"都是败坏胃口的结果。茶客多胃疾，茶真是毒药。辩证法谈事物性质转化，验之于茶，果然。

道家茶的妄说

　　青城山有所谓道家茶，极品拿到成都拍卖，几两茶叶拍成七万八千元的天价，吓死我也。人说："商业炒作，见怪勿怪。"我想也是。虚张声势，为产品闯销路，未可厚非。不过话说回来，这消息见了报，若真是假新闻，总不好吧？拍卖难道允许做假？人说："就是有找托儿做假的，你不知道罢了。"我翻出那张报，再看。哟！青城山道家茶资格老，已有两千多年历史。真的吗？

　　道家三部典籍，《老子》《庄子》《列子》，你能从中找出一个茶字，我就服膺"两千多年历史"之说。先秦记载，饮酒饮浆，未见饮茶。浆为薄酒，非茶。先秦只有荼字，音 tú，尚无茶字。荼有二义，一为苦菜，一为茶树。《尔雅·释木》之"槚，苦荼"，据郭璞注，槚便是茶。《说文解字》有荼无茶，说荼就是茶的古字。茶字正式登场，应是汉代置茶陵县，属长沙国，在今湖南。县之南有茶山，所以取名茶陵。茶在这里已经读 chá 而不再读荼 tú 了。茶树叫作 chá，乃长沙方言，遍播及全国。说到种茶制茶饮茶，湖南总比四川早吧，怎么轮得到青城山？

先秦道家人物，老聃、庄周、列御寇，都是北方人，生活在黄河流域，那里不产茶，他们不饮茶。所谓道家茶，乃巧立名目，不通不通大不通。或问："南楚茶叶运到北方，他们也不饮吗？"老聃那样清静无为的人，不会饮茶寻求刺激，那是当然。庄周穷得喝藜羹粥，列御寇穷得遭太太怨言，两人营养不良，不会去喝茶解油腻，也是可以理解的吧。你卖茶就卖茶，别拉他们来打广告。岂但道家不饮茶，儒家孔子"饭蔬饮水"，颜回"瓢饮"，也不饮茶。青城山乃道教圣地。教主张道陵，人称张天师。道教教义实与《老子》《庄子》《列子》三部道家典籍中的学说不同。道教不是道家，请勿混淆。拿道教打广告，取名道教茶，可简称道茶，我就不提意见了。

认真说来，佛僧比道士更爱好饮茶。据杨慎《艺林伐山》载，知明代佛寺设有"茶寮"，为僧众茶聚之所。僧人禁肉食，但佐餐以植物油煎豆腐（寺有豆腐作坊），亦需茶解腻。又有施主出资，寺院办"茶汤会"，招待善男信女。蜀人呼炒面粉煮成糊曰茶汤，犹存古名。茶汤类似茗粥。成都东城有茗粥巷，在明代是大慈寺施茶汤处。僧人爱饮茶，又见郑板桥《道情》：

老头陀，古庙中，自烧香，自打钟，兔葵燕麦闲斋供。山门破落无关锁，斜日苍黄有乱松。秋星闪烁颓垣缝。黑漆漆蒲团打坐。夜烧茶炉火通红。

青城山多云雾，出好茶。通称西路茶，名牌响蜀中。青城茶本来就有地位，何必生拉活扯傍道家。饮茶适度，有益健康，这样宣传就行了。硬说喝了就能悟道成仙，便失之于妄了。

比饿功

内地有些见识鄙陋而又生性狡黠之徒，擅长作伪，当众表演《尚书》说的"诳张为幻"，亦即魔术，到头来被拆穿，闹大笑话。二十年前吾蜀旧事，例如耳朵认字、意念致动、隔墙视物、飞身越屋、一指倒立，等等，没脸再提起了。且说最新鲜的一件事吧，正在热烈进行，报章炒之，电视播之，煞是闹猛。不过读者看到此文时，不知此事是否已经大获全胜，庆功会都开了。

话说川南有个中医，要为国族扬威，挑战洋人。挑战甚事，飞船登月？激光射炮？中药克癌？非也。他要同洋人比饿功。原来有个洋人魔术师表演了四十四天绝食，而他要向洋人挑战，保证战而胜之，当众表演绝食七七四十九天。哎哟哟，厉害厉害！

常言道："一个篱笆三个桩，一个好汉三个帮。"中医怪侠饿功虽然空前绝后，若无帮衬，亦将屈作困于盐车的千里马，空怀报国之志，让那洋人继续嚣张下去。幸好有两个桩，篱笆得以竖立起来。一个桩是雅安碧峰峡动物园的老总，他在园区建筑一座玻璃房子，请怪侠入住七七四十九天（写此文时二七已过）。另一个桩是多家媒体，一阵鼓吹。两个桩除了协助表演者为国族扬威外，也各有所图。动物园据说人气不太旺，而现在游人大增了，看兽看禽兼看比饿功的大侠，何乐不为。至于媒体，借此报道打开销路，以利竞争，亦属题中应有之义。科学不科学，谁去深究呢？

人不吃饭两三个月，早就有过。一九四八年川东石柱县出过"九年不食"的杨妹，重庆市长杨森领头赞赏，认作干女，接来展览。帮闲报章有文章说："中国吃饭问题有望从此解决。"还有科学家说："杨妹皮肤具有光合作用功能，能直接用阳光合成营养物质，不必用膳。"前此一年春季，成都东校场的贫妇结队上街抢米，我曾目睹。好了，等把杨妹饿功研究透了，推广开来，那该多美！古人有言："人不衣食，君臣道息。"全国百姓若免膳了，不必低三下四去找饭碗，谁还认你啥官员啥总统啥保长啥东家。从此人人自由，大家平等。遗憾的是那村姑不争气，就在那两三个月内，抗不住旺盛的食欲，竟然多次偷食，又被记者拍照。弄得杨森丢脸，只好送她回山村去。此事功亏一篑，惜哉惜哉。

古人认为"七日无粮则死"，倒未见得。地震废墟下面，饿了二十七天，仍被救出，报上登过。张良修避谷术，与赤松子游，绝粒经年。吕后劝曰："人生短暂，何必苦了自身？"我用此言转赠饿功怪侠，假设他不是在玩魔术，他该知道，现今国际粮价便宜，苦苦枵腹，亦无助于中华腾飞。

照相喊茄子

照相师左手摇小铃，叮当好听，逗我凝眸，然后右手疾速揭镜头盖，于是功德圆满。那时我刚半岁，裸身趴在景片前的平台上，第一次照相。长大后又照相，小铃不必摇了，照相师扬手喊："盯这里，不要动！好！"或是喊"头抬起"，或是喊"笑一笑"，不一。照相师有火气旺的，还要大声训斥："脸不要绷那么紧嘛！"我怕面子受伤，进照相馆坐在聚光灯下，小心翼翼，鼻尖冒汗。这时候照相师就像护士诓哄小孩打针一样，安慰说："放松些，放松些。再稍微笑一笑，自然些。好！"后来又不说"好"而改说"OK"了，时代变了。

"OK"了好些年，忽然听见玩摄影的少男少女对我大声齐喊"茄子"，使我惶惑不解。照相就照相嘛，同茄子有啥关系嘛。想去请教，又怕人家笑我无知，便隐忍了。有一次询问资深摄影家，答说："意思就是笑一笑。人笑，眼睛弯弯就像茄子。"似乎有些道理。蜀人不是也说"眼睛笑成豌豆荚了"。不过茄子之说终觉不妥，一是茄子太大，二是茄子也有直而不弯的嘛，三是紫眼睛未免荒谬吓人。直到前不久翻余光中书，读到一文写照相喊"Say Cheese"，我才恍然大悟，Cheese 被误听成茄子了。鲁迅小说《肥皂》写糟老头把 Old Fellow（老家伙）误听成恶毒妇，已有可笑在先。

查《英汉辞典》知悉，照相师喊"Say Cheese"的意思是"笑一笑"，仅此而已，不必甚解。Cheese 义为奶酪。为什么"说奶酪"能导致"笑一笑"，则非我所知矣。事涉欧美俚语，吾人很难说清。直译成"说奶酪"，绝对不行。误听成茄子而齐声大喊之，实在是赶时髦闹笑话。

二○○八年五月中旬附记　　内行告知，喊茄子也可以。发茄子二音时，嘴角上挑，利于微笑，其效果与 Cheese 音相同。Cheese 也好，茄子也好，皆不涉及词义，所以不必硬要从意义上作解释。

语词痞癖指正

痞子小说，语言粗暴，什么"老子偏不尿他""人人都不尿他"，白纸黑字，匪特辱人，亦自辱也。笔下猖披如此，污我汉语，以逞其放荡无检之快意，兼捞其惊众骇俗之名声，人间竟何世耶！

生一阵闷气，又冷静下来。怒伤肝，何苦呢。且仔细研究这个动词"尿"，很快就明白了。痞子不学无术，字写错了。他口头的这个 liào，我想应该是料字，而不应该是尿字。尿音 niào，带鼻音。他恶意侮弄人，鼻子里哼出声音来，"不料他"就讹作"不尿他"了。

双声复词料理，拆开来讲，料即理也，理即料也。不料他也就是不理他。这个动词本来不错。幸好你不理他。

蜀语不理、不睬、不理睬、不理视，皆常用。若考之，亦古语。《鹖冠子·王铁》云："逆言过耳，兵甲相李。"陆佃注曰："李如李官之李。李者，治也。"今人说治理，可知李即理，"兵甲相理"就是要兵戎相见了。果如此，倒不如互相不理的好。

北人兴说不瞅不睬，正眼都不瞧他以及古人所说眷顾，似皆着重于目光之投射，终不如这个理字内涵之丰富。攻书叫理书，清账叫理账，不过问叫置之不理，其所指涉皆不局限于眼睛之照看。当然，丰富的内涵都是语词在发展过程中逐渐衍生的。若原其始，理的初义只是玉石纹理，料的初义亦仅限于量米而已。

螺旋之惑

　　冬日负曝，闲读指纹，悲从中来。所悲者何？悲我十指上的螺纹，七十年间，磨损于劳作，擦伤于工具，侵蚀于岁月，已经模糊看不清了。拿放大镜审视，那些螺旋形的纹线，深深浅浅，断断续续，仍能勉强读出十个螺螺来。蜀儿歌曰："一螺穷，二螺富，三螺四螺卖萝卜。五螺六螺开当铺，七螺八螺有官做。十螺全，中状元。"我虽不才，亦有十螺。常人有的箕形指纹和弓形指纹，我一个也没有。真是十螺全了，难怪一九五七年反右派斗争钦点为状元，享誉二十二年之久。笑话一句，逗乐读者，好看下去。

　　我忽然发现，我右手五指的螺旋线，由圆心向外引，全是顺时针方向的；与此相反，我左手五指的螺旋线，由圆心向外引，全是反时针方向的。左右恰好相反，用术语说，互为镜像。异哉，我该怎样解释这个恰好相反？

　　我双手一合十，作礼佛状，答案就出来了。

　　合十，掌合指合，左右五指相反的螺旋线就一一吻合了。其理正如镜中之我与我本人左右相反，却能吻合在一个平面上（假设人体能压扁成二维平面）。又如印章，刻的都是反字，印在纸上却是正字，正反双方完全吻合在一纸平面上。语云："相反相成。"而我这是相反相合。如果左右旋转方向相同，那还能一一吻合吗？当然不能。

左右五指的螺旋线恰好相反，我猜想，是因为左右五指本来就是连在一起的，贯成一脉的，通得一气的。胎婴发育到某一个阶段，局部左右分离，各属一肢，独自生长，好比印章和纸面分离，双方自然就相反了。我又想起，医书解剖图上，胎婴在母腹内，双手就是左右密合在一起的。合十，佛徒说是行礼，我说是回归于人之初。我在忆旧之时，受下意识支配，不知不觉合起十来，轻轻叩额，非无因也。

设想孕妇腹中有录像机，录得胚胎到胎婴的发育过程，取出来，倒着放，定能目睹密合的左右手渐渐融合，由有间而无间，由二而一，而且随着左右腕臂的渐渐缩短，最终缩回胎婴体内。待到四肢和头部都缩回体内时，胎婴就退回到胚胎阶段。胚胎再退，愈缩愈小，小到芥子一般，便是受精卵了。这小小一颗珠，所谓珠胎，神鬼不知，那有娠之妇也不觉，却暗藏着一个人的全部生理特征，包括那十指的螺旋线，真正不可思议，唯有赞叹而已。

是谁在珠胎内刻下那些螺旋线的？

为什么细微到 DNA 也有双螺旋结构？为什么浩瀚到银河系，乃至多数河外星系，也有旋臂状的螺旋结构？

为什么贝壳上也刻有螺旋线？

为什么飞船绕着螺旋轨道脱离地球，又绕着螺旋轨道降落月球？

　　作为观念符号，为什么太极图阴阳鱼也是螺旋形的？

螺旋线的终端

　　揸开十指，细看螺纹，有疑问逼到我眼前来。为何右手五指螺纹都是顺时针右旋的？为何左手五指螺纹都是逆时针左旋的？这是谁给我设计的？为啥要这样设计呢？若说没人设计，乃是来自遗传密码，那密码又是谁编的？我是谁？是一件作品吗？我从何处来？从未知的"彼岸"来吗？年轻时学过辩证唯物论，以为天下道理我尽知了。现在头白了，困惑也来了。善哉，弗兰西斯·培根之言："一点儿哲学使人的心灵倾向无神论，而深究哲理则会把人的心灵转向宗教。"这里说的宗教，照我理解，就是对大自然造物主的赞美和皈依，也就是向善吧。人有这一点儿向善之心，方能革掉狂妄，习得谦和，萌生自知之明，而不至于谵语什么"翻转世界如翻转一只酒杯"那样的马雅可夫斯基的昏话。

　　从手指的螺纹我想起生物的螺旋线。蜗牛、钉螺、田螺、海螺，壳体都凸显出自己的螺旋线，回环缭绕，自内而外婉转引出，乃有形的谐和，是无声的韵律，令我遐想。请问，谁给它们设计的这些螺旋线？难道这些生物不是一件件作品吗？那个隐身的造物主，不但深谙数学，而且旁通美术，怪哉。这问题想不得，俯桌想要停胃，倚枕想要失眠。不想吧，又控制不住好奇心。说得不错："一事不知，儒者之耻。"你要格物，请来格吧。只回答我一个问题：这些螺旋线有什么功用？

前面我说的诸般螺旋线都是肉眼能看见的。更有微渺的，须在显微镜下看。例如螺旋藻类和螺旋杆菌类，以及更小的梅毒螺旋体、钩端螺旋体、斑疹伤寒螺旋体。这些小小生物为何也跟着螺旋其体呀？它们虽然或有害于人类，却皆具备和谐之美，体现出大自然多样而和谐的秩序，令人叹为观止。我之所以引出这些游想，皆因读了马小兵选编的《和谐的秩序》（四川人民出版社一九九七年七月版）一书，受到启发。马先生选编了一套"科学大师思想随笔"丛书，共五种，皆有趣，且通俗，真不错。行文夹广告，为好书叫卖，我做得对。所憾者嗓门不够大，呼声太弱耳。

我把螺旋线说完吧。宇宙中还有大尺度的螺旋线，太遥远了，与银河系距离以数十光年计，须在望远镜中看。这就是那些河外星系巨大的旋臂，呈一双螺旋线自内而外抛出，同样神奇，具备和谐之美。微观和宏观，两方面的螺旋线，不知要引我们到何处去。如果真有上帝，他也许就坐在那些螺旋线的终端，笑看着芸芸众生吧。

该燃犀照怪了

光阴何其快啊，吾蜀少年唐雨耳朵认字事件于今二十年了。那年我还在故乡的县文化馆工作，恭读省上党报，大开眼界，深信耳朵真能听出纸团上的字来。不但信，还鼓吹，斥不信者"不懂人体科学"。时当长夜破晓，鄙人乐观未来，轻信奇迹，甚至灵迹。随后调回成都工作，从海外弄来几本灵学书，读了，惊悉灵魂有重量为二十一克（因为据说人死了称体重减少二十一克）。还看了人体飞升照片（一男在众人仰视中悬浮低空）和灵魂出窍照片（一裸女之腋、乳、脐、阴、鼻、口、耳诸部冒出白烟），大为激动。不久，各地奇迹蜂起，特异功能大师也出山了，煞是热闹。待到某类气功热遍全国之后，那些大师更像活神仙了。奈何满天肥皂泡终有破灭日，二十年过了，那些奇迹安在哉？幸好当权者，除个别瘟官外，尚能以务实的态度改进国民经济状况，改善国民物质生活，不给那些大师赏脸，不寄望于种种奇迹。不然的话，国门恐怕又要关上。民间迷信活动，哪代没有。关键在当权

者要有科学头脑，勿去造神。造神瘟官虽属个别，也
有很典型的。前些年，四川有记者敬永祥揭发海灯和
尚弄虚作假，本属写内参反映实况嘛，却被对方一伙
告状，官判败诉，让那帮吃迷信饭的家伙大长威风。
总算有位湖南作家张扬打抱不平，写成《海灯神话》
一部大书，燃犀照怪，捍卫科学，伸张正义。那瘟官
改不改？蜀人等着，要看下回分解。

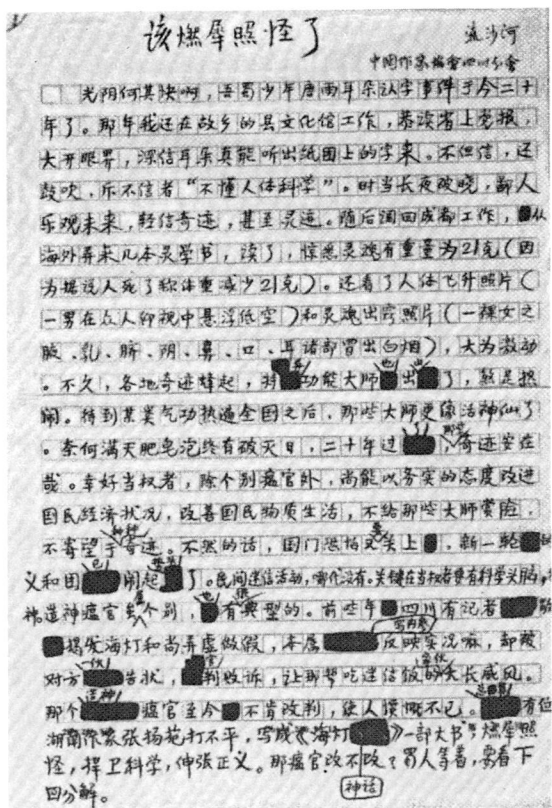

作者手迹

请喝犀角汤

　　前篇《该燃犀照怪了》的燃犀照怪一事是典故。典，典籍。故，故事。典籍中的故事，古为今用，是为运用典故，或曰用典。话说晋代骠骑大将军温峤，剿灭奸雄王敦，平定叛官苏峻，威猛著名。温峤来到今安徽马鞍山市南面的采石矶附近的牛渚矶，临着长江观看风景，听见江潭水中传来音乐之声。当地人传说，潭深不可测，潭底多怪物。温峤不怕，点燃犀牛角当火把，潜水照之，果见一大群作怪的水族，围来扑灭犀火。后世遂把烛幽探暗照妖揭鬼的勇敢行为叫作燃犀照怪。这是好传统，吾人不可失。应该在牛渚矶深潭上筑一亭，树一碑曰"晋代大将军温峤燃犀照怪处"，用以激励来者。莫嫌高调，卖点旅游钱也好嘛。

　　犀牛角啥模样，我尚未把玩过。能否点燃，也不知道。纵能燃，亦不能入水，那是肯定的。能入水燃烧的只有钾、钠、钙这些轻金属元素，角质蛋白怎能呢？燃犀角能照怪的传说，想来是附会产生的吧？原来犀角自古入药，其性大凉，主治高烧引起神志不清，行为错乱，语言谵妄，乃至白日见鬼。予少时发高烧，在大街上奔跑，看见背后鬼来追我，服中药犀角汤而清醒。古人由此附会，以为犀角有灵，功能退邪辟鬼。既如此，便也能照怪烛妖了。附会是可笑的，古人固如此也。今有张扬先生《海灯神话》一书，揭露谎僧作伪，堪称一剂犀角汤药。那些被特异热、气功热、神仙热所感染，发高热而支持伪科学的官员，不妨读读此书，就当喝一碗犀角汤也好。

三说海灯神话

我非逢怪必反、不承认超常事物的卫道之徒。二十年前耳朵认字固属魔术，未可当真。但是有些事情，亦颇怪异，却还值得认真研究。例如二十世纪五十年代报纸登过一位苏联女子，大病之后，指头产生视觉，让人蒙着她的双目，摸识黑球白球，又能隔着一片玻璃摸读《真理报》的标题。我也知悉曾有盲琴师能摸识黑红二色。近日又悉清人龚炜《巢林笔谈续编·手鼻代眼》："隋时卢太翼，目双瞽，以手摸书而知其字，是以手为眼者也。"这类怪事不必驳斥，研究透了再作结论，也不为迟。当然，如果有人用来欺世盗名，骗人牟利，又当别论。世间未知之物多于已知之物，永远如此，鄙人认为。

《海灯神话》一书所揭露的正是欺世盗名的一伙人。从前一个时期，只问左右，不问真假，弄得是非颠倒。那个时期过了，该问问是真是假了。海灯自称出身于少林寺，是某某和尚的徒弟。一查，真有某某和尚在少林寺，不过时间是在六百多年以前。前后相距如斯遥远，那薪火怎样传？给自己编造不实的履历，有些人是为了全身远祸，有些人是为了欺世盗名。全国政协前委员海灯归西已久，我们也无从听他解释了。他生前帐下的那一伙人，以徒弟范某某为首，能给我们一个回答吗？

　　三千年前周天子有明令，严禁民间"诪张为幻"，载在《尚书》。幻指幻人幻戏，亦即今之魔术师与魔术表演。这个都要禁止，岂非愚民政策？窃以为纵然是迷信活动，只要不犯法，都不必禁止。但是，欺世盗名，骗人牟利，写内参揭露，难道也不行？

飞碟上的一个符号

美国新墨西哥州的索科罗是一个小小的沙漠城。在城外的一条僻静的公路上，巡警朗尼·赞莫拉驾车追捕一辆违章的超速车，那天是一九六四年四月二十四日。赞莫拉听见一阵隆隆的响声，同时看见空中一道蓝色的火光。当他驾车冲上一座小山的时候，发现了一个闪闪发光的物体，有二十英尺长，像一辆倒扣过来的汽车。赞莫拉停车观察，并用无线电话向警察局作了报告。

赞莫拉看见那个庞然大物的外表有一个奇怪的标志：顶部一道弧线，底部一条横线，中间一个箭头向上。其形状如图一所示。

赞莫拉还看见有几个全身白色的"矮人"在这个庞然大物的内部活动。那些"矮人"发现他以后，似乎吃了一惊，立即启动庞然大物。只见它喷着火焰，发出震耳欲聋的隆隆声，飘然而去。

警察局接到报告后，派人赶到现场，

图一 飞碟符号

看见赞莫拉脸色苍白，浑身发抖。调查现场时，发现地上有四个凹痕，沙地上有脚印，几处小草和小树被烧焦了，还在冒烟。因此，警方确信赞莫拉的报告是真实的。美国联邦调查局的官员也很快来到现场，认为飞碟留在地上的凹痕是新的。研究飞碟的权威、天文学家海尼克博士对这次目击事件作了多次调查，十分重视，并把它作为一大疑案，载入官方主持的不明飞行物调查记录。

那只飞碟一去不复返了。飞碟上的那个标志只有巡警赞莫拉一人看到。他不会看错吗？如果没有看错的话，那个奇怪的标志是做什么用的呢？

大家知道，各国的军用飞机都有自己的标志。这一国的，那一国的，标志各不相同。民航飞机，一个公司有一个公司的标志。对飞机来说，标志的作用是使它们互相有所区别，易于辨认。天上的飞机太多了，没有标志是不行的。飞碟则不然。飞碟不是太多，而是极难见到，不存在互相区别的需要。飞碟在地球上空活动，似乎带有某种秘密性质，也没有必要画一个标志让人类去辨认它们。事实也是这样，记录在案的成千上万的飞碟事件，目击者都没有说看见什么标志，恐怕只有这一件是例外。飞碟既然没有必要画上一个标志，所以我认为赞莫拉看见的那个图案不能叫作标志，应该叫作符号——一个包含着某种意思的符号，一个向人类传达着某种信息的符号。

符号不同于文字。拿汉字来说，每个汉字都有它的形、音、义。符号有形有义，无音。符号也可以同文字一样被用来传达信息，不过它的使用范围太窄，远不如文字的使用范围宽广罢了。那些全身白色的"矮人"把那个奇怪的符号醒目地画在他们的飞碟外表做什么用呢？当然是给人类看。他们有话要向人类说，便通过那个符号来传递。

我试着来分析一下那个符号。它有点像我国铁路部门的徽章（见图二）。铁路部门的徽章，上部是火车头的纵截面，下部是钢轨的纵截面。那个符号不是铁路部门的徽章，自不用说。

符号顶部一道弧线表示天穹。在古代汉字里，"天"这个字有好几种写法。其中一种是这样的：上部一道弧线，下部一个大字（见图三）。"大"这个字的本义是大人，象大人之形。大人头上顶着天。那道弧线表示天穹。用弧线表示天穹的还有古汉字的"雨"这个字（见图四）。

图二　铁路徽章　　图三　"天"字　　图四　"雨"字

符号底部一条横线表示地平。在古汉字里，"上"这个字有两种写法（见图五），"下"这个字也有两种写法（见图六）。那一道横线表示地平，不是一、二、三的"一"字。用横线表示地平的还有古汉字的"立"这个字（见图七）。大人脚下踩着地，就是"立"。

图五　"上"字两种写法　　　图六　"下"字两种写法

图七 "立"字 图八 "至"字

符号中间一个箭头向上表示离地升天。在古汉字里，"至"这个字是这样写的（见图八）：一支箭从空中落插到地面上。一箭射向空中，升到天顶，回落下来，插在地面，就叫"至"（"至"就是"到"）。符号中间的箭头是向上的，与"至"字正相反，表示离升而去。

看来很明白了，这个符号翻译出来该是这样："请放心吧，我们不会侵占地球。我们是要离地升天去的。"如此说来，这该是向人类表示和平友好的符号了。

那只飞碟的"矮人"创造出这个符号来，绝非易事。如果不是事先研究过地球和人类，他们就不可能创造出这个符号来。因为只有身在地球，抬头望天，天才成其为天穹，可以用一道弧线表示；极目望地，地才成其为地平，可以用一条横线来表示。因为只有研究过人类的历史，知道人类曾经狩猎为生，普遍使用弓箭，而且迄今还在通用箭头符号表示前进方向，以后，才可以在那个符号中间画上一个箭头表示离地升天而去。也许他们还研究过古汉字呢！

二〇〇八年五月五日附记 此系一九八六年旧作，翻检出来，看了失笑。姑不论事件确实程度有多高，请当作文字学类文章来读吧。

冥王星降级之馀震

六十年前，蜀中有留学生毕业巴黎大学，运用《易经》八卦数理，推测出太阳系应该有第十颗大行星，以此写成毕业论文一篇，获得法国政府奖状。到了二十世纪八十年代，闻说国外有人发现比冥王星更遥远的第十颗大行星，我们这里也有报章赶快把那篇被世人遗忘了的论文拿来炒作，声称我们早就发现那颗星了。论文内的八卦数理深奥难懂，不敢妄议。只是声称"发现"而无天文观测记录佐证，未免言之过早。那不过是一种推测，一种假说而已。那时候社会上正在闹《易经》热，《易经》据说包罗万象，所谓的预测学各种著作趁势纷纷推出，出版社猛赚钞票。

其实这种推测缺乏学术价值。不用八卦数理，就用波德定律也能推测。原来各大行星与太阳的距离有一定的规律。若以地球与太阳的距离（一亿五千九百万公里）作为一个天文单位，据波德定律，诸行星与太阳的距离，由近到远，列表如下：

水星	金星	地球	火星	小行星群
0.4	0.6	1.0	1.6	2.8

后面还有木星及木星以外的各大行星与太阳的距离，此处省略，不必列了。以上这组数字，从左向右，前一数字乘以一点六便近似于后一数字，即以一点六倍递增。这样递增下去，不但想象中的第十颗大行星，便是第十一第十二第十三颗大行星（如果存在的话）与太阳的距离，皆可书斋"坐致"。所以我说，那位已故的蜀中留学生所作的推测缺乏学术价值。何况八卦数理的所谓预测作用很可疑，用可疑的方法纵然推导出合乎观测记录的结果，也只算缺牙巴咬虱子，碰准了而已。

好了，现在冥王星降级了。所谓第九颗大行星根本不存在，还谈什么发现第十颗大行星呢？冥王星降级为矮行星，低一等了。原有的八颗大行星，即水星、金星、地球、火星、木星、土星、天王星、海王星，一律免去"大"名，只叫行星二字。这个结果可以视为太阳系的"天震"，颠覆了以前的天文常识。

冥王星是美国人汤博一九三〇年发现的。当初就有人怀疑其第九颗大行星的资格，因为按照波德定律，它与太阳的距离应该远些远些更远些，方才符合前述的一点六倍的递增。何况它的个头儿又太小了，质量仅及月球的三分之一，凭甚称"大"？它的轨道又过分椭圆了，有时候竟跑到海王星轨道的内侧去，以至于与太阳的距离居然比海王星与太阳的距离还近些。据以上诸因素，难怪有人认为冥王星是海王星的卫星，不能被视为一颗大行星。回头来看，那位汤博先生可能太急于成名了。他比对某天区数月来的多张照片，发现一颗暗星在数月内有明显的位移，便断定它就是第九颗大行星，由一个英国十一岁女童凡内提娅命为 Pluto，译名为冥府之王普鲁托，今称作冥王星。此星距太阳极遥远，从那里看太阳只是夜空一颗普通恒星。它绕太阳公转一圈，需数百年之久。短短数月观测，汤博从照片上看得见的位移轨迹是那样短，就像门缝中看奔马，哪能获知准确的轨道要素呢？此事再次证明，科学上不存在能免于被修正的结论。

前举波德定律尚适用于类地行星，即水星、金星、地球、火星、小行星群，若拿去套用于类木行星，即木星、土星、天王星、海王星，出入就大了，不再适用了。定律不定，定哉？定哉？所以前面我用波德定律推导，并不比用八卦数理推导高明，亦蹈空之论，类同游戏耳。

天文学毕竟是观测的科学，而非玄学之可以"坐致"于书斋也。观测还必须是长期的，短期不行。汤博先生泉下有知，定会颔首。而蜀中那位已故多年的留学生，亦可于夜台不寐之时，回头检验一下八卦数理究竟是否能有效地推测太阳系的结构。

银河悬挂门外

　　忆我孩年，大气未经工业瘴染，城区亦无夜光映天。年年炎夏傍晚，庭院仰看，众星荧荧，银河灿灿，真是奇观。直到二十世纪六十年代之初，成都夜晴，犹能清晰观星。幸好我那年从春观到冬，逐渐认识了黄道十二星座以及周天二十八宿。若错过那最后机会我就要当终生星盲，无缘作此文了。

　　小孩粗心大意，不识银河，误认作淡淡的夜云。必经大人指点，方能看出，仿佛浩浩清波，从北流向南去。流经南天人马座（弓手座）处最为明亮。天顶银河段上，长颈天鹅正在南飞。天鹅是从古希腊神话里飞来的。华夏祖先倒而看之，说是长尾喜鹊正在搭桥，以便东岸牛郎迎娶西岸织女，而神话生焉。

　　《诗经》上说"维天有汉"。天汉俗名天河，亦即银河（Milky-Way）。成书于战国时代的物候学著作《夏小正》说孟秋之月（今八月）黄昏时"汉案户"——银河悬挂门外。景象诡怪，请详解释。

　　为采光采暖计，古代华北平原，房屋向阳，背北面南，门户都是向南开的。初秋夕，主人晚饭毕，坐在房间内，面向门户，正好看见南天的那一段最明亮的银河，若水晶帘悬挂在门框中，他便知道秋季来了，天要凉了。所谓物候者，睹景物而知气候也。《夏小正》记录的正是华夏祖先观察心得。"汉案户"这一句多么简洁奇丽，而且诗趣盎然。

这时候，房主人走出房门，来到四合庭院中间，席地纳凉，能卧看到长方形的一片有限星空。众星列宿，他都认识。从北向南流的银河，此时不偏不斜，恰好中分矩形天宇。黄昏时能遇见这般奇妙景象，一年之中只有初秋短短几天。几天过了再看，银河就偏斜了。历法创建之前，古人全赖这类经验判断季节，安排农事。

到暮秋之月的黄昏，在庭院中仰看银河，偏斜更甚，中分线竟移作对角线（矩形左上角引向右下角）。汉代谣谚云："河射角，堪夜作。"说的就是这个。此时秋分早已过去，日渐短，夜渐长，可以熬夜做白日未完成之工务，晚些就寝也无妨了。此前农家"日入而息"，不做夜活儿。念着这句谣谚，设想当时情景，会觉得两千年仿佛昨日。

从"汉案户"到"河射角"也就是从早秋到晚秋，农家要收，要晒，要脱粟，要纳粮，要嫁，要娶，要缝寒衣，要酿米酒，正是"多事之秋"。现代人讲休闲，秋爽正宜旅游，此亦"无事忙"也。我思古人，哀其劳瘁。

友人询及银河，我譬喻之。暮春郊原油菜开花，有两脚蚁站在一朵油菜花上环望，只望见金晃晃一圈光，不知那是两千亿朵油菜花远远近近层层叠合成像。这就是银河。一朵油菜花就是一个太阳系。两脚蚁者，你我他也。

众星不朝北斗

幼读七十一回《水浒》入迷，烂熟到能背诵每一回的回目，你出上句，我就能续下句，其热爱之程度可知矣。既长，渐染现代文明理性，造反热血始凉。后来遭遇坎坷，辛辣备尝，中年后又跳读百二十回《水浒》，看见英雄们一个个可悲的下场，才算彻底清醒。所以电视播演《水浒》毫无兴趣，冷眼一瞥而过。叵耐那主题歌吼唱着"天上的星星参北斗，你有我有大家有，该出手时就出手"，来势凶猛，似乎又要闹革命了，使人惊诧。不过随即放心，相信平安无事。说原因也简单，那些天星三十六啦地星七十二啦都瞎了眼，它们本该去"朝"所谓万古不移的北极星，却误"朝"了旋移不停的北斗星。神拜错了，还闹得起势吗？

天上众星朝拱北极之说，古人早知。《论语·为政》："为政以德，譬如北辰，居其所而众星拱之。"这里的北辰就是北极星。《晋书·天文志》："北极五星，钩陈六星，皆在紫宫中。北极，北辰，最尊者也。其细星，天之枢也。"原来帝王所居紫宫之中，有五颗星组成北极，有六颗星组成钩陈。北极五星之中有一颗暗弱的小星，它的位置最接近天球的北极点，它就是一千五百年前的北极星。由于地球自转轴在移动，北天极点跟着移动，今日的北极星已经是钩陈一，即现代星图的小熊座阿尔法星了。如果你到地球的北极点，最当顶的那一颗星就正是它。在它下面仰视北半天球，你能看见一切星体皆以北极星（小熊座阿尔法）为圆心，作反时针方向旋转，其轨迹为上千个同心圆，二十四小时转一圈。你所见到的星都在转动，唯一不动的只有北极星。众星围着它转，如臣拜君。曰拱曰朝，意思相同。北极星被古人当着天帝崇拜，其故在此。并非它特别大特别亮，它不过幸运地被地球自转轴瞄准了而已。除它以外的一切星作反时针方向旋转，亦非真的是在转动，只不过反映出地球在由西向东自转而已。科学常识一讲，北极星的神光就退尽了。

至于北斗星，距离北极星太远，所以不可能有帝王之相，只能为臣，昼夜转同心圆，旋移不停，跑腿罢了。北斗由七颗星组成，形似汤瓢。天枢、天璇、天玑、天权四颗星像瓢体。玉衡、开阳、摇光三颗星像瓢柄。天上看不出有任何星星来"朝"它们，来"拱"它们，来围着它们转圈圈跑腿，所以电视剧《水浒》那句歌词根本不通。

分不清北极星与北斗星而闹笑话，早就有过，实不足奇。"文革"年代举国皆唱"抬头望见北斗星，心中想念……"。身陷牛棚之中，老夫听见，赶快低头装怂，显得非常规矩老实，不敢流露半点笑意，更不用说提笔写文章了。

三姑六婆解

所谓道婆，盖指道姑中之迷信职业者，以有别于正派的道姑。这样区分，不使良莠混同，在今日有必要。若在古代，就很难说，不易区分开来。士大夫家，门上多书"僧道无缘"，和尚尼姑，道士道姑，一律严拒。明代朱柏庐《治家格言》云："三姑六婆，实淫盗之媒。"

元代陶宗仪《南村辍耕录》解说："三姑者，尼姑、道姑、卦姑也。六婆者，牙婆、媒婆、师婆、虔婆、药婆、稳婆也。"时移世变，今日须再解之，方能一一明白。

尼姑道姑，一居佛寺，一居道观，人皆知之。卦姑给人算命，排生庚八字推流年，预卜吉凶，或拆字，或解签，或看相，皆收费，属迷信职业者。今各寺庙门外，以及旅游景点，此辈活跃，读者想必见过。三姑既解，请解六婆，分说如下。

牙婆就是古代的人贩子。富贵人家娶姬妾、置歌女、雇厨娘、买婢妮，都找牙婆承办。牙婆是这方面的经纪人，近似合和二姓之好的媒婆。《水浒》王婆自夸："老身为头是做媒，又会做牙婆。"媒婆虽坏，毕竟不如牙婆那样伤天害理。师婆就是女巫，下阴观花，装神弄鬼，骗人财钱，误人性命。虔婆就是妓院女老板。药婆给人堕胎，往往乱下猛药。至于稳婆给人接生，兼验女尸，应有益于社会。《南村辍耕录》说三姑六婆皆"致奸盗"，宜疏远之，"如避蛇蝎"，必须这样，家宅才得清净。这种说法未免一刀切了。士大夫家拘守礼法，谨慎过逾。以上九种妇女，自今日以观之，卦姑应取缔，牙婆该惩治，师婆要禁止，虔婆须法办，药婆宜打击，稳婆可管理，而尼姑与道姑就应该当作宗教人士，平等视之。

勿忘黄道婆

　　四千年来，农业社会男耕女织。耕，耕田。织，织布。织啥布？棉布吗？不全对。织棉布的历史在内地不超过七百年。此前三千馀年，织的都是麻布葛布。我读小学时，国语课本上颂扬黄道婆。十三世纪之末，还在元代，是她从海南岛黎族同胞学得织棉布的技术，带回故乡松江乌泥泾（今上海市华泾镇东湾村），然后推广开来的。三百多年后，明代宋应星著《天工开物》，误把草棉当作大麻雄株，可知那时植棉犹未普及，连宋应星都未见过。古无棉字，只有绵字，专指丝绵。棉字分解开来，应该是从木，绵省声。

　　织棉布比织麻布更麻烦，织前必须多次加工。棉花摘回来晒干后，头道工序是送上轧花机，从纤维中轧掉种子，二道工序是用木椎拨弓弦，弹松纤维，也就是弹棉花，三道工序是梳搓成棉条，四道工序是摇转纺车纺成纱，五道工序是牵挽成经线，六道工序是上浆。然后方可上织布机，投梭织之。黄道婆引进的技术是一整套，包罗前述六道工序，以及轧花机、弹花弓、纺纱车、挽经器、织布机之制作与改进，其事甚繁。由于黄道婆的引进与推广，手工棉纺织业在松江大发展。《天工开物》说："凡绵布寸土皆有，而织造尚松江。"其间应有黄道婆的功绩。

道婆稍有别于道姑。道姑正如尼姑，尼姑是佛寺的出家人，道姑是道观的出家人。道婆则比类于巫婆，乃迷信职业者。看看《红楼梦》的马道婆行巫术，诅咒宝玉凤姐，便可明白。发明家黄道婆不知是否为迷信职业者，但还得承认她胸怀大志，心系民生，富有创业精神，为女中一豪杰。

孙行者对胡适之

据说陈寅恪出题，上联是"孙行者"，求下联。下联应是"胡适之"。对得好，绝了。说来这不过是文字游戏而已，但是能考查出应试者的国学常识水准，正所谓窥一斑而知全豹。按照游戏规则，词性相同，平仄相异，方可成对。者对之，虚词对虚词，仄声对平声，遵守了规则。行对适，动词对动词，平声对仄声，也不成问题。行是动词，读者容易明白。适是动词，稍需举例，如"适用"和"适口"，又如"少无适俗韵"和"君向长安余适越"。特别是"适越"，出自《庄子》的"宋人资章甫适越"，适的意思就是去到（某地），不但与行词性相同，而且事体相类，可以说是对得很好。孙对胡，平声对平声，岂不犯了规了？不算是犯规，对联容许句首一字不顾平仄。妙的是拿胡去对孙，实在是谐谑。胡孙是猴子的别名，宋代早已这样叫了。苏轼《仇池笔记》云："人言弄胡孙，不知为胡孙所弄。"其言颇有理。胡适旧名胡适之，提倡白话文以后，自斩文言文之字尾巴，表示决裂。下联偏又复其旧名，亦调侃也。

近来见有异说，称下联应是"祖冲之"。据说上联的行，放在那里读 xìng，仄声，只有平声的冲能够对上。此说不敢苟同。行作名词使用，如《论语》的"听其言而观其行"，方可读 xìng。行者，即行脚僧，所谓云游和尚，行显然是动词，读平声没有错。祖冲之，字文远。名与字，相呼应。冲为形容词，冲淡、冲和、冲虚、冲寂、冲静、冲漠诸词可做旁证。冲有作动词使用者，乃"衝"之借字罢了。《说文解字》的冲，置于一群形容词内，哪能是动词呢？

水袖小考

蜀中偏僻县城，多讲土语，少时听了，莫名其妙。兹举一例，进饭馆入座后，嫌桌面不干净，便叫堂倌："拿随手来！"堂倌急步走来，用搭在左肩的抹桌帕，赶忙抹掉桌面上的汤汤水水。抹桌帕叫随手，怪哉，是说此物随时拿在手中吗？这种命名方法，未免鄙俚可笑。今日老来得闲，翻十三经之《仪礼·公食大夫礼》，忽见挩手一词，原来是进餐的拭手帕。有注云："挩，拭也。"随手应是挩手。挩音 shuì。原来并非土语，实系雅言，已用两千多年之久。误认为它鄙俚可笑，只因本人读书太少。

于是想起传统戏曲服装的水袖，那是尺长白绸，缝缀在袖口上。舞动起来，好似波翻浪滚，所以名叫水袖。这是传统戏曲服装的专业术语，仅见于舞台上。水袖取名，如果出自波浪联想，何不径直呼曰波袖浪袖，而曰水袖？所以我猜想，或许是帨袖。帨音 shuì，与挩音同。帨是名词，指用于拭擦的佩巾。挩是动词，指用佩巾拭擦。两字之间明显存在关联。帨为佩巾，见《礼记·内则》。《内则》规定，家人进餐，儿子侍候父母，媳妇侍候公婆，都要"左佩纷帨"。郑玄注云："纷帨，拭物之佩巾也。"按纷即帉，巾之大者。此处帉帨复词，单言之就是帨。帨巾佩在左胸，以备饭桌上递给父母公婆拭手用。这与蜀中堂倌抹桌帕和拭手毛巾搭在左肩，以备顾客不时之需，何其相似。

这个帨巾还出现在《诗经·召南·野有死麇》里。那是一首写村姑被男子追缠的诗。男子动作粗鲁，村姑提醒他说："舒而脱脱兮，无感我帨兮。"意思是说："慢点吧，别动我佩巾哟!"也就是拒绝男子触及胸部。帨在这里仍是左胸佩巾，正对着男子那好动的右手。

帨之古制，今无可考。看其用途，近似手巾，男女皆用。前数十年西装绅士例备手巾，折叠成长方形，插在左胸袋内，露出尾端。我还见过幼儿园小乖乖左胸前都佩着小手巾。那些阿姨肯定不知这是"继承传统"。

这个作手巾用的帨，以我揣想，不可能限用于在家中侍候父母公婆吃饭，儿子媳妇各人也可自用。帨佩胸前，必用别针，取下戴上，总不方便。定有聪明人将这张手巾卷成圆筒，缝缀在袖口上，这样用来就方便了。用脏可以拆洗，晾干再缝上去。这个揣想或能解释古代长袖为啥都是两截连缀成的。本体的那一截称为袖，缝缀的那一截称为祛（帨袖）。祛有时又称为袂，音 mèi，所以《说文解字》云："祛，衣袂也。"屈原《九歌·湘夫人》的"捐余袂兮江中，遗余褋兮澧浦"，此处之袂必定是祛，亦即帨袖。只有缝缀在袖口上的袂才能当场拆下，投入江中，漂送湘君。后世男女互赠手巾传情，与此相似。帨袖本来就是手帕缝在袖口上啊，所以湘夫人要"捐袂江中"了。进而她又脱下内衣（褋），抛向澧水之浦。传情更甚，令人想起《红楼梦》晴雯脱内衣赠贾宝玉。顺便说明,《辞源》袂字下引《九歌·湘夫人》句误褋为襟了。

旧时朋友携手谓之联袂,分手谓之分袂,因袖长也。今人已不可能"联袖""分袖",因袖短也。《礼记·内则》说到深衣之制,提供了古代衣袖长度的数据:衣袖本体二尺二寸,帨袖即袪一尺二寸。这两截用针线粗疏缝缀起来,遂成三尺四寸长袖。此乃周尺,短于今尺,也够长了。《左传》晋公子重耳被斩袖,《史记》汉文帝自断袖,都非长袖不可。《左传·宣公十四年》记宋国华元杀了楚国来使,"楚子闻之,投袂而起"。"投袂"就是川剧舞台上的"甩袖头子",表示愤怒或不屑于,属水袖功。川人说的袖头子即帨袖,古称为袪,有时也叫作袂。

亦有一说,戏曲舞台上男女拭泪水皆用袖头子,故名水袖。窃以为终不及帨袖之典雅且准确也。

两个无名和尚

　　一年一度避暑，邀约友人二三，逃离成都，车去青城后山投奔楠庄主人廖鸿旭，人称廖幺爸，得数日之清凉，至今已有好几度了。

　　成都西去青城山，车程一小时。到山麓建福宫，不上前山，一拐弯入后山，盘旋而上。山木两边合，阴凉透绵绵。不到三公里，楠庄就到了。此地名楠木树，曾有许多树龄上百年的楠木，招云送雨，藏鸟聚蝉。今则早已砍伐一空，徒存美名，令人怀想而已。公路崖畔，细心寻视，间隔植有楠木幼株，其数可能上百，树身仅杯口粗，全是廖幺爸十年前栽的。当时他从成都迁来此处，五千元买得山坡上一片牛圈地，在一树核桃的浓阴下，砌灶篝火，寝食于斯。十年苦劳，筑成一座小院，取名楠庄。

　　楠庄出门，一段斜坡登上公路，前面百步之遥，崖畔一座小平房，木构盖瓦，一面敞开，三面设椅，供人歇脚。"这里叫禅师台。有一段故事呢。"廖幺爸说。

　　话说明末崇祯十七年（一六四四），张献忠屠四川，攻入成都，建都称帝，国号大西，以蜀王府为皇宫，以成都为西京，声威烜赫。第二年，即一六四五年冬，兵败溃逃，政权瓦解。张献忠率残部逃向川北，在西充被射杀。其下另一支队伍，从成都逃向青城后山，沿途烧杀劫掠。后山十里有泰安寺，庙貌堂皇，法相庄严。僧众闻风忧惧，行将散去。有某禅师（法号已不可考）出面安抚僧众，号召守护寺庙，而孤身一人下山来，自谓能够劝说来敌，使之退兵。从泰安寺往山下走，到楠木树，遭遇敌寇前锋。禅师合十，念阿弥陀佛，说后山险峻，且无路可通。又说寺庙早已绝粮，奉劝溃军另找去处。敌寇不信，推开禅师，如蝗虫般扑上山去。彼等每到一处，照例拆房烧火，搜粮造饭。烧光吃尽，又去别处，所以叫作流寇。眼见势不可当，禅师绝望，触岩而亡。泰安古寺不保，夷为瓦砾，鞠为茂草。今日所见之泰安寺，规模简陋，都是清代修的。后人纪念禅师，在他触岩就义之处，筑台立碑。岁月既久，台与碑亦不存，唯有青山依旧，壑水仍喧。二十世纪八十年代开发旅游，原址又修建一座小平房，保留禅师台名。每值炎夏黄昏，台内游客满座，迎风纳凉，说些日常琐事。过路的公车在这里上下，禅师台就成了车站。卖菜的农妇在这里摆摊，禅师台就成了市场。事过将近三百六十年了，屠蜀已远，焚寺已远，谁还想念那个找死的和尚呢？

泰安古寺燃烧之夜，青城后山更深也更高处，取名叫白云万佛洞的寺庙里，僧众遥见下面起火，知悉古寺被焚，流寇将至，纷纷逃命去也。其中有一个和尚（法号亦不可考），逃亡之前，题诗洞壁，如下：

忙忙收拾破袈裟，整顿行装日已斜。

　　袖拂白云出洞府，肩挑明月过山崖。

　　可怜枝上新啼鸟，难舍篱边旧种花。

　　吩咐犬猫随我去，不须流落俗人家。

　　寇乱平息之后，青城后山逃散了的僧众纷纷回到寺庙。白云万佛洞庙貌重光，洞壁的这首诗保留下来，真是万幸。寺僧钩摹字迹，刻石嵌壁，以俟来者。此处地势毕竟太高，游屐罕至。岁月既久，漫漶苔封，此诗再次被人遗忘。直到清末，湖北人黄云鹄到成都来做官，官拜臬台，也不算小，偶然发现此诗，才得流传下来。

　　这黄云鹄就是民国时期国学大师黄侃之父。同当时的许多高官一样，黄臬台会作诗也会写字。蜀中名胜古迹多留有他的墨迹，或为诗作，或为联作。要举出特别精彩的，恕我孤陋寡闻，我一首或一副都举不出。至于字作，想必是见得多了，我能认出他的字迹。其楷书端正有骨力，行书俊秀。然人多以为带俗气，亦未知是否，不过我爱看。

　　黄云鹄做臬台官时游青城后山，在白云万佛洞石壁上读到无名和尚留下的这首诗，大受感动。这是什么诗啊，像口语似的明白浅显？这也算是诗吗，典故都不用一个？这不是那些陈腔滥套的诗，也不是那些典故搪塞的诗，更不是那些东拼西凑的诗。这是一首说迫切事、写眼前景、抒心中忧的自然感人之作。黄云鹄在洞壁前油油不忍去，玩味吟哦，与那无名和尚在冥冥中交谈，分享忧患，同感悲伤，竟至改动游山日程，留在此处睡了一夜。这样好的诗，不必用笔记，只三诵便可终生不忘了。

　　我能读到这首诗，应该感谢黄云鹄。他或许不是写诗的天才，但他能被一首天才的诗感动，这就很不错了。我游青城后山，从未上过白云万佛洞。据说，现今那上面有个白云观，未听说什么洞，也未见过万佛。几度沧桑，那里已经是道士的宫观，没有和尚的寺庙了。至于洞壁刻诗，早就泯灭，无踪可寻，令人叹惋。

　　一年一度避暑楠庄，总想念那两个无名和尚。历史是不写他们的。尤其是在特殊年代，他们的故事无人敢叙述。谁说，谁就是在"敌视农民革命战争"，那是"绝不会有好下场"的。千秋功罪，悠悠难定。一反一复谓之道，还是放眼长看吧。

在心与关心

"关心爱护"被简并为"关爱"见诸报刊，终嫌勉强。请先考察关字，查明源流。《说文解字》认为关是动词，意为"以木横持门户"。若作名词用，就该是"横持门户之木"。持，撑持着。木，木杠子。蜀人说的"抵门杠子"就是此物。旧时人家宅院，双扇黑漆大门，一门关尽。门背后横附着门杠子，长数尺。杠子两端卡住，使门从外面推不开，以防盗贼闯入。承平日久，门杠子嫌笨重，小型化为门闩，更机械化为今之门舌，可随门把手之旋钮而伸缩，用于单扇门。扯远了，回到作动词用的关字。双扇门白日里开着，一左一右，互不相联。天黑关门，就相联而合拢，遂孳生出联合一词。门因关闭而相联，又孳生出关联一词。今人说的"互相关联"和"互不关联"，查其语源，都与双扇门有关系。哦，有了，你看，"关系"也是从"关联"来的呀。联就是系嘛。名词关系（relation）作动词用就该是关系着（relate）。心关系着某事物，谓之关心或系心。本文开头说的"关心爱护"实乃二事，即关心与爱护，不可简并为"关爱"。这个病词是从海外传入的，正如另一病词"一直以来"，今已风行，势难遏止，奈何不得。不通而强通之，是谓之"语言民主"也欤？

心中挂牵着某事物，古人说系心。《史记·屈原贾生列传》说屈原流放后"系心怀王"。柳永赠妓女词有"系我一生心，负你千行泪"句。今人兴说心系，例不举了。古人也说关心。鲍照《代堂上歌行》云："万曲不关心，一曲动情多。"王维《酬张少府》云："晚年惟好静，万事不关心。"今人说关心的更多。关心一词已入口语。

无锡东林书院名联："风声雨声读书声，声声入耳；家事国事天下事，事事关心。"相信读者都能成诵。近读《读书》苏迅《与其他错么还不如你错》一文，方知下联"关心"关字有误。据说原来是"在心"，今人邓拓在《燕山夜话》文中引用此联误作"关心"了。苏迅此文有根据，能服我。但我推想，邓拓或许不是记忆有误，而是嫌"在心"在字不好，给改作"关心"了。何况在字是仄声，同人字对不起。加之在字上面已连用四个仄声字，又来个在，五仄相连，听起来不响亮，所以要改。

"在心"表达的是状态，"关心"表达的是行为，二者有所不同。用于此联，愚以为关心比在心好，邓拓改得对。但是应注明，不该掩住不说。至于说上联的风雨读书全属现场实况，亦甚有趣。不过愚又以为虽属实况，亦不妨碍读者从风雨联想到当时社会状况之动荡不安，这样更有味道。欣赏艺术嘛，又不是读经，总要发挥想象才好。

为书画进一言

画弃工而求野，字轻楷而追怪，鼓动成风，盖有年矣。或以为工与楷乃艺术观念落后，而目野与怪为思想解放。甚或援引东洋之说，置神形于不顾，妄标墨趣。种种见识，糊涂十分。汤汤泛衍，恶流九甸。未学爬而学跑，似驴耳之听秋风。不修业而修道，如马蹄之奔捷径。

于是庸劣登坛，名家多于鲫涌滔滔，贤能向隅，佳作近乎鸿飞渺渺。百年来之书风画格，未有卑下如今日所见者，可慨也已。

吾蜀酒业权威厂长王君醉心绘事，历时十载。昨持大作光临寒舍，问道于鄙人。观其蔼然自谦，定有真诚上进之心，予甚嘉焉。然其丹青风格，虽有可取之处，终难蠲除野气，随意挥洒过度，画面失却明洁亮简，令我迟疑，难以措辞。叵耐二三官员，题词妄赞，或有捧场之意，而无切磋之心。王君乃明白人，择言而听，予所望也。

旅游三香

一是隔锅香。苏东坡听人说庐山烟雨如何奇幻，钱塘江潮如何壮观，后来亲眼见了，颇感失望。有诗云："庐山烟雨浙江潮，未到千般恨不消。到得原来无别事，庐山烟雨浙江潮。"诗写得很诙谐。世上景物往往听说绝妙，学界叫距离美，民间叫隔锅香。"到得原来无别事"——到那些景区去一看，唉，原来也就是那么一回事而已。西谚有云："邻家草坪最绿。"这也是隔锅香。不过这种隔锅香除了心理作用，还和视角有关。站在自家门前，低头近看，草显得稀，当然绿得不够。抬头遥看邻家草坪，草显得密，当然最绿。唐人诗句"天街小雨润如酥，草色遥看近却无"，也是这个道理。我说的是心理作用的隔锅香，非关视角。人害了这种病，常常认为风景在别处，而忽视了自家门前的老树寒塘，田间的青牛白鹭，屋后的古庙昏鸦。其病甚者，耗一生于旅途，忘却归路，可悲可叹。

二是碰头香。风尘仆仆，跟随导游来到景点，连声哇塞，赶快留影。接着听导游逗趣的解说，其中不免附会一些荒谬神话。又有民风民俗化装演出，糟粕令人作呕。至多住宿一夜，就餍饫了。像这样的被动旅游，要想不碰头香也太难。何况碰头香原本属人类的劣根性，不但在赏景上容易犯，而且在交友上、在做事上、在婚姻上，都容易犯，正所谓"靡不有初，鲜克有终"。须知风景并非纯粹客观存在之物，比不得一桌佳肴，摆在那里等你去享用。风景乃主客观汇融后的情境，你要静气凝神，欣然赏之，方有所得。我这方面太差，很难欣然赏之，往往肃然读之。肃读虽大异于欣赏，亦有所得，例如了解此处历史沿革、古人谁曾来过、有些什么故事，等等。能够增长一点知识，也就不辜负旅屐载我了。

三是回忆香。鄙人临场不能欣赏，未获所谓审美愉悦（他们都说有呢），固属憾事。稍可释憾者，尚有回忆香。回忆所以能香，或应感谢遗忘。当年临场对景，肢体的酸疼、精神的困倦、内衣的汗湿、口舌的干燥、腹中的饥火，以及现代结队旅游必然有的种种不愉快事件，全被岁月淘洗一净，回忆里只留下一些最难忘的片段，恋恋犹香。有这一缕回甜之香伴你终生，这才是旅游的最大收获。一九八〇年夏游北戴河，住中海滩区招待所。某日黎明，慢跑在海边的松阴道上，凉风梳头，清气澡身，左海右山，沿途无人。那时尚在中年，人虽瘦而腿脚有力，心情又好。跑完两公里，沿海滩走回。早潮刚退了，一路拾贝壳。抬头乍见红日出海，肃穆无声。此景之美，至今记忆清晰，一想起就回甜。事去不到三个十年，景物全非，海滩白沙变黑，海湾水有臭气，海岸上的树林和大片空闲地都砍了占了，丑陋的楼厦逼到海边来。游客拥挤，市廛喧哗。海滩虽然污黑，倒有那么多照相摊点。海水虽然有难闻的臭气，仍有那么多人游泳。放心吧，三个十年以后，他们也一定会有回忆香，和我一样。

画火御寒

　　半个世纪前，笔者寄食于四川省文联，先是做编辑，后是做杂役。年年冬季，十几个办公室皆设火盆取暖，算来一冬要用枫炭一千多斤。千斤炭，万斤柴。要烧出千多斤枫炭来，就得砍伐万多斤青枫树。小小一成都，那时候省文联那样的衙门为数已多，至少二百，一冬要用多少枫炭，一年要砍伐多少青枫树，想来都骇人。暖者自暖，谁管他林木删剃，导致山穷水尽，土瘠坡崩。忆予幼时，成都平原村村都有青枫树林，更不用说平原周围的山林之美了。今将砍伐殆尽，才来回头赞叹，正如孟子惋惜"牛山之木尝美矣"，做个事后的诸葛亮，聊以安慰良心。为啥扯到良心来说？因为那时候我做编辑时，不但办公室内烤火，兼设火盆于寝室内，每冬要私买二百斤枫炭，天黑烤到半夜，我烧掉了更多的青枫树。幸好当右派二十年，其间从未再烤过枫炭火。讵料二十年后恶性复发，回到省文联，私家又烤火，仍是一冬买二百斤枫炭，昼夜旺烤。直到二十世纪八十年代中期，城乡枫炭俱断货了，出高价也买不到了，才让火盆闲置阳台，另谋取暖之方。

二十世纪九十年代中期，内子购得一具有趣的电暖器，价格便宜，约二百元。妙在器内有炭有火，熊熊燃烧于玻璃屏幕后，形象逼真，致使生客惊问："不会燃起来吧？"我笑而不答，只摁一个钮，炭火立刻全黑了，但是电暖供热依旧，固无碍于取暖也。原来炭与火都是画成的，背后灯光一照，炭块就炽红了，火焰就摇曳了。生客笑道："简直在演出嘛。"赖此一器之置，砍树罪人也"咸与环保"了。谚有画饼充饥，此则画火御寒，妙哉。听人说这玩意儿半个世纪前国外就有了，我便想，如果那时候早开了国门，该少砍多少青枫树。

青枫树学名青枫栎，壳斗科的常绿乔木，产于长江流域以及华南各地，木质坚硬，建房造船，用途多多。予亦"多能鄙事"，懂得烧制木炭。其法先在山坡避风处挖浅坑，再将拱把粗的青枫树段码入坑内。然后封泥，做坟包状。两端各留一孔，低端的孔进气，高端的孔排烟。从内点燃，暗火闷烧七日七夜而炭成矣。白居易《卖炭翁》诗句"伐薪烧炭南山中"，那老翁就是这样烧的。这门技能今后没用场了，阿弥陀佛。

前几天看电视新闻，美国总统小布什接待外宾，厅内壁炉炭火炀炀，两股火焰周期性地摇曳不止，一瞥便知那是灯光演出。或能骗过他人之眼，奈何骗不了我。堂堂富强独大之国，国家元首寒碜如斯。观其取暖之法，竟与鄙人同档，不过器具尺寸大些罢了。我知道一点，那就是他不敢真烧炭。他若烧了，绿色团体必然抗议，民主党正好捞竞选资本。总统知有所畏，总是好事。

残酷忆端午

吾蜀金堂县城，六十年前，端午节划龙船是在城外七里一个小镇，名康家渡。记忆印象鲜明，历历如画。镇外濒临大河，两岸河滩坐满观众。太阳白亮晃眼，炎暑逼人。观众多执白纸竹编之扇，摇风不已。望之若粉蝶万千，飞扑两岸，洵为奇观。我那年十二岁，来迟了，站在河岸高处树下，是第一次看划龙船。

上游河心龙船一艘，并未划动。船首装饰龙头，高高翘起，面貌狞恶。船上搭棚，扎挂彩绸。棚内列坐本镇袍哥舵爷，以及乡绅，聚饮观看。船尾吹奏唢呐，擂鼓敲锣，煞是热闹。下游水面，渔艇数十，摆开阵势。例皆一艇两人，一人撑篙，一人空手，皆裸上身。听观者介绍说："空手都是抢鸭子的。"仔细瞧龙船上，竹笼关着鸭子甚多，嘎嘎乱叫。原来所谓看划龙船，就是看抢鸭子。

午时一到，龙船燃放花炮，锣鼓喧阗。两岸群情激沸，人声嘲哳。船上有执事者开始投鸭下河，一只接着一只。鸭受惊骇,踏波奋翅,频频没头入水,大叫不已。下游那些渔艇,乱箭似的射来,围捕逃命之鸭。原来鸭投水时,先已做了手术,执事者用小刀割破鸭头,捻盐一撮,塞入创口。鸭痛不堪,所以不停没头入水,且鼓翼而狂奔,观众看了才过瘾也。此时,渔艇的数十名捕鸭人纷纷跳入河中,脚踩手划,浮沉浪间,扑抢鸭子。两人同时抢到手的,谁也不肯让谁,就抓就扯,一鸭撕成两尸,水泛血波。鸭子抢到手了,不能提着抱着,那样他人有权扑来抓扯,只好夹在胯下,游向自家渔艇。撑篙的联手接过战利品,鸭快夹断气了。有那些奋勇的鸭中豪杰,突破重围,飞身逃命,却被艇上撑篙的看准了,一篙竿打翻,只剩鸭掌一双,伸出水面,向天拨划,若呼救然。投鸭上百,无一逃脱。能不受伤而被捕获,已属幸运。但亦不过再延命几小时,便将下厨,入灌县(罐)到威州(煨)去了。佛菩萨恕我,我那时年幼,只觉得热烈紧张,十分好看,毫不知晓生灵遭杀戮之苦。

龙船投鸭同时,兼投许多吹胀染红的猪尿脬(似今之氢气球),内含钞票。两岸儿童会游泳的,下水抢不到鸭,就抢尿脬,亦算夺彩,大吉大利。尿脬滑,捉不住,须用门齿咬住线缠紧的气嘴,然后游向岸边。同巷邻居小弟王爵臣,那天下河双臂剪水,一直游到对岸,获得尿脬一个。他如果健在,也满七十了。

那天还发生过意外伤害,一名抢鸭者潜入深水下,头部冒出水面,恰被两艇夹撞,抬回家去,一命呜呼。

童年回忆,多见人写如何甜美。我忆端午节,却想起残酷,深深奇怪往事竟然如此。

今人紧跟港风,称美曰酷。意指美到了很痛的程度，如我蜀语"安逸疼了"，也讲得通。现今过端午节文明多了。酷到糟粕，如我童年所见，并非真正继承传统。笔之成文，意在警世而已。

端午节出新

　　成都某报记者电话："某国拿端午节申请人类口头文化遗产，先生听说了吗？端午纪念屈原，明明是中国的节日嘛。"听其口气，似乎兹事体大，情况严重。我说了一些宽慰他的话，表示不愿接受这类采访。

　　定端午为诗人节，纪念屈原，始于二十世纪四十年代。时值抗日战争，一批新诗诗人寓居成都，开会决议如此。彼等意在表彰先贤，弘扬爱国精神，自有道理。可商量者，说屈原逝世于五月五日，最早的根据是南朝吴均《续齐谐记》，而此书之记事多怪诞不足信。从汉代贾谊、班固、王逸到宋代朱熹，皆是研究屈原的权威，都未说过死于五月五日。司马迁作《屈原贾生列传》亦未说。《续齐谐记》作者吴均可能是以为屈原作《怀沙》，乃宣布"怀沙砾以自沉"，赋文又以"陶陶孟夏"开头，复以"限之以大故""知死不可让"结尾，由此猜想死于端午罢了。须知端午节的由来比屈原早得多。屈原《九歌·云中君》的"浴兰汤兮沐芳"写的就是端午节用菖蒲和家艾温汤洗澡。到我童年，都还这样全家洗呢。

对了，香草浴一定要继承下来。讲卫生爱美嘛。蜀俗，菖蒲说是蒲剑，挂在门左斩鬼，家艾说是艾虎，挂在门右辟邪。脱掉迷信外衣，斩鬼即治病，辟邪即防病。蒲艾用于沐浴，端午全家大洗，个个香喷喷的。用不完的蒲艾，挂门左右，晾干收好，可作药用。小儿女端午胸前佩香包。香包菱形，五色丝线缠绕，内含中草香药粉剂，说是可避秽气。是日全家早起，以蒜泥调雄黄，遍洒宅院墙隅、室角、床下、厕中，可杀蚊蝇，兼驱蟑螂、蜈蚣、蛇类。家家如此，便成全民卫生运动，正是良风美俗，值得继承。也有宜改良的，盐腌鸭蛋和糯米粽子难消化。若能演变成蛋卷饼和汉堡包那样的，年轻后生就可能接受了。

端午节的重头戏，龙舟竞渡即划龙船，源自神话"禹驱龙蛇"。蛇指毒蛇，龙乃鳄类，皆先民之大患。秦汉画龙，形似鳄类。《周官》设豢龙氏，专管养鳄驯鳄。《庄子》之屠龙，搏杀鳄类也。龙舟竞渡正是驱赶，愈快愈好。杜甫《梦李白》："水深波浪阔，无使蛟龙得。"犹见远古人类恐鳄心理。今人不惧龙，泰国看戏鳄。龙舟竞渡可入体育赛事，亦与卫生可牵合拢。

为什么是五月五日？五之古音同恶。恶月恶日古人认为最不吉利。齐国孟尝君五月五日生，父王恐惧，叫抱到野外去抛弃，以免长大害人。其实恶月恶日乃是说辞，亦迷信耳。对远古人类而言，五月可怕的是天气热起来了，病菌滋生。当时医药卫生极差，一点小病也要死人。端午节要洗澡佩香，斩鬼辟邪，杀蚊蝇，驱龙蛇，也就好理解了。

但愿传统节日推陈出新，跟上社会发展，"长无绝兮终古"。别国申请与否，倒是小事，不必太敏感了。

七夕灯下散记

世间已无雅人认为七夕不捉流萤，不看牵牛织女星，就是一种损失，一种遗憾。现实早已如此，纵有雅人复生，他也莫可奈何。只是鄙俗的我去年到了农历七月初七，又想起了晚唐杜牧《秋夕》一首。诗曰：

> 银烛秋光冷画屏，轻罗小扇扑流萤。
> 天阶夜色凉如水，卧看牵牛织女星。

千年前的一个秋夜，深闺少女登上高楼，纳凉天阶（就是天台）。屏风内，烛光中，眉月下，看她追扇萤火虫玩，笑语脆生生的，同今日的邻家女儿没有两样。玩倦了，凉席上面跷脚一躺，仰望银河当顶，北天流向南天，浩瀚无声，光明有影，真壮观啊。河东找到牵牛星了，河西找到织女星了。河中，不用找，十字架的五颗亮星是鹊桥（今之天鹅星座头尾倒看就是喜鹊）。据说夜深人静后，织女就要偷偷过桥去会牵牛。想到这里，自己难免"女心伤悲，殆及公子同归"这般悄悄叹息，忽觉得风凄露冷。皆因不美满的婚姻见得太多太多，倒教人羡慕起牵牛织女来。二百年后的北宋秦少游要感慨"金风玉露一相逢，便胜却人间无数"，也就不难理解了。

牵牛织女双星相爱，故事上溯，可到汉代《古诗十九首·十》："迢迢牵牛星，皎皎河汉女。纤纤擢素手，札札弄机杼。终日不成章，泣涕零如雨。河汉清且浅，相去复几许。盈盈一水间，脉脉不得语。"若更上溯，可到《诗经·小雅·大东》的"跂彼织女，终日七襄"和"睆彼牵牛，不以服箱"。不过此处牵牛乃是牵车之牛，并非牵牛之郎（牛郎），其事不涉男女爱情。可知牛郎织女故事历史仅两千年，源自汉代农耕社会。那时男耕女织，必须日日勤苦，方能获一温饱。他俩情浓，天天厮守一起，有误耕织，所以受到王母娘娘责罚，相隔银河，彼此反省，一年只准七夕一夜婚假。是狠了些，所以后代的爱情至上主义者不依不饶，定要揪斗王母娘娘，骂她代表封建势力。若用今之性心理分析法，还可以探究到更年期的妒意，贬死那老妖婆。当不得真，不过是不知耕织之艰难罢了。

牛郎织女故事进入唐诗宋词，已失惩戒意味，美化为爱情忠贞了。其间又无"父母之命""媒妁之言"，所以恋爱自由主题跟着凸显出来。与此相映照，民间传说更具有细节的生动性。牛郎三星呈一直线，中间一颗黄亮，两端两颗暗弱，是他肩挑子女。织女三星呈三角形，顶角一颗银亮是头，底角左右两颗是脚，是她两脚企立，望着河东牛郎。《诗经》"跂彼织女"的跂就是企字。企立者，踮着脚站立也。河东有个海豚星座，是她投的梭子。若逢秋夜满天星，一一指给读者看，那才有趣呢。成都地方云层厚，污烟浓，我都有许多年不见牛女双星了。

七夕作为节日，在民间衍生出乞巧活动。农历七月初七天黑以后，庭院焚香燃烛，拜织女星，祈求赐给巧艺。大人不来参与，都是小儿女凑热闹。烛光下，掐瓜须入水碗，看碗底的投影，以判巧拙。影若像针像线像剪刀，像笔像墨像眼镜，都预示巧艺。否则便属笨人，招来哄笑。南宋有牢骚诗说，人间巧佞太多，请勿赐巧来了。诗曰："未会牵牛意若何，须邀织女弄金梭。年年乞与人间巧，不道人间巧已多。"这些年纺织业不景气，织女纷纷下岗。真是弄巧成拙，怎好拿去赐人。

自从发生韩国申请"端午祭"事件后，国人警觉，便有议论见诸报章，要把七夕"打造"成中国的情人节。去年七夕的阳历是八月二十二日，我也事先兴奋了一阵子。那天同内子散步到灯街——这条街是光彩工程的盖面菜，弄得辉煌晃眼。彩灯十万盏，结成种种图案，非常好看。街心搭台演出，歌吹沸天。我们怕吼闹，只好绕开走。情人节"打造"出来就是这般模样，深感意外。忽想起前几年报载，东京公园秋夜放萤火虫，逗孩子们玩耍。这倒有几分久违了的野趣，成本又低。如果趁此机会，尽熄公园电灯，教孩子们认识牵牛织女星，岂不更妙？

麒麟是哪一种兽

龙凤之外，还有麒麟，困惑了古代的读书人。直到近代科学彰明、神话雾散之后，吾人方才清醒，世间原无此物，所谓麒麟，除讹传外，多系他物误认罢了。

麒麟最早见于《诗经》，单名曰麟。说是仁兽，象征吉祥，天子圣明，麟才出现于郊原上。《孔子家语》记载，鲁哀公十四年（公元前四八一）春，叔孙氏的车夫去大野砍柴，捕获一头似獐而又有角的动物，已受伤了。叔孙氏请孔子来鉴定。孔子说："是麟呀！怎落到这地步？"说着就哭。子贡问老师哭什么。孔子说："明王在位，才有麟来。现在来得不是时候，被人杀伤，令我痛心。"《孔丛子》补充说，孔子此时唱歌："唐虞世兮麟凤游。今非其时来何求？麟兮麟兮我心忧。"因此发愤，著《春秋》以传世。

东汉《说文解字》的麟"马身牛尾肉角"，其大小与形状皆不似"獐"。后世又说像鹿，独角，满身鳞甲，还有说"大鹿曰麟"的。言人人殊，不知信谁才是。明朝永乐十二年（一四一四），榜葛剌（孟加拉）国献一麒麟，事见郎瑛《七修类稿》。谢肇淛《五杂组》记载，这头麒麟被画成画，由永乐皇帝赏赐诸大臣，"余尝于一故家得见之。其身全似鹿，但颈甚长，可三四尺，所谓麇身牛尾马蹄者近之，与今俗所画迥不类也"。究其实，此非麟，乃长颈鹿。如果麟就是长颈鹿，《孔子家语》就该写明长颈才是。此画赐诸大臣，终于扫清神话迷雾，等于宣布世间本无麒麟。旧时人家门上多画所谓麒麟，狮头短颈矮脚，身披鳞甲，全不似长颈鹿。龙凤飞天，避开追究。麟不能飞走，终久会被戳穿神话，一笑了之。

凤皇变成凤凰

传说尧时有巨鸟名大风，为害甚烈。尧命后羿射杀大风，以安百姓。那时未造凤字，风就是凤，大风就是大风。《淮南子·本经》载"缴大风于青丘之泽"。缴在此不音 jiǎo 而音 zhuó，意为用系绳的箭射，亦即弋射。后世造了凤字，风就另履新职，成为吹风的风。古人迷信，凤鸟飞翔，造成风灾。到了周朝，凤鸟始被认作祥瑞之鸟，所以孔子叹曰："凤鸟不至，河不出图，吾已矣乎！"凤鸟由灾害的制造者演变成文明的象征者，被尊称为凤皇，意即百鸟之王，正如龙称龙王。《诗经·大雅·卷阿》有"凤皇于飞"和"凤皇鸣矣"，《尚书·益稷》有"凤皇来仪"，《春秋元命苞》有"火离为凤皇"，都是凤的尊称。所以，凤皇之名，只是一鸟，非含二鸟。东汉毛苌说："雄曰凤，雌曰皇。"说错了，皇本三皇，五帝前的酋长，是人，哪能是鸟呢？强分雌雄，终究要造出一个凰字来，专指雌凤。《说文解字》无凰，可知凰字应该是东汉以后才造的，屈原《离骚》《涉江》《怀沙》《远游》诸篇虽有凤凰，但那是后代版本妄改，当初都作凤皇，或作凤鸟。

　　要驳倒我，可举司马相如弹一曲《凤求凰》向卓文君求爱，那不是东汉以前吗？我说，那是后代《乐府诗集》琴歌题解之说，非信史也，不足据也。《史记·司马相如列传》确实写到"为鼓一再行"，"以琴心挑之"，意即弹了一二支曲子向卓女求爱。仅此而已，并未道及曲名。《凤求凰》不但是晚出的，而且是专门给司马相如量身缝的，无非踵事增华，戏说而已，哪能当真。

九头鸟与台风

前说帝尧（距今四千三百年了）命令神箭手后羿射杀大凤鸟，以救风灾，而安百姓。事见《淮南子》。四千三百岁应是这个神话的起码年龄。说起码是因为很可能尧以前，亦即有历史记载前，大凤鸟的恐怖意象早已存在。

远古人类畏惧风灾，特别是我国东南沿海一带，强台风海上来，损禾稼，毁房屋，伤人畜，委实可怕。那时的人哪有科学知识，都把台风妖怪化了，相信是一只大凤鸟在作祟。其意象极恐怖，那就是传说的九头鸟，又名九头虫。风的原始意象既不文雅，更不美丽，乃是九头环生在肉饼上，滴血不止，鸣声凄厉，形状凶恶。屈原《天问》的"雄虺九首"是其尊容的另一种描写。《鲁语》的防风氏也是它。防风即庞凤，就是大凤鸟，被禹诛杀了。古无风字，风就是凤，前已说过。

现在说台风了。台风的台与台海无关系。台风一词，乃英文 typhoon 的音译。有人解释说，大字古音 dài，typhoon 就是大风，不该写作台风。但亦须知，

typhoon 一词出自古希腊神话中的百头妖物 Typhoeus，其来亦甚远古，不好说那是从汉语的大风一词译过去的。奇怪的是，百头妖物让人联想到九头鸟（虫），而都和风有关系。最好的解释是原始人，地中海沿岸的也好，亚洲、非洲、美洲的也好，在观念上他们彼此相似，可能是不谋而合，也可能是同出一源。地中海那边曾相信飓风出自百头妖物，我们这边曾相信大风与九头鸟有关系，都折射出先民对风灾的畏惧。

九头鸟与舆鬼星

有大恐怖从天而降，古人忧之，神话生焉。传说巨鸟名叫大风，害苦百姓，是其一例。后来文明臻进，大风鸟演变为凤，为鹏，不再恐怖。留下残馀恐怖，这就是九头鸟。忆予儿时，暮春狂风之夜，长辈便警告说："天上过九头鸟啦！"侧耳侦听，夜空似有咿呀之声，凄惨可怕。今日想来，应是雁鸣，何惧之有？

据南宋周密《齐东野语》说，九头鸟身圆如簸箕，十头环列。后有一头被狗咬掉，滴血不止。血滴人家屋上，必有灾祸。夜闻其鸣，就要立刻吹灯嗾狗，使其快快飞过。九头九颈，各生两翅，共十八翼。飞时各向一方，互不配合，以至颈翅撕裂，滴血更多。更早些，《岭表异录》说，此鸟飞入人家，收摄生人魂气，要人的命。《玄中记》说，还要抓走小孩，养为其子。

九头鸟古书上名鬼车。鬼言其恶性，车言其圆身。予曾习中国古代天文学，推测南宫七宿中的鬼宿，亦即舆鬼五星，就是鬼车。舆，车也。舆鬼倒过来，就是鬼车了。舆鬼五星在巨蟹座，四星呈四角形，中间一星即鬼星团，又名积尸气。四星围着一星，联想到九头鸟。天上星象反映人间故事，由此可知九头鸟传说之古老。

南朝《荆楚岁时记》说，每年正月初七夜九头鸟最多，届时家家捶打门扇，揪狗耳朵，这样就能轰走妖鸟，减轻灾祸。看来此鸟与楚国有关系。湖北人请原谅，我不认为你们是九头鸟。舆鬼五星既然在南宫七宿内，其传说的源头或应在古代的楚国吧。

笑说蟹文之灾

老夫银行排队，恭交电、气、话之三费。站立久了心烦，不免游目四顾，用以杀死时间。（Kill-time 就是汉语说的"消遣"）忽睹一妇，夏衫华丽，背绣英文曰 Special lady，即特殊太太，不禁莞尔，心情为之一振。乃自思忖："既然特殊，又何必来排队？"返家兴犹未尽，又查英汉字典方知还可译成特种太太、专门太太、额外的太太、特别亲密的太太。名从主人，不知她选哪个？如果用文言文，似可译成专宠，更不像话，该掌嘴了。

一自国门乍开，英语涌入，其势滔滔，不可逆挡。要现代化，要和先进文化接轨，就得容之纳之。道理大家明白，何须我来饶舌？但窃以为被动容纳同时，也该主动疏之导之，莫让蟹行文字泛滥成灾才好。所谓泛滥成灾，别以为指的是"特殊太太"之类。笑话罢了，那不算啥。我指的是考试。学生要考英语，考吧。读硕士读博士而研究古汉语者，或中国古史者，或中共党史者，也非考英语不可吗？争取当公务员之非涉外事者，也要考英语吗？各行各界评专业职称，也要考英语吗？是不是太看重英文了？

英文应该学，但不能都去学 waiter 英语，一辈子做低级舌人，侍候商董，至多爬上洋买办的阶梯。试看今日外文系的，几人能译学术著作？听他口语多么地道，不过高等 waiter 罢了。《颜氏家训·教子篇》云："齐朝有一士大夫，尝谓吾曰：'我有一儿，年已十七，颇晓书疏，教其鲜卑语及弹琵琶，稍欲通解，以此伏事公卿，无不宠爱，亦要事也。'吾时俯而不答。异哉，此人之教子也。"观今鉴古，人情不二。我心窃忧之，有不忍言者。

更值得忧心的是汉语。早在英语高烧之前，译体文风已经常见报刊文字。今则变本加厉，坏我汉语生态，竟造出这样笨拙的译体病句来。胪列如下，请共赏之。括号内的话是正常说话。

这本书已被我读过了（这本书我读过了）。

当我早晨起床的时候（早晨我起床时）。

作为政协委员的我（我当政协委员）。

浙江女子似乎就像花朵般的娇艳（越女如花）。

我出门去的同时，看见他正在哭着（我出门，见他在哭）。

必须加以严厉的惩办（必须严办）。

你有吃过午饭了吗（你吃午饭了吗）？

对我说来，她是我的妻子（她是我妻）。

译体恶风劲吹，从大作家到小学生，同受其愚弄而懵然不觉。更可怕的是报刊上一窝蜂去学样，还觉得有趣，真要教前辈大师们，鲁胡老梁沈赵，地下同声一哭。写到这里，猛想起余光中。他是外文系老教授，一辈子弄外文。看看他笔下吧，食洋而化为中华的灵与肉，那文字多纯粹，多典雅，多准确，多活泼。

蟹文透过译体病句侵入报刊，我们拿啥武器去抵抗呢？我答：拿文言文。这武器能逢长化短，逢繁化简，逢深化浅，逢晦化显。笔下仍写现代汉语，但应掌握传统文言，择其铦利者而用之。必如此，方不至于被蟹文的语法攻占了我们的头脑，笔下杂交出怪胎来。不是教人排外，是用自家之本，赚取他家之长。若相反，便是自家无主，尽拾别人的敝屣了。

各种洋文不滥用，择地而用之，那是必要的。见洋文而反感，义和团心态，贻祸邦国，愚昧可笑。但是，当今街市上好多店招，货物上好多标识，都来英汉对照，有这个必要吗？予非新左人士，不会上纲批判所谓文化帝国主义，只是觉得市井流风趋新可笑而已。还有更可笑的，语文教师引导学生沿街检举店招上的繁体汉字，必铲之而后快，却放过那些毫无必要的洋文招牌字，真有点"相煎何太急"的意味，不免一叹。

鬼火的第二说

　　《正气歌》的"阴房阒鬼火"显然套自杜甫《玉华宫》的"阴房鬼火青"。古人也有不信鬼的，断鬼火为磷火。欧阳修说石曼卿墓地上"走磷飞萤"。走磷便是游荡低空、忽隐忽现、青绿色的磷火。《辞海》的解释为"尸体腐烂时由骨殖分解出来的磷化氢，在空气中会自动燃烧发光，夜间在野地里看到时，火焰呈淡绿色"。如此说来，火是真火。磷化三氢在空气中氧化燃烧，其化学反应式应该是这样的：$2PH_3 + 4O_2 \rightarrow P_2O_5 + 3H_2O$。这算是第一种说法吧。鬼火到底是啥？愚以为，应该有第二说作补充。

　　昨读明代《天工开物》，作者认为，所谓鬼火"乃朽木腹中放出"，朽棺残片雨水浸后，暗夜放出阴火。此说着眼于木，给我启发。昔年锯木成板，住宿工场。夏雨连绵多日，场地潮湿，堆木浸润，都生菌了。一夜睡醒如厕，出门看见横架在马杆上的大木，绿光荧荧，若透明然，吓得我止步。这是一段未锯完的杉料，长丈径尺，通体发光。已锯下的薄板叠在马杆后面，同样发光。毕竟有些化学常识，立即断定这是磷光，亦即所谓鬼火。上前细看，此火无焰无热，绿光忽明忽暗。伸手抚摸，手亦发光。落在地上的一块碎木，同样发光。拾回室内，点灯视之，便无光了。吹灯又看，仍然发光。这块碎木藏入床下，三夜发光，光递减弱。后干透了，光即全灭。多年后才明白，这是生物发光。有一种能发光的细菌，遇温度和湿度正合适，便在木材上繁殖起来。暗夜显现绿光。从前的人夜见古木发光，指为鬼火，与磷化三氢燃烧发光混为一谈。这该是鬼火的第二种说法吧。

鬼文化之遽衰

　　鬼这个词，古人解释，"鬼之为言归也"。鬼就是归，鬼归音同。同音释义，古有此法。归有二指：一归去，一归来。此处是指归来。家中死者早晨抬出门去，山上埋葬。亡魂夜晚下山归来，不能再是人了，而是鬼了。陶渊明《自挽诗》，想象死后情景，句云："一朝出门去，归来夜未央。"旧时丧仪规定，死者埋葬后第七日，亡魂爬梯逾墙而归，家人事先锁门，外出躲避，谓之回煞。此俗甚古，南北朝时已有记载。《颜氏家训·风操》有云："偏旁之书，死有归杀。子孙逃窜，莫肯在家。"归杀即回煞。蜀人又叫回殃。殃与煞同样是鬼的代称，往往引起家人恐惧。最早的鬼，应是家鬼。亡魂夜归，家人撞见，便是鬼了。本文要说广义的鬼，包括神、魔、魅、妖、精、怪，由此孳生种种观念形态，构成鬼文化庞杂的内容，汇入传统文化，影响国人至烈。

　　我生在旧时代，自幼耳濡目染，饱受鬼文化之浸灌，同时读书求学，又经新文化之烘烤，以致水火交战

于心，害得自己首鼠两端，头脑拒鬼，内心怕鬼。我应
属于鬼文化的最后一代被注入者。为什么说最后一代？
因为我亲眼见到半个世纪以来鬼文化之遽衰，欣慰的同
时，也感到惊愕。先民迷信鬼神，迄今至少上万年了，
国人怎么会在短短五十年间就"科学"起来了？鬼文化
还有机会"振兴"起来吗？

　　没有机会了。鬼文化完了。

　　一是因为居住状况大变。老宅旧屋，多已不存，鬼
失藏身之所。偶有遗存的，也挤满住户，容不得鬼。何
况室有电灯，庭无暗隅。旧时深宅大院，油灯所照，光
亮数尺，稍远则暗，令人生疑，易致幻觉闹鬼，那是
当然。

　　二是因为殡葬制度革新。今人卒于医院，停尸太平
间，火化殡仪馆，鲜有寿终家宅之正寝者。旧时无论豪
宅陋院，岁月既久，累积计之，死于其间者至少数十
起，亦易闹鬼。今人葬骨烬于墓园，环境敞亮，不生恐
惧。旧时乡村，随处见土馒头，尸馅其内。丛葬则名官
山，飞萤走磷，似有"鬼唱秋坟"，难免幻听惊惧。

　　三是因为巫觋韬晦多年。那些年管得紧，迷信职业
者搞臭了，革命群众亦难容忍装神弄鬼。加之淫祀丛祠
一律铲除，阎罗十殿皆已捣毁，又不准演鬼戏，不准印
鬼书，不准讲鬼。散播魅精妖怪事者，视为"造谣破
坏"，牵扯到"阶级斗争新动向"，抓去判刑。旧时人
家，寒夜烤火，暑夕纳凉，哪有不讲鬼故事的？情节可
怖的，小儿听了，疑心床下门角堂上厕中到处有鬼，睡
不敢出头看床前，行不敢回头瞧背后。此皆我所亲历
者，而晚我一代的就免掉这类精神负担了。

　　四是因为医药卫生普及。旧时家人寝疾，轻则门角
竖钱焚香，召卜烧蛋画水，重则女巫下阴观花，男觋拿

妖捉鬼。或疑芭蕉成精，夜盗元阳。或疑老树作怪，日犯病体。至于阶前叫魂，门上贴符，听鹊而欢，闻鸦而呸，更是寻常事了。医药卫生一旦普及，谁还搞这类鬼文化活动。写到这里，来个"但书"。近年医药浮价，贫民莫可奈何，假如回头乞灵鬼神，岂不致使迷信活动又嚣张了？

五是因为资讯广传，民智大开。这二十五年来，国门既启，如天乍晓，事物看得真切，鬼神只好匿迹。

鉴于以上五个因为，可以说鬼文化已遽衰。置身于平庸单调的工商社会，吾人回味往昔，距离生美，又觉得鬼文化虽然有害，仍不失为一种有趣的刺激品，可供今日娱乐之用。鬼没有了，就找尖耳朵大眼睛的外星人作替代吧。按一九九二年调查推算，美国百分之二即四百万成年人自称被外星人绑架过。在往昔是妖魔附体，鬼怪缠身，在今日是被外星人体检，抽精取卵。在往昔是遇鬼迷路，在今日是车途碰上飞碟，致使"时间丢失"。国人前些年热气功，大师发功，信众颤抖。又有特异功能，意念改变千里外的分子结构。这几年武侠片，纵身飞起，掌心雷击。看来还在候补外星人的阶段，比洋人慢几步。不过作为鬼文化的替代用品，亦能有效获得刺激，如吸烟然。

影子与影射

　　何谓阴阳？阴是阴影，阳是阳光。光与影构成古人眼中的黑白世界。《旧约·创世纪》载，开天辟地之初，上帝说"要有光"，世界就有光了。这是他老人家的第一号通令，可知光是何等重要。不过，若拿吾国古人的话来说，"孤阴不生，独阳不长"，有光的同时还必须有影，方能成为世界。可知影子同等重要，否则阴阳观念无法建立起来。影之于人，与光同样重要。古埃及人认为人的灵魂幽栖在头发里，名字里，影子里。这太荒谬了吧？

　　岂止古埃及人，便是吾国古人，乃至吾国今人，也还残留着这种观念呢。小时候清明节随兄长去郊外祭祖扫墓，黄昏返城回家，夜晚咳嗽发烧。母亲问："路上遇到狗吗？"我答："有狗闻过。"母亲忧惧说："菜子花开出疯狗。恐怕被疯狗戕了影子啊。"被疯狗咬伤，要害狂犬病，自不待言。纵然未被咬着，只要被闯犯着太阳下的人影子，也要害烧热病。此之谓疯狗戕影子。戕，伤害也。旧时蜀乡民众对此深信不疑，逢狗必让路，深怕不小心，影子被闯犯。这种迷信观念正好默证影子里存在着人的灵魂。欧洲人也有这种观念的残留，所以英文 shadow 既是影子，又是鬼魂；所以还有"出卖影子"之说，喻指某人出卖灵魂。

你看古人活得多累，除了保身，还须保影，方得平安无咎，否则就会犯险。而且影子概念又扩大化，不但太阳下的身影，甚至写真肖像也被视为影子，必须自己小心护着，恐为仇敌所乘。上古圣贤不留肖像塑像，意在防止生前身后受到巫术恶攻，所以我们不可能知悉文王武王周公孔子老子孟子庄子之真容是什么模样。必待佛法西来，"象教"大行中国之后，国人才兴写真造像。历千余年，到了二十世纪中叶，照相术在中国大城市普及后，此种恐惧心理尚存。犹记在川西大邑县三岔乡写小说时，一蚩氓语予云："进城照一张相，回来身上炣了七天！"炣音 pā，蜀方言，软也。肉煮烂熟，川人说"肉炖炣"。《新华字典》不收炣字，太可惜了。彼时乡愚认为，摄影就是把生人的灵魂摄进照相机了，所以他才感到身上炣软。读者勿要哂笑，请想想四十年前，损毁肖像和石膏像，不是要惩罪吗？这不是等于默认灵魂幽栖在影子里吗？

写到此处，忽然懂得《庄子》书中道及弟子跟在老师后面走路，必须"雁行避影"，视日影之所在而左右趋避之，以免误踏老师身影的道理了。这种太烦苛的尊师仪轨，被儒家改造为"徐行后长者"，洗净迷信色彩。

从影子又说到对影子的袭击，除前述"戕影子"的疯狗外，还有更恐怖者见于《诗经》曰蜮，又名短狐、水狐、水弩、射工。此种凶物栖息浅水之中，口含沙粒，能射映水人影。据《玄中记》所载，"去人二三步即射，人中，十人六七人死"。据《博物志》所载，"以气射人影，随所着处发疮，不治则杀人"。其形状，葛洪说"有翼能飞"，陆机说"如龟二足"。其余诸家之说亦皆不一，相去甚远。两千多年来仍弄不清楚究竟是何物。显然，射影杀人之说，正与疯狗戕影子会害病之说同样荒谬，不可采信。我常自问："世间真有此种恐怖的动物吗？"

　　前不久，看电视介绍罕见鱼类，忽有所悟，好像要找到了。《诗经》的这个蜮可能是弹涂鱼。只是前贤观察粗疏，兼之头脑迷信，臆想代替调查，以致出入太大罢了。弹涂鱼长约十厘米，形状诡异。眼球凸起伸出，如三星堆面具所见，且高居头顶上，乍看似竖双耳。背鳍高展如弩机之望山（瞄准器），所以又名水弩。胸鳍左右两片强劲有力，可以撑跳在沙岸上，所以被误视为"二足"。涨潮时能爬上水面树桩，并可扇动两鳍如翅，从一树桩飞向另一树桩，所以被误视为"有翼能飞"。弹涂鱼潜水下，能含沙射昆虫，击落水面，猎而吞之。实在是一种可爱的小鱼，绝不伤人。冤哉枉也，被妖魔化如此之久，至今背负"含沙射影"之罪，也不要求平反。

书
鱼
知
小

愚昧的灭鼠方法

家鼠为害，自古已然。除害之方，概括为二：一是杀，二是驱。杀，掘杀、药杀、猫杀、夹杀、笼杀、粘杀。驱，灌驱、熏驱、猫驱、符驱、画驱。符驱就是道士画符，贴在家中，纯属迷信。画驱就是买一幅"简州神猫"木版画，挂在家中。简州，今四川简阳市，旧时出产一种黑猫，特别辟鼠。被神化了，版画一纸也辟鼠，亦属迷信。符驱、画驱二法的倡导者，可能拿了鼠辈的红包吧。倒是《淮南子·万毕术》说的"狐目狸脑"舂成糊状，涂抹在鼠洞口，能够驱鼠，或有科学根据。奈何捉狐捉狸比捉鼠难百倍，此法的倡导者未免太黑色幽默了。

成书于北魏的《齐民要术》说到养蚕苦于鼠啮，乃介绍又一法。那就是"取亭部地中土"，水和成泥，"涂屋四角，鼠不食蚕；涂仓箄（囤），鼠不食稻；以塞坎（孔），百日鼠种绝"。此法并非贾思勰发明的，他说出自"杂五行书"。我不了解这是一本书还是一类书的名称，所以只打引号，不敢打书号。所谓亭部是啥，须详说之。

秦汉制度，乡下每十里为一亭，设置亭长一人，掌治安和诉讼，算是基层小官，相当于民国时的保长，却又小于今之村主任。亭长下面仅有小卒二人，一个叫亭父，另一个叫亭部。亭父管亭长办公室的锁钥和清扫，就是杂役。亭部管捕盗捉贼，相当于治安员或治保干事。亭长办公室有一间禁闭室，盗贼暂囚于此。取土就是取这间禁闭室地下的泥土。想必是那时候乡下基层捕捉盗贼非常认真，以至严威感应室土，可以用来灭鼠。彼时民心愚昧而又纯朴信任，竟如此之有趣。

房星与马

环列天球黄道上的二十八宿，在中国古代的星图上，乃是二十八个星座，和现代天文学黄道十二星座大不相同，千万勿混淆了。古之二十八宿始于苍龙七宿——角、亢、氐、房、心、尾、箕。角是龙的双角。亢是龙的喉咙。氐是龙的两肩。房是龙的胸房。房宿四星纵列一排，夏夜南天见之，属于现代天文学的天蝎星座。房宿的四颗星又被古人想象成拉车的四匹马，故又名天驷星。这样一来，房星就与马扯上关系了。所以纬书《瑞应图》说："马为房星之精。"意即房星下凡变马。此属迷信，自不待言。

请转入正题吧。李贺《马诗》第四首写得好："此马非凡马，房星本是星。向前敲瘦骨，犹自带铜声。"瘦骨铜声，想象甚奇。理之所无，偏是金句。没意思的是"房星本是星"太詹詹费词。房星是星，正如某人是人，说了等于白说。少时读到这一句，总不免存疑。想了五十年，我敢断言，这句错了。李贺原句应该是"房星是本星",意即房星是此马的本命星。正因为房星是本命星,所以"此马非凡马"。这样一颠,就通顺了。不但通顺了,上下句亦随之成对偶了。房星对此马,是对非,本星对凡马。五言绝句多用对偶起头,例如"白日依山尽,黄河入海流",又如"江碧鸟逾白,山青花欲然",再如"澹澹长江水,悠悠远客情"。李贺《马诗》第五首的"大漠沙如雪,燕山月似钩"和第七首的"西母酒将阑,东王饭已干",以及第二十首的"重围如燕尾,宝剑似鱼肠"都用对偶起头,可作旁证。不过终属猜想,拿不出铁证来。坊间印本查了四种,皆错。估计《李长吉歌诗》的老刻本就错了。

墙头蒺藜扫不得

《诗经·鄘风·墙有茨》读了逗人笑。首章云:"墙有茨,不可扫也。中冓之言,不可道也。所可道也,言之丑也。"意译之:"墙头蒺藜扫不得,交媾浪语传不得。若是传出去,那就太丑了。"这是两千五百年前抵制黄段子的佳作吧?诗人不指责传黄段子违反"精神文明建设",首章只说丑,二章又说长(脏),三章再说辱,皆着眼于自身之尊严,而无关乎政府之号召也。

茨者何?《毛传》称,茨就是墙头生长的蒺藜,不可扫除。如果扫除蒺藜,就会破坏墙体。昔年对此存疑,因为蒺藜一般植作园篱,墙头未见长蒺藜的,长草的却常见。一九六六年春,被押解回乡前,到城南小天七路去看何剑熏教授(也是戴帽右派分子)。相见谈《诗经》,请教茨是啥。他指着宅院的墙头,上面插满防盗的碎玻璃,大笑说:"那就是!"我一下就悟了。茨解释为蒺藜,不错。但非植株,而是蒺藜枝丫,插在墙头防盗。此物又名棘针,范成大《田园杂兴》的"已插棘针藩笋径"便是也。当时我二人高兴了，下小饭馆喝酒。不到两个月，"文革"爆发了。

原来"墙茨不可扫"，并不是扫了就会破坏墙体，而是扫了等于开门揖盗。家宅设防是应该的，正如男女之事不宜外传，必须设防一样。诗义至此豁然贯通，疑冰顿释。

今之居宅，有以金属栅栏代院墙的，栏顶钢棘三叉，此则现代化的"墙有茨"也。至于墙头安装红外线监视器，已跨入 e 时代，那就更先进了。《圣经》上说："已经有过的，还会再有。"哈，不错。

附：

蒺 藜 非 棘
宫　玺

读二〇〇三年四月二十六日《新民晚报》流沙河先生《墙头蒺藜扫不得》一文，甚受教益。抵制黄段子之说尤妙。但"蒺藜枝丫，插在墙头防盗。此物又名棘针"之解，则不免失误。

蒺藜，草本植物，茎丫贴地生长，结小球果，周身生刺，如放射状，扎人手脚。棘，即酸枣树，我故乡胶东叫棘子，枝上多刺，多丛生，宜作藩篱。茨是蒺藜，但不是棘。不是蒺藜枝丫插墙头，而是蒺藜带刺的球果干枯在墙头（干枯，刺仍尖利），因而"不可扫也"；若棘插墙头，哪扫得动？

旧瓶新酒说传贤

两种不同文化互相审视，互相命名，往往滋生误会。人总是用自己熟稔的事物去比附陌生的事物，审视之后，给以命名，遂至误会，亦不足怪。昔时川西乡下农夫见基督教堂欢庆圣诞节，便说那是"洋人过冬至节"；欢庆复活节，便说那是"洋人过清明节"。初闻之，甚可笑。继思之，亦有据。冬至总是在圣诞节前三天左右，清明总是在复活节前后几天内。探其风俗起源，两者皆与季节转换有关，具相似性。

晚清丁柔克《柳弧》稿本"万国诗"条云："俗称万国，今就其所知者，则有亚墨利加，西班牙臣可吟，始驾舟寻新地至此。诗曰，十载仙槎泛斗牛，落机山色掌中收。开边应笑祖龙拙，海外居然更九州。"说的是北美洲，哥伦布（可吟）发现的。诗却风马牛不相及，扯上张华《博物志》浮槎航海到天河，带回织女支机石，问成都严君平事，又扯上秦始皇派徐福去海外找仙山事。美国人读此诗，莫名其土地堂。这也是用本土的熟典去比附陌生的新大陆，显得可笑。

尤可笑者，接着又云："华盛顿，开创亚墨利加之始祖，状魁梧绝伦，世传贤。"作者不懂什么是第一任总统以及总统任期制度，竟称之为"始祖"。令人想起秦始皇加上汉高祖。又不懂什么是民主制以及总统选举和任期，竟称之为"传贤"，令人想起尧舜传贤不传子、夏禹传子不传贤，徒滋误会。如果现代民主制的总统更迭就是"传贤"，那么华夏四千三百年前就已经是民主国家了。旧瓶能装新酒，旧概念却不能表达出新事物的内涵。

陆放翁家训

陆游晚岁，自称放翁。形骸放达，心情忧惧。八十岁作《家训》一篇，力戒子孙奢靡。先说其父楚公，少时贫苦，皮带断裂，麻绳续之。继说姑妈，回陆家来，见食包子，忙起身告罪说："原谅我老糊涂，记不清今天是谁生日了。"在座晚辈窃笑。楚公感叹说："从前我们陆家天天喝粥。逢年过节，或做生日，才蒸肉馅包子。你们晚辈哪知这些？"放翁最怕子孙奢靡，堕落成家国的罪人。

《家训》愤慨官场腐败，竟说："幸好我快死了。一时不死，也决不再当官。我们陆家世代务农，再去务农，这是上策。闭门读书，不应科举，不讨官做，这是中策。当个小官，不求提拔，不慕荣华，这是下策。仅此三策，别无出路。这些话，你们今天听不进去，留到将来再反省吧。只是不要外传，免惹麻烦。"

《家训》有一段话尤堪铭记："我这一生从未害人。别人整我，有出于嫉妒的，有出于误解的，也有为一己私利的。察其内情，多可原谅。我不怨恨他们，小心避开就是。还有那些指明我错了的，更不应该耿耿于怀。你们做到少犯错误，勿显能干，不去巴结权贵，别人也就很难害你们了。我犯过错误，很后悔，怎奈追不回了。你们应该以我为戒。"他说的犯错误，显然是指曾投靠大奸臣韩侂胄，后被牵连入罪，污了清名。

《家训》之后五年，八十五岁时陆游逝世。遗诗《示儿》虽然悲壮感人，毕竟属于言志，不像《家训》这般切实管用而又可以操作。

芜菁与萝卜

不识萝卜，教人笑掉牙车。萝卜是中国人的家常菜，怎会分不清。怪哉，注《尔雅》的郭璞就是分不清，他把芜菁划入萝卜一类。从此，芜菁与萝卜纠缠上千年，到李时珍《本草纲目》才分清楚，各归一类。

最早还是分清楚的。《诗经》有"采葑采菲"句，郑笺云："此二菜者，蔓菁与萬之类也。"蔓菁即芜菁。萬即萝卜。古代又叫芦菔、芦菔、莱菔，音近萝卜。郑玄说得明白，芜菁是一类，萝卜是一类，二菜不同。芜菁两音拼读成葑（fēng）。萝卜的卜与菔同音，乃是菲（fěi）的音转。芜菁与萝卜虽同属十字花科，但是花色迥异。芜菁花黄色，归入芥菜类。萝卜花白色或浅紫色，归入菘菜类。

芜菁一类，根部肥大，略带甜味。圆球形的、扁圆球形的、圆锥形的皆有。多为白色的，也有上部为绿色或紫色而下部为白色的，更有紫黄等色的。芜菁口感比萝卜绵密，可生吃，也可盐腌食用。芜菁一类还包括大头菜，肉质根部肥大，圆锥形或圆筒形。蜀人爱吃红油大头菜丝，夹在锅魁内，嚼来很爽口。

萝卜一类，根部同样肥大，生吃略嫌涩口。同样，圆球形的、扁圆球形的、圆锥形的皆有，更有长圆锥形的。多为白色的，也有红皮的，绿皮的，紫皮的，黄心的，品种繁庶。红皮萝卜，蜀人泡在坛子里，两三天捞出，滴几点红油，脆美略生，最是下饭。白萝卜，天寒上市，切成大块，炖牛肉满街香。四十年前，北京冬季无水果吃，鼻眼干涩，乃生啃紫皮萝卜，以补充维生素之不足。京城谚曰"萝卜赛梨"。卜读 bei 音。

锦瑟感伤身世

李商隐《锦瑟》诗，意象瑰丽，旨趣朦胧，心事不愿直接说出，所以易招误解。自从北宋《刘贡父诗话》提出"锦瑟，令狐绹家青衣"一说，聚讼纷纭。果如此说，那就该是一首情诗，怀念宰相令狐绹家一位女子，芳名锦瑟。李商隐在令狐绹之父令狐楚幕下做过文字秘书，颇受倚重。令狐绹拜相后，憎恨李商隐，疏远之。

这些都是事实。古人趣味与今人同，解释两个男子反目，总爱牵扯男女恋情，若有三角纠纷更好。"青衣"之说正满足了这种要求，流播最广，但也最不可信。刘贡父未交代何所据而云然，估计是传闻吧。其实令狐绹憎恨李商隐，是因为他娶了政敌之女，无涉于传说中的"青衣"。

窃以为，《锦瑟》乃望五之年感伤身世之作。应该就诗论诗，不宜诗外觅解。李商隐只活了四十六岁——所谓望五之年。晚岁命蹇，做个小官，回顾身世，不免感伤。"锦瑟无端五十弦，一弦一柱思华年。"自比一张绘有纹彩的瑟，快五十岁了，想起失去的好时光。《瑟谱》载有适、怨、清、和这四支曲。"庄生晓梦迷蝴蝶"是适（舒适）。"望帝春心托杜鹃"是怨（哀怨）。"沧海月明珠有泪"是清（凄清）。"蓝田日暖玉生烟"是和（温和）。适、怨、清、和，这也是人生的四大境界，一步一步，早岁走向晚年。幼享舒适，壮遭哀怨，后转凄清，老归温和。此说出自北宋张邦基的《墨庄漫录》，而我加以发挥。"此情可待成追忆，只是当时已惘然。"这里的情应作事讲（至今仍说事情）。此情就是这些事情，亦即往事，早已茫然记不清，如何回想得起来？

一夜五个时段

今有夜生活，玩通宵。大城市灯光彻夜明，人声车声频来枕上。古无这般快乐，那时城乡宵禁，闭门鼓一擂，就严禁外出。街上兵丁站岗守夜，手执金吾（警棍），专抓犯宵禁者。汉武帝时，飞将军李广在蓝田山中射猎，夜赴野餐，归途经霸陵亭。亭尉醉不识，说他犯夜，予以拘留。警卫员提醒亭尉说："这是前任李将军。"亭尉说："现任将军也不行，何况前任！"硬把李广拘留一夜。事见《史记》。到了唐代，刑律已有犯夜专条。苏味道诗《正月十五夜》云："金吾不禁夜，玉漏莫相催。"一年仅有元宵一夜解除戒严，放百姓看灯，玩通宵。宋代城市商业繁华，放宽增为三夜（正月十三、十四、十五）。明清两代就更宽了。

兵丁守夜，轮班换岗，所以一夜分为五个时段，每个时段约两小时。北齐颜之推《颜氏家训》说："汉魏以来，谓为甲夜、乙夜、丙夜、丁夜、戊夜，又云鼓，一鼓、二鼓、三鼓、四鼓、五鼓，亦云一更、二更、三更、四更、五更，皆以五为节。"今人尚说"半夜三更"，可知三更应是夜半十一点到一点，二更应是夜深九点到十一点，一更应是入夜七点到九点，四更和五更可以类推矣。报更或以锣或以鼓，不一。少时枕上听过三更、四更、五更，锣声今犹在耳，极富韵味。尤其是冬夜，令人想起"朔气传金柝"句。

五更古称五夜。唐文宗说："若不甲夜视事，乙夜观书，何以为人君耶？"意思是说做皇帝的应该入夜继续办公，夜深睡前读书。有说者谓一夜办公、一夜读书，间隔开来，谬矣。又，皇帝阅读曰"乙览"就是这样来的呢。

汉代铅笔考

两千年前，西汉末年，蜀人扬雄出任"輶轩使者"周游天下，调查各地方言，编成一部《方言》，流传至今，嘉惠学人，功莫大焉。当初调查方言，肯定要做笔录。做笔录就要有书写工具。扬雄随身带的书写工具，据他自己在《方言》书中说，只有一支铅笔，一方油布。他用铅笔书写在油布上，带回去过录到木版上，然后编排木版成书。

　　为啥不用纸，而要用油布？那时候书写纸尚未发明，蔡伦尚未出世，无纸可用。油布的好处是字迹能够用水擦掉，反复书写使用。纸就不行，只能书写一次。

　　为啥要用铅笔？两三句话回答不了。读者诸君稍安勿躁。那时候的铅笔不是今天用的这种笔。那时候的铅笔，铅不读 qiān 而读 yán。《说文解字》："铅，青金也。从金㕣声，以专切。"江西省铅山县唐代出产这种化学符号为 Pb 的金属。铅山至今仍叫 yán 山，可证铅古读 yán 不读 qiān。铅笔不是用金属铅做成笔，而是用普通的毛笔蘸着水调的铅粉（化学名碱式碳酸铅，一种白色涂料）书写在油布上，也就是用铅粉笔吧。半个世纪之前，小城杂货店悬黑漆粉牌，用铅粉笔写明商品种类，招徕顾客。扬雄当初就用这种蘸铅粉的毛笔书写在油布上，带回去过录到木版上。过录完了，在油布上滴几点水，一抹即净。扬雄《答刘歆书》："雄常把三寸弱翰，赍油素四尺，以问其异语，归即以铅摘次之于椠，二十七岁于今矣。"可知编《方言》费时二十七年之久。

　　蜀地小孩落泪，大人嘲笑说："又抹粉牌啦。"杂货店抹粉牌，滴几点水，如落泪然。

华南原有甘藷

　　华北叫白薯，又叫地瓜，江南叫红薯，四川叫红苕（sháo），名异实同，皆是辞书上的番薯。番薯块根，削皮呈现白色、红色、黄色，不一。原产热带和亚热带，喜温暖，耐旱耐碱，不耐霜。既名番薯，当然是从国外传来的了。前人考证，明代万历年间从吕宋岛（今菲律宾）传来。近见有说从安南（今越南）传来，时在万历八年（一五八〇年）。番薯传到中国，引入四川，养活清代初年"湖广填四川"的大批移民，厥功至伟。

番薯味甜，所以又名甘薯。甘薯之名，易与华南原有之甘蔗相混淆。甘蔗类似番薯，也甜。晋代嵇含的《南方草木状》记载："旧珠崖之地，海中之人皆不业耕稼，惟掘地种甘蔗，秋熟收之。蒸，晒，切如米粒，仓圆贮之，以充粮糗，是名蔗粮。"甘蔗是种，种蔗块。番薯是栽，栽薯藤。繁殖方式相异，终非同类。

查《太平御览》，有甘蔗记载两条：一条说，农历二月种，十月收，块根繁殖，大如鹅蛋，小如鸭蛋，掘出煮食，味甜。另一条说："甘蔗似芋，亦有巨魁。剥去皮，肌肉正白如肪。南方人专食之，以当米谷。蒸炙皆香美。宾客酒食亦设之，有如果实也。"据这两条记载，可知块根较番薯小，削皮呈现白色，若脂肪然。猜想此物产量低，已被番薯淘汰了。中原人既不识，遂以为蔗即薯。《新华字典》将蔗字视为薯字的异体，加个括弧放在薯字后面。古籍若排简化字，就必须改成薯。顺理成章，甘蔗就变成甘薯，同番薯一样，而华南原有的甘蔗就永远失踪了。这样行吗？

铜钱的两面

忆我幼年，平常人家鲜有余资为小儿女购置玩具。彼时孩童多能自造玩具，或以他物充当玩具。只需一枚当二百文的铜元，便可引来甲乙二童玩猜"码吗幕"，快乐半日。玩法：甲童旋转铜元，急用手掌捂住，叫乙童猜，是码吗还是幕。铜钱，无论大清铜板，或是民国铜元，正面皆汉字，谓之码，反面皆图像，谓之幕。推溯古代，秦汉的五铢钱已如此定格了，正面汉字，反面无字。到清代的方孔小钱，正面亦汉字，反面为满文（可视为图像）。北宋赵彦卫《云麓漫钞》说："今人目钱有文处为字，背为漫。"有汉字的正面就是蜀童说的码（音 má），无汉字的反面就是蜀童说的幕（音 mèr）。今人同北宋时的说法相一致，字即码也，漫（本应作幔）即幕也。

铜钱的这种格式形成传统，算来已有两千年之久了。民国铜圆遵守固不足奇，奇的是我国香港地区的硬币也遵守了这一传统，壹毫、贰毫、伍毫、壹圆、贰圆、伍圆的正面皆汉字，反面皆图像与英文（亦可视为图像）。找到一枚我国澳门地区的硬币壹圆，也是如此。又想起昔年民国的镍币和小铜币，也是正面汉字，反面图像，遵守传统。唯我人民政府发行的硬币壹分、贰分、伍分皆未遵守，算是革命。一九九七年版的硬币壹圆也没有遵守，而二〇〇一年版的却又遵守了。不知这是不是回归传统。倒是我们的纸币一九八〇年版的壹角、贰角、伍角、壹圆、伍圆都是正面为汉字，反面为图像，与传统相合。我正高兴呢，却发现一九九九年版的拾圆、伍拾圆、壹佰圆与传统相违，背面冒出一个汉字的"年"，缀于"1999"之后。惜哉，惜哉。

蠚麻与张献忠

毒虫刺痛肌肤，川人不说螫（shì）而说蠚（hē）。早在战国时代，《山海经》就有这个蠚字了。说是昆仑之丘有一种鸟，尾下有刺若蜂，"蠚兽则死，蠚木则枯"。川中有草，名曰蠚麻。北宋张邦基《墨庄漫录》云："川峡间有一种恶草，罗生于野，虽人家庭砌亦有之，如此间之蒿蓬也。土人呼为荨麻。其枝叶拂人肌肉，即成疮炮（疱），浸淫溃烂，久不能愈。"宋朝川峡四路，后简称为四川。张邦基未入川，听人谈到荨麻（荨在这里读 qián 不读 xún）。此草在四川今呼为蠚麻。蠚麻，草本，生在墙角，林边，瓦砾场中，垃圾堆上。

根部抽出蔓茎，匍匐地面延伸。蔓茎和叶片有螫毛，触之痛楚不堪，立即红肿。叶对生，有齿牙或分裂。我国有十六种。川黔常见的有裂叶荨麻，又呼蛇麻，叶掌状浅裂，裂片有刻缺或齿牙。蔓皮纤维可搓绳，故以麻名之。小孩野地玩，往往被蕴哭。

川人口头传说，此草与张献忠屠蜀有关系。说是张献忠在延安府当狱卒，出差四川，道路泻腹，野地顺手摘蕴麻叶，当作厕筹使用，痛得跳起来吼。怒曰："四川的草都这样恶毒，何况人！"所以后来造反，由陕到豫，自鄂入川，唯在川中大肆屠杀云云。此说未免太小儿科，当不得真。明末的那一场浩劫，实源于朝廷之腐败无能。持续十年之大旱又为浩劫铺了路，尤其不可忽视。大旱源于气候异常。气候异常又源于太阳黑子之增，亦天命也。川人遭屠杀百分之九十（包括饥饿疾病而死），恐怖记忆代代相传。唯对于张献忠之嗜杀，很难理解，乃编出蕴麻螫肛门的故事以解释。这也算是戏说吧，当今戏说成风了。

宋朝官员不受杖

或人提出长老和尚娶妻类绝不可能的问题，曰："愿做哪个朝代的官？"我答北宋。理由有一条，就是不挨打。秦汉以下，哪个朝代都有当官的受杖刑。汉明帝、隋文帝、唐玄宗算是好皇帝了，都不免有杖捶大臣之事，见于正史。最凶的是明太祖朱元璋，动辄廷杖官员。不是拖下去打，而是朝廷之上俯身在地受杖，打给大臣们看，捶一儆百，辱人斯甚。永嘉侯朱亮父子二人，工部尚书夏祥，都是当场杖毙的。明末宦官专权，廷杖羞辱大臣，习为常例。宦官高坐，双脚八字向外张开，暗示饶他一命；反之，双脚向内关闭，就须打死。

受杖之前先用麻袋笼头至膝，以免滚动蹦跶，想得真是周到。士大夫之羞耻心已消泯于杖下了，社会上还有谁要脸面呢？

北宋赵彦卫《云麓漫钞》载，杜甫诗叹自己"脱身簿尉中，始与捶楚辞"，可见他也可能挨过。又引韩愈诗云："判司卑官不堪说，未免捶楚尘埃中。"姜皎为秘书监，杖死。周子亮为监察御史，因提意见，杖于朝堂。到唐代宗稍有宽展，五品以上不受杖了，六品以下照打不误。赵彦卫说："本朝（北宋）待士大夫有礼，自开国以来，未尝妄辱一人。惟犯赃罪，或死或黥，非常法。"后来南宋亡国，有文天祥与陆秀夫一大批死节的官员，也许和士大夫阶层的自尊心有关系吧。自尊心消泯了，当汉奸就无所谓了。

官员不受杖，庶民照样受。《水浒传》写流放犯吃二百杀威棒，若不行贿，可能打残，也很可怕。抗日战争大后方征壮丁，逃兵要挨扁担，亦俯身受，打得呼天抢地，死去活来。时予八岁，兵营门外目击惨状，终身不忘。至于学生挨臀板，更是见惯不惊了。

怕被人笑不韵

语云："徐娘半老，风韵犹存。"查《南史·后妃传》，原文但作"徐娘虽老，尚犹多情"。徐娘真有其人，就是梁元帝萧绎的妃子徐氏。这里说的"风韵"较之"多情"内涵更宽泛些，也更不容易说清楚。试着拆开说吧，风指风度，韵指韵味。风与韵皆属于一个人的文化素养，而和今之所谓性魅力不搭界。《世说新语·赏誉》记载，庾亮认为，卫永"风韵不及"孙绰。《晋书》说王凝之的夫人谢道韫"风韵高迈"。据此两例可知，风韵超性别，男女皆可用。

复词的风韵用了七百年，又分身为单词的韵。《清波杂志》记北宋旧事说："六宫称之曰韵。盖时以妇人有标致者为韵。"《侯鲭录》更说："欧公闲居汝阴时，一妓甚韵。"北宋某个女子显得颇有文化素养，人就说她很韵。这和今之所谓漂亮迥不相侔。漂亮外在，韵内在。漂亮是生成的，韵是养成的。当兹商业社会，女子多以漂亮自炫，甚至宣称自身性感，早忘记韵之为何物了。

你别认为北宋女子才韵，须知那时男子也韵。男子若能诵东坡诗，别人同样说他很韵。反之，"士大夫不能诵坡诗者，便自觉气索，而人或谓之不韵"（引自朱弁《曲洧旧闻》）。多好的风尚啊，怕被人笑不韵。据载，那时首都汴京城内，时髦男女穿文化衫，衫上绣着"韵"字，一如今日 T 恤印着 I love you 和 Kiss me。

韵字原义是谐美的乐音。用在诗中，专指诗歌语言中的音乐成分。赞美人韵，便是用听觉说视觉，事属修辞范畴，今人谓之通感。

林间日影筛金

大树浓荫，日光透叶隙而落地，皆作圆形，若金币然。仰看叶隙，隙孔并非圆形，这就怪了。隙孔既不圆（多作三角形），为何透过隙孔而落地的光斑，个个皆圆？小时候不思考这个问题，也不认为这是一个问题。满十岁那年看日偏食，在老家柚树下。先是阳光明亮如常，柚树浓荫下的光斑皆圆。食始，光斑由圆而缺，缺口由小而大。食甚，光斑由半圆形而镰刀形，而蛾眉形。此时阴风忽起，仿佛夜晚乍至，树鸟为之惊飞，家狗为之狂吠。几分钟后，日食结束，太阳复圆，光斑也跟着复圆了。至此憬悟，光斑原是太阳投影，所以平时皆圆，而与树荫叶隙形状无关。树荫下如此，屋下亦如此。昔年平房瓦屋，日光透瓦隙而落地，亦圆形也。

若是在竹林里，情形应有不同。推想起来，竹叶间的隙孔更小些，又有风的扰乱，所以光斑多琐碎不成形。韩愈《城南联句》一诗孟郊出句云"竹影金琐碎"，写得实在准确。沈括《梦溪笔谈》纠正说："所谓金琐碎者，乃日光耳，非竹影也。"细思之，纠正得有道理。竹影乃是阴影，岂能"金琐碎"耶？只有竹林下的日影方能形容为金琐碎。

吾蜀青城山，得天下之幽，林间阴暗，圆光斑不多见。偶入低矮林间，树叶不密，遍地金币灿然，令我会心一笑，造出"树影筛金"一句。觉得筛字甚妙，又想造个对句，自己考考自己。想了许多，皆不工整。林间蝉声噪耳，就像在给我"递点子"，便造了个"蝉声戛玉"，刚好对起。戛，刮磨也。我从未戛过玉，想象那声音如同指甲刮玻璃，听了难受者，正是蝉声也。

兮字的读音

二十世纪七十年代之末，内地上映香港古装巨片《屈原》（根据郭沫若话剧《屈原》改编），引起热潮。那些年的观众，"饥者易为食，渴者易为饮"，只要稍具艺术性的影片，都会激赏不置。影片中有屈原《橘颂》全文，作为歌词，谱成曲调，女声吟唱，绵曼悦耳。那时我在故乡县文化馆供职，听罢深受感动。略觉诧异者，歌词十八个兮字本该读 Xi 音，都改读作"啊"。兮读作啊，闻一多创其说，盖亦持之有故。不过当今《新华字典》仍读 Xi 音，释曰："古汉语助词，相当于现代的啊或呀。"所谓相当于乃指其作用，非谓等同于啊或呀。妄改兮字读音，在下期期以为不可。《诗经》《楚辞》那么多兮，岂能轻易改读？

可以设想古代楚国兮读 a 音，说那就是今之啊字。但你拿不出过硬的证据，终归是假说。我却能证明早在宋代前兮字读 Xi 音，容说如下：据《旧五代史·康福传》记载，康福生病，坐拥锦衾，有幕僚来问安，念了一句"锦衾烂兮"。康福生气质问："我虽然生在边疆，也算唐朝的人呀。怎能骂我烂奚？"本是笑话一则，嘲弄康福出身武夫，不知那句引自《诗经》，意在赞美锦缎被褥漂亮，并不是什么"破烂的奚奴"。这则笑话可做铁证，证明兮奚二字同音，皆读 Xi 而不读 a。何况还有《说文解字》用"语所稽也"一句释兮字，稽兮二字叠韵，这是许慎常用的叠韵释字法，亦可间接证明兮字音 Xi。更何况兮字注音"胡鸡切"，亦即胡字的声母拼鸡字的韵母，拼出来仍然是 Xi 音啊。话说回来，如果为了便于吟唱，在影片中权且改读作"啊"，那我也不反对。

戴是头顶物

看见非洲妇女头上顶戴重物，或为一桶水，或为一袋粮，挺胸直脖走路，敬佩之余，心窃悯之。头上压着一座大山，也太苦了。忽想起我上初中一年级，读张友松编的北新英文课本，有一篇 *Castle In Air*（《空中楼阁》），写一个送牛奶的女工，路上想入非非，得意摇头，致使顶戴的一桶奶倾倒在地，乃知欧洲人也曾用头顶物。又想起阿拉伯人也如此，墨西哥人和印度人也如此，五洲四洋莫不如此。反观我国，用肩挑的用背背的大家常见，唯独用头顶戴的似乎还未见过。哈，该掌嘴！才说未见过，就想起了故乡旧时叫卖烧饼和油糕的，不是都顶戴着簸箕吗？至于古代，《庄子·让王》

写搬家云:"夫负妻戴,携子以人于海,终身不反。"《孟子》也有"颁白者不负戴于道路"的说法。负者背上背着,戴者头上顶着,曾经遍于道路,只是今日鲜有所见。古代各国,风俗虽异,运载方法却不殊,总以省力为原则。

试看这个戴字,上边和右边原是才和戈两字的组合,作声符用,左边田和共就是形符了。田非田,篆文是一只大袋。共非共,篆文是一个大人双手举起大袋放到头上去。这个形符是顶戴的象意,一看就懂。可知戴天戴德戴帽子戴假发都用戴的本义。向下移位,戴眼镜戴耳环戴假牙总算还在头部,尚近本义。向下又移,戴红领巾戴肩章戴胳圈戴手表戴戒指,离本义就远了。向下再移,戴套,更远。移位到底,犯人戴脚镣,就几乎不通。还有,戴和载指的是一回事。所不同者,自上加下为戴,自下承上为载。这也是有趣的语义现象。

生菜古今不同

给皇帝上奏章,必须字斟句酌。据宋代《清波杂志》说,不吉祥的字眼,例如"危""乱""倾""覆""崩""反"之类,最好不用。《容斋随笔》记载,有大臣上表章,先诵读给欧阳修听。刚念出第一句"伏惟陛下德迈九皇",欧阳修就笑问:"几时卖生菜呢?"那位大臣惶恐,赶快修改,因为音谐"得卖韭黄",涉嫌不敬。宋朝皇帝都比较讲道理,臣下奏章尚且提防如此。暴君朱元璋文化低,心眼多。表章上的颂词"天生圣人,为民作则",他认为这是在讽刺他做僧做贼,不禁大怒。他的龙门阵就不摆了吧,回头说说生菜。

我本蜀人,原不识生菜为何物,偶见之于西餐桌上,听说是从外地引进的,下江人叫莴苣,便想起戴望舒诗中提到过此菜。尝尝，生脆可口，有点像四川的莴笋叶。查《辞海》知莴苣属菊科，原产地中海沿岸。传到我国已在汉代以后，所以《说文解字》不载。莴苣按其性状不同，可分两种：一种是叶用莴苣，又名生菜；一种是茎用莴苣，也就是四川的莴笋了。原来西餐桌上的生菜是莴笋的堂兄，血缘甚近。

欧阳修提问的那个生菜，不是我们今天说的这个生菜。大约魏晋以来，元旦和立春馈赠五辛盘已成风俗。五辛原指五种味辛的蔬菜，放在盘中，互相馈赠，祝贺春到人间。又名春盘，后来菜品增加，不止五种，包括葱、蒜、韭、蓼、蒿、芥，甚至苜蓿和野菜蒲公英，而通称之为生菜。杜甫《立春》诗有"春日春盘细生菜"句，可知切细入盘。此风俗之残存在蜀者，正月吃生萝卜丝和生莴笋丝裹入面皮，放辣椒油、芥末、醋，谓之春卷儿是也。

白雁诗解说

长江流域，雁南来而秋深。吾蜀亦然，只是来雁数量逐年减少，近二十年城市上空雁阵已绝，使人忧虑。市民在水禽苑能看见雁。雁比鹅小，羽色灰褐。我未见过白雁，却欣赏明人顾文昱《白雁》七言律诗，谨录于下。

> 万里西风吹羽仪，独传霜翰向南飞。
> 芦花映月迷清影，江水涵秋点素辉。
> 锦瑟夜调冰作柱，玉关晓度雪沾衣。
> 天涯兄弟离群久，皓首江湖犹未归。

那只白雁"独传霜翰"，带的书信也被霜染白了。

雁宿芦花，芦花白、月光白、雁羽白，白成一片。雁泳秋水，秋水白，远眺唯见白光一点。琴瑟架弦有柱，通称雁柱。"冰作柱"又该是白雁了。玉门关外飞来，晨冒大雪，羽衣更白。结尾一句的"皓首"也是白。这首《白雁》通篇不露一个白字，而白在意象里。曾见我国台岛有现代派诗人接连排列"白的"，其数至百，以收强迫灌输之效。两相比较，优劣自见。

顷读《梦溪笔谈》，乃知世间真有白雁，请引原文："北方有白雁，似雁而小色白，秋深则来。白雁至则霜降，河北人谓之霜信。杜甫诗云：故国霜前白雁来。即此也。"今人有注释说："白雁可能指雪雁。雪雁的羽毛白色，体较鸿雁小，是候鸟。春季去北方繁殖，深秋则南来过冬。"白雁是俗称，雪雁是学名。《红楼梦》黛玉有丫环名叫雪雁。这样的名字真是"素以为绚兮"，启人想象，觉得其人冰肌玉骨，天真纯洁。若是名叫花雁，就要教人望而却步了。

最早的降落伞

古史推到尧舜，也不过四千三百年。再往前推，帝喾、帝颛顼，乃至黄帝，已入神话史，"其文不雅驯"，司马迁都感到不好深谈。就拿尧舜来说，都有神话色彩。帝尧选舜做接班人，又以二女妻之。舜只是一庶人，其身份为农民，为渔夫，为窑匠，此下嫁可能吗？尤可异者，舜做了接班人，其父其母其弟还要谋杀他，揆诸人情也太离谱。姑妄信之，且细说谋杀吧。一日，其父叫他到粮仓屋顶上涂补漏罅，然后从下放火烧仓。殊不知二女事先吩咐他："鹊汝衣裳，鸟工往。"就是身披蓑衣如鹊，手持两笠而上。待到火燃上屋，"舜乃以两笠自捍而下，去，不得死"。这一句是《史记》原文。

所谓鸟工，就是手持两笠。详说如下：

既云两笠，必是左手右手各持一笠。笠，如穹盖而尖顶，竹篾编织，夹以箬叶或竹箬，可御雨，兼遮阳。笠有二型，曰戴笠，曰持笠。戴笠顶在头上，持笠擎在手中，造型不同。不同在哪儿？持笠下面有 U 形柄，就是伞，而戴笠则无柄，属于帽。清代钱泳《履园丛话·考索》有云："今吴人呼缴为持笠。"缴为伞之古字。翻查《说文解字》，可知笠有柄者叫簦，簦无柄者叫笠。段玉裁注："笠而有柄如盖，即今雨缴。"又注："簦亦谓之笠，浑言不别也。"推测起来，舜两手持的笠应是簦，也就是吴人说的"持笠"了。舜握紧 U 形柄，高擎两笠，从粮仓屋顶向下跳，似鸟之张两翼，飘然滑翔着陆。何况据刘向《列女传》记载，身上还披一件襃衣，下跳时风灌满掀起来，亦能收到缓冲之效，这就双保险了。"鹊汝衣裳"的鹊作动词用，何其典雅古朴。这该是降落伞以外的欣赏吧？

你见过飞蓬吗

乱世荒年，弟兄离散，白居易诗哀叹："吊影分为千里雁，辞根散作九秋蓬。"群雁分飞，相隔千里，这好懂。一棵棵蓬草被风吹断根，各自分散飘零，这场景谁见过？野地蓬草并非罕见之物，因风飘起我却从未见过。可是更早些司马彪诗云："百草应节生，含气有深浅。秋蓬独何辜，飘摇随风转。"曹植诗云："转蓬离本根，飘摇随长风。何意回飙举，吹我入云中。"不但被风吹得团团转，而且飞入云。这些场景都是真的，不信是不行的。更更早些《商君书》说："今夫飞蓬，遇飘风而行千里者，乘风之势也。"原来这不是一般的蓬草，而是特殊的一种蓬，名叫飞蓬。飞蓬到了深秋，枯株被风齐根吹断，裹成蓬蓬松松一团，随地滚动，愈滚愈远。李白《鲁郡东石门送杜二甫》诗云："飞蓬各自远，且尽手中杯。"飞蓬飘散，作为惜别意象，诗中早已用滥，虽然那些诗人或未目睹过这场景。

读鲍照《芜城赋》见对句"孤蓬自振，惊沙坐飞"放置在"白杨早落，塞草前衰"之后与"直视千里外，惟见起黄埃"之前，乃悟这种植物生长在大西北沙碛里，难怪我未见过，许多诗人也未见过。

《淮南子》说："见飞蓬转，而知为车。"这小小的植物曾经启发古人造车，不止在诗歌上有意象的贡献。诗人看见飞蓬被秋风吹断根，到处飘零，觉得好可怜啊。哪知对飞蓬自身而言，四处乱滚，正好散播种子，感谢上帝。飞蓬又名沙蓬，籽实古名东蔷，炒熟吃，很可口。

第二毒草是烟草

世界第一毒草若是罂粟，第二毒草就该是烟草了。若论流毒之广与瘾客之多，烟草远胜罂粟制品的鸦片烟。以二分法观之，药用鸦片酌于人尚有益，烟草则一毒到底，乏善可陈。烟草原产南美洲，西班牙人引到菲律宾。清代方浚师《蕉轩随录》说，明代万历末年（至今三百八十年了）从菲律宾引入福建樟泉二州，译音名淡巴菰（tobacco），后名烟草。又说："渐传至九边，皆含长管而点火吞吐之。崇祯时严禁不止。"又引王世贞说："今世公卿士大夫，下逮舆隶妇女，无不嗜烟草者。"可知明末已经普遍吸烟。观其"含长管"而知所吸者为叶烟——用烟草叶裹成指粗圆柱，长约二寸，插入长管末端白铜烟斗，点火吸燃。吾蜀乡间至今犹见此种吸法。

到了清初，吸法改进，长管变短管，烟斗变烟锅，烟叶切成烟渣，撮入烟锅，点火吸之，谓之旱烟。一次要吸几锅，方才过瘾。旱烟既要频频点火，瘾客就须怀揣燧石和铁片与火绒，随处敲击取火。那时火柴尚未传入中国，取火皆用燧石，古趣盎然。纪晓岚嫌麻烦，乃用大烟锅，一次撮入烟渣二两，被呼为纪大锅。旱烟流行同时，又有水烟以应居家妇孺之需，而吸具更精致美观了。

今香烟之传入，据《蕉轩随录》说："洋人复制烟叶，卷束如葱管，长仅三四寸，以口含之，火燃即吸。其味烈，易醉。又于马上最宜。"清末传入内地，散置茶坊酒店，免费赠吸，营销术也。入民国后，乃有国产香烟应世。蜀人呼为纸烟，流行城市。例皆硬纸盒十支装，内有画片。儿童喜玩画片，企盼家长日日买吸，此亦营销术也。

云山雾罩之误

曾经做过手工砖坯，码在场上，怕雨淋坏，覆以草帘。砖工不叫草帘，而叫茅扇。久之始悟，扇字错了，应是茅苫。《说文解字》云："苫，盖也。"徐锴说："编茅也。"编织茅草盖物，苫字作动词用，音 shàn。苫若作名词用，音 shān，就是茅草帘子。吾蜀旧时盖屋用的茅草，都叫山草。显然山字又错了，应是苫草。这个字用处窄，除了古代孝子居丧"枕块寝苫"一用之外，罕见他用，所以容易写别字错成扇，或错成山。

报刊文字常见成语"云山雾罩"，形容事态晦暗，真相难明。窃以为山字也错了，该作苫字才对。山有雾罩，谓之云山。云山后面又加雾罩，岂不多事？可知"云山雾罩"不通，理应休息。若作对联，上联云苫雾罩，下联雪压霜摧。只是苦要读 shān，平仄方能成对。云和雾对雪和霜，看似能对起。其实是水对水，恐怕对起也不工。若拿土去对，下联土掩尘封；若拿火去对，下联火熛烟熏；若拿金去对，下联锯剖刀分；若拿木去对，下联棍打枪挑；若拿肉去对，下联背痛腰酸。总之，下联可以上百。这种文字游戏，唯有汉字能玩。旧时作诗填词，先学这种游戏。

有趣的是，上联云苫雾罩又可以拆开成为云苫与雾罩这两个词组，亦自成对。下联亦然，背痛对腰酸，棍打对枪挑，锯剖对刀分，火熛对烟熏，土掩对尘封。含有两个词组的四字成语多能拆开成对，例如风吹雨打、人强马壮、鬼哭神号、酒醋饭饱、街谈巷议、鸡飞狗跳、口授心传、翻江倒海、枪打炮轰、煽风点火，等等。熟悉这类词组结构，就不会误作"云山雾罩"了。

浅说侠字

贾岛《剑客》诗："十年磨一剑，霜刃未曾试。今日把示君，谁有不平事?"武侠就是这个样子，手提三尺利剑，技痒痒地向你打听，谁受到了不公平的待遇，他去帮忙复仇，杀个落花流水。

武侠都是帮干忙不收费的。他们行侠仗义，敢在朝廷刑律之外，替弱小者痛惩坏蛋，罔顾国法，所以韩非说"侠以武犯禁"，视之为蠹虫。法家憎恨武侠，固不足怪。侠，或曰任侠。《汉书·季布传》："为任侠有名。"注曰："谓任使其气力。侠之言挟也，以权力侠辅人也。"这里的侠辅作动词使用，意即从旁帮助他人。以武力从旁帮助他人者，谓之武侠。

二〇〇三年十一月十九日《羊城晚报》A5 版载金

庸先生在广州中山大学演讲说："在古文字中，侠字是两个大人和两个小人互相搀扶。"此说不确。确定的说法见《说文解字》，侠字"从人夹声"，是形声字，非会意字。从人指侠字的人旁，夹声指侠字的读音。古文字中，甲骨文和金文，皆无侠字，只有夹字。夹字原是两个人一左一右扶持着一个大（大也是人）。被扶持者病了伤了醉了随你去想。从旁扶持是夹字的本义。引申开来，剑柄系两片木夹持剑尾，所以叫铗。腮帮系两片肉夹护口腔，所以叫颊。江峡系两边山夹逼江面，所以叫峡。侠字的夹是声符，但也参与从旁帮助他人的意义。

繁体　篆文　战国陶文　金文　甲骨文

武侠起源于先秦的墨家，最初具有崇高的理想。汉代演变为民间的豪强。清代演变为反清的袍哥。民国演变为青帮洪帮乃至黑帮。现代演变为成人的童话，供人娱暇。

东坡论赌博

南宋周辉《清波杂志》卷九《善博日胜》说苏东坡论赌博云："日胜日负。"王安石改易一字云："日胜日贫。"改得对或不对，后人多有争议。坡公之孙苏仲虎说，当初文本就是"日胜日贫"，何须王安石去改动。不赞同苏仲虎之说者认为他所据的文本已经误刻成"日胜日贫"了。又有人去查眉州苏祠本《东坡全集》，正作"日胜日负"，不赞成王安石的改动。窃以为可假设王安石作了改动，不妨由此比较比较苏王两家之说。

苏东坡说"日胜日负"就是愈赢愈输——赌博赢了钱，也就输了廉，于德有亏。赢得愈多，也就输得愈多，于德也就愈亏，直到丧德。保守的老实人不反对博，视之为游戏，但反对赌博，因为利用游戏弄钱，行为可耻。不难看出，苏东坡是从道德出发论赌博。他老先生不愧为忠实的元祐党人。如果活到今天，他很可能抵制炒股，拒绝彩票。我不赞成，但欣赏他。

王安石说"日胜日贫"就是愈赢愈穷——赌博赢了钱，难免忘了俭，终将受穷。赢得愈多，也就难免愈忘俭，受穷到死。王安石也反对赌博，但是出发点非道德，而是考虑到可能的效果。毕竟只是一种可能，难以服人。反对者可举出赢了钱也节俭的实例。他老先生醉心社会改革，只看效果，罔顾道德（所以小人乘势大进）。而效果又出自可能性，仅仅是理论推导上的可能性，所以难免失败，成事不足，败事有余。苏王两家之说都不可取。怎样戢止赌风，还得另寻思路，别裁政策。

梓树和桧树

旧时书稿拿去雕版，谓之付梓。梓树落叶乔木，属紫葳科。荚果细长，做豇豆状。吾乡不识梓，俗名豇豆树，木质绵密柔软，易于雕刻，最宜刻书雕版。近代铅字排印之书，早就不雕版了，老前辈的作者在后记里仍用付梓一词，使人困惑。而更使人困惑的是"付之剞劂"。查字典才晓得剞劂者雕刀也。真是雅得烦人，合该下放劳动。

旧时梓树多栽培为行道树遮阴用。宅前栽梓，宅后栽桑，所以故园故乡以桑梓为代称。梓材除雕版外，用途尚广，如制乐器、造家具、做棺木（棺木雅称梓宫）、修房子（木匠雅称梓人）。补说一句，刻书雕版也用枣木梨木，所以坏书出版，人说"祸及枣梨"。

宋朝有直学士姓秦名梓，以梓树为嘉名。其弟秦桧，历史上的汉奸，杀岳飞的主谋，可能也是以桧树为嘉名。如果真是这样，秦桧的桧就应该读桧树的桧，音guì。桧树高龄，活数百年。插条繁殖，长得又快。木材浅黄褐色，也有红褐色的，其色悦目，且有芳香。木质又细致又坚实，宜造家具和工艺品。用桧树作嘉名，可以说好得很。不过历来都说秦桧的桧音huì，不是桧树的桧。音huì的桧见于《左传·成公二年》的"棺有翰桧"句。正文的注释说，棺盖上的绘画谓之桧。桧在这里音huì，显然是绘字的借代。谁也不会在棺盖上取名字，自讨不吉利。倒有可能此人太臭，后人认为他没资格比附于嘉树，只配依傍棺盖，所以叫他秦huì。这是我的胡猜乱想，拿不出证据来。还有一点，秦桧字会之，这个会音huì。民间去掉之字，叫他秦huì。多年之后，人遂误认为桧音huì了吧？

释皂

草木的草，三千年前甲骨文例作艸，当时尚无草这个字。后来篆文造出草字，专指皂斗。先秦典籍都借作艸字用。只有《考工记》解释草工说，那是"设色之工"，亦即染匠，算是赞同草为皂斗之说。皂斗是栎树的籽实，通称橡子，蜀人叫青枫子，荒年拾来充饥。《庄子》狙公用橡子饲猴群，朝三升，暮四升，是为"朝三暮四"。皂斗卵形有壳，壳顶部尖。古人用皂斗壳底部提取染料，专染黑色。皂衣、皂巾、皂丝、皂靴、皂盖都是黑色。有一种鵰，羽毛黑色，谓之皂鵰。是非莫辨，"不能分别皂白"，最早见于《诗经·大雅·柔桑》之郑玄笺注，可知其来久矣。

栎树的杼实名皂斗，又单名皂。段玉裁说皂是俗字，似不知古文皂之存在。请看古文皂字，完全象形。皂壳顶部有尖，倒过来从底部插入半截火柴做柄，两指捻转，旋转成小陀螺。皂壳底部有托，可供提取黑色染料。壳内小圆点表示其中有内容（含有淀粉可食）。《说文解字》漏收皂字，以草代皂。忽略了古文皂的存在，遂以皂为俗字。

旧时用于洗濯污垢的皂荚，或名皂角。皂荚老熟，其色变黑，故以皂名。皂荚捣碎，融于水起泡沫而滑腻，所以又名肥皂荚，简称肥皂。今以油脂与氢氧化钠溶液煮制之 soap 译为肥皂，借古名也。皂荚树有两种。另一种枝上无刺而荚短，产于陕南及长江流域者，亦名肥皂荚，亦简称肥皂。王安石洗脸，拒绝用澡豆。澡豆又是皂荚的别名。此外，菩提树的杼实，通称无患子，壳肉膏润，洗濯头发与丝绸有光泽，名叫肥珠子或肥皂果，亦简称肥皂。soap 舶来，蜀人呼洋碱和胰子，今则通称肥皂矣。

木梆和木柝

旧时川西平原农户家家养狗，有那些通宵吠叫的，人谓之梆梆狗。梆梆狗勤守夜，吠声如敲木梆，通宵不

歇，以警盗贼。木梆为何名梆？古人诙谐回答："其名
自呼。"木梆一敲，发出唪唪之声，好像在宣布自己的
名字，这就是自呼其名了。木梆形状，明代《正字通》
说，圆木三尺，腹部挖空，背上凿孔，官府皆有设置。
还有竹筒制的，长不过尺，两头留节，中间凿孔。木梆
声洪而沉，竹梆声清而亮。竹在英文为 bamboo，应是
敲竹梆的声音唪啵。盖由竹梆得名，亦自呼也。南方产
竹，多用竹梆，自不待言。

青城山上林木幽深之处，有鸟啼声啵啵，如和尚念
经敲木鱼。友人惊喜说："听，知更鸟。"知是知府知州
知县的知，义为专主其事。更是守夜打更的更。知更就
是专主打更事者，蜀人呼打更匠。推想起来，古代打更
不用铜锣，而用竹梆，有知更鸟做证。

《说文解字》无梆有柝，可知木梆古代名柝，柝音
tuò。《易经·系辞》："重门击柝，以待暴客。"击柝者
敲梆也。据释文说，木柝"两木相击"发声。猜测木柝
也是"其名自呼"。至于暴客，当然是强盗了。旧时蜀
人讹称棒客或棒老二，也不想想哪有强盗不持刀枪而拿
着棒子的？暴客之称典雅可喜。乡土小说家李劼人沿用
棒客一词，可知错久成习，不可改了。

木柝和木铎，很容易搞混。铎音 duó，铜铃也。周
朝天子派官员下乡去宣传政令，鸣铎聚众。文事用木
铎，铜铃木舌。武事用金铎，铜铃铁舌。

〇的质疑

六年前龚明德告知我，正圆的〇已经上了《新华字
典》。我查《新华字典》，如果有〇，应在部首目录一画
内吧，但是没有。龚明德说："你查拼音 ling 吧。"果然
一查就到，还占头条。阿拉伯数字零是直立的椭圆，作

0。汉字的零是正圆，作〇。两个零的用途不同，前者用于阿拉伯数目序列，后者用于汉字数目序列。例如2004 年用椭圆的 0，二〇〇四年用正圆的〇。

〇像汉字吗？曾经像。甲骨文员字上面是小圆圈，那是圆字初形。员乃形声字，从贝圆声。到篆文里，小圆圈变扁了。到隶书里，又变长方，与口相似。此后两千年来，汉字绝无正圆结构，亦无圆弧笔画，所以我很诧异，觉得这个〇不宜作为汉字进入《新华字典》。汉字任一笔画，都有起笔收笔。简单到一和乙，前者左起右收，后者上起下收，皆不允许逆向行笔。〇则无法确定何处起笔何处收笔，字形根本不见起收痕迹，也不知行笔顺钟向还是逆钟向。汉字数万，唯有这个正圆不守规矩，教人看了生疑。在下为人作字，落款只写二零零零年或二千年，坚决不写二〇〇〇年。那看起来就像在开玩笑，美感都给三个正圆破坏了。

何况〇与 0 易互混。顺手翻开《新民晚报》2003 年12 月 25 日第二十八版左上角标题"二〇〇三年回顾与二〇〇四年展望"用扁圆的阿拉伯数字 0 横置，代替四个正圆的〇，想亦出自审美意识。与此同时，收到中国作家协会寄来的贺年片，猴子画得有趣，上面却错成"2〇〇 4"了。蜀谚云："当做不做，豆腐放醋。"此之谓也。

啃与舔

今人吃相文雅，款爷过场尤多。原始人则不然，又啃又舔，吃个痛快。啃舔皆俗字，本字作肯肉。请看图分别说，方能领会古人造字之妙。

据《说文解字》说，肯乃"骨间肉"，是名词。骨

缝之间的肉，就那么一点点，原始人也决不放弃。撕抠
不行，就啃，用门齿细细啃光。本来是名词的"骨间
肉"，经门齿一加工，肯就变成动词，这就是今之啃，
而名词的原意遂被人遗忘了。大家晓得，骨缝之间的肉
附着甚紧，由此引申出甲附和乙也叫肯。相反，不附和
不贴近就叫不肯。《左传·宣公四年》："莒人不肯。"
《诗经》则有"莫我肯顾"和表同意的"惠然肯来"。
又，骨缝之间的肉难割，一刀下去割个干净而又不伤刀
刃，谓之中肯，或谓之肯綮。綮音 qìng，就是连接在肉
与骨之间的韧带和结缔组织。

现在说篆文丙（舔），看不懂像个啥，那就看甲骨
文。我对镜伸出舌，向上翻，看舌底，忽然大笑。天
呀，这不是甲骨文的舔吗？竖立的长方形是舌体伸出来
向上翻。长方形内重叠三条折线，乃舌肌之纹理。读者
诸君不妨照镜自看，定当感受到三千多年前古人之幽
默。若真有仓颉夫子，该是个风趣的老头，笑嘻嘻的可
爱。据《说文解字》说，丙（舔）是"舌貌"。意思是
像大口之中伸出舌头向上舔物。不过终嫌勉强。许慎不
可能见到甲骨文，只能就篆文和古文作如此之解说。我
们比他有幸，能见到甲骨文，搞清楚这个丙（舔），很
可能是先民用膳时有食屑粘着鼻下，于是伸舌向上翻
舔。不然怎会见到舌底面呢。

不焚种树书

三十年前，革文化命，批判儒家，给秦始皇"评功摆好"，头号暴君捧成法家领袖，一好百好。竟有文章说秦始皇提倡植树造林，功不可没。立论的根据是焚书不焚"种树之书"。那个年代稍有历史常识的人，多在待罪之棚，无人敢指明根据之荒谬。时过境迁，也就忘了。哪知三十年后又有电影《英雄》给秦始皇翻案，让我又想起了这件事，不妨说说。

事见《史记·秦始皇本纪》。李斯奏本说，"史官非秦纪皆烧之"。这是焚毁六国国史，只留秦国史。还说要焚毁"诗书百家语"，计有《诗经》和《尚书》以及诸子百家语，而儒家语首当其冲。不烧的仅有"医药卜筮种树之书"。秦始皇批准了，雷厉风行。限期三十天，查出来厉惩。

这里的"种树"，种是播种，树是栽插，皆农稼事，不是什么植树造林。《诗经》的树字，如"焉得谖草，言树之背""将仲子兮，无折我树杞""荏染柔木，君子树之"，正如《孟子》的"五亩之宅，树之以桑"，都相当于动词的栽。看篆文树，正是手持幼苗栽插之形，乃象意也。木本植物名之曰树，那时也有这样用的，但不普遍。

秦始皇没兴趣关怀生态环境。筑长城修驰道大砍大伐，就不说了。游洞庭湖，遇风阻渡，"始皇大怒，使刑徒三千人皆伐湘山树，赭其山"。修阿房宫，"乃泻蜀荆地材皆至"。

杜牧《阿房宫赋》："蜀山兀，阿房出。"四川的山都砍成光头了，不是编造，乃据《史记》而言。种草栽树的事，也有过一回吧。那是在他的坟墓上，据《史记》载，"树草木以象山"。奈何草木不亲和他，如今光秃秃一个土馒头，卖观光钱。

看相观察情态

《冰鉴》七篇，教人怎样看相，作者情况不详。看相就是以貌取人，多不可靠。荀子有言："形相虽恶，而心术善，无害为君子。形相虽善，而心术恶，无害为小人。"用人应考核履历和言行、业绩和操守，不应看相。若做侦探，或写小说，观察人物，又当别论。《冰鉴》第四篇说情态，眼力深透，十分有趣。摘引转述，以飨读者。

"大家举止羞涩，亦佳。小人行藏跳叫，愈失。"说得太中肯了。作者名安恬曰弱态，名激动曰狂态，名散漫曰疏懒态，名交际曰周旋态，共分四种情态，一一陈说。

"飞鸟依人，情致婉转，此弱态也。不衫不履，旁若无人，此狂态也。坐止自如，问答随意，此疏懒态也。饰其衷机，不苟言笑，察言观色，趋吉避凶，此周旋态也。"说到这里，作者提醒，以上四态必须是真情态，而非作秀。看相要看透情态的真假，才好作结论。"弱而不媚，狂而不哗，疏懒而真诚，周旋而健举，皆能成器。反此，败类也。"

以上四态展现之时，又有三种偶然情态流露出来，尤须留意观察。一、"方与对谈，神忽他往"或"众方称善，此独冷笑"，这类人"深险难近，不足与论情"。二、"言不必赏，极口称是"或"未交此人，故意诋毁"，这类人"卑庸可耻，不足与论事"。三、"漫无可否，临事迟回"或"不甚关情，亦为堕泪"，这类人"妇人之仁，不足与谈心"。作者不但眼力深透，而且分析细致，令我佩服。当然，若说由此可以推断一个人的吉凶祸福，未免大言欺人。遇上黑白颠倒的时代，吉人惹祸而凶人得福的例子多得很呢。

说朕

荧屏无聊，爆炒皇帝，朕字也跟着僵尸复活了。皇帝自称朕，始于秦始皇二十六年（公元前二二一年）。那年秦灭六国大功告成，一统天下，规定"天子自称曰朕"，以显示其至尊无比的权威地位。此前，不论贵贱，人人皆可称朕。尧帝时农家子舜之弟，单名象，设计杀兄夺产，宣布说："干戈，朕。琴，朕。弤，朕。二嫂，使治朕栖。"事见《孟子》。屈原《离骚》说："朕皇考曰伯庸。"又说："回朕车以复路。"都能作证。

天子之所以自称朕，据奸臣赵高说："天子所以贵者，但以闻声，群臣莫得见其面，故号曰朕。"秦二世听信赵高的愚弄，不再坐朝廷见群臣，日夜躲在深宫游玩，让赵高掌大权。原来朕这个字的本义是船缝，可组装成朕兆一词（兆是龟甲裂纹）。群臣卑微，不配面见天子，只能远闻其声，见到一点朕兆而已。赵高讲的虽然是朕字的本义，但是古人以朕代我，却与船缝无关，只是借用朕字的读音罢了。一句说穿，朕就是咱（zán）。咱字晚出，问世未到千年。咱字从自，自是鼻子的象形字。人言及自我时，傲然自指其鼻，岂无因哉？

在下猜想，咱字本来读 zá（现今尚有不少人这样读），读成 zán 乃傲称。试看你敬称您 nín，他敬称怹 tān，可知加尾音 n，便成敬意。同样原理，咱 zá 为平称，加尾音 n，读 zán，便自敬成傲称。朕古音应近 zān，作为自我代称，因有自傲意味，所以被目中无百

姓的头号暴君看上了，拿来作自称用。清朝皇帝行文称
朕，口语则未必。荧屏上口口声声称朕，想当然耳。

工匠的自尊

唐朝郭子仪，官拜中书令（宰相），爵封汾阳王，
人称郭汾阳，好生得意。兴土木建宅第，视察泥匠筑
墙，吩咐说："好筑此墙，勿令不牢。"泥匠放下舂碓，
回答说："数十年来，京城达官家墙，皆是某所筑。今
某死，某败，某绝，人自改换，墙固无恙。"郭老令公
闻言心惊，即日请求退休养老。事载明人谢肇淛
《五杂组》。

工匠手艺高的皆有自尊之心。忆予做锯匠时，有老
木匠自豪说："天旱三年，饿不死手艺人。"又有老锯匠
鼓励我说："改朝换代，木头总要锯的。"昨读明人陈铎
《滑稽馀韵》散曲一百三十六首，写遍七十二行，以及
巫医百工。内有一首写锯匠的甚妙，恭录如下。

> 顽木久惯抬，分板偏能解。
> 全收锉功力，少欠松杉债。
> 从直不从歪，依线又依画。
> 专办装修料，先当营造差。
> 两下里分开，东一片，西一块。
> 盖起了房来，你不瞅，我不睬。

散曲也可算广义的诗吧。全诗六行，非常专业，必
内行如我者，方能注释明白。请分行细说之。

第一行就令我吃惊，原来早在明代已叫"顽木"。
今称元木，音稍异而实同。作者知道锯木之前先须抬元
木上码杆。树径逾尺者，还得四人抬。学锯先学抬，而

且"久惯抬"。上码杆后，锯匠二人一站杆外一站杆内，手腕端平，横向拉锯。寸板厚易解，分板薄难改。明代叫"分板"，至今仍此称。锯匠能解分板，不跑墨，一坦平，才算入门。"偏能解"者当然是内行了。

第二行说锯齿勤锉，锉出锋锷，乃见功力，方可提高工效，否则钝了拉不动也。松杉二木，谓之正料，锯齿啮入，嚓嚓前进，进度快，"少欠债"。若锯硬绵杂木，不能按时解完，谓之"欠债"。

第三行说锯齿必须咬住墨线直走，不能歪走。这是"依线"。若需曲面木板，就不能弹墨线，只能用竹笔画曲线。这是"依画"。

第四行专说修房子（即营造）锯木料。梁、椽、楣、桷之类一一事先解好。

第五行说解出许多片板和块板，必须晾干，所以东墙西壁到处斜傍。

最末一行，房子修成了，主人不再瞅我一眼，我也顾不上再去理睬他。全诗落脚于锯匠的自尊，而又不失幽默。

荔枝取名猜想

闲翻一本英汉词典，偶见 litchi 就是荔枝，以为荔枝之名正如葡萄、苜蓿、柠檬，乃是音译。想想觉得不对。荔枝出产我国闽粤，以及川滇，并非西域引进，异于葡萄、苜蓿。欧陆气候寒冷，更不可能出产荔枝。何况早在西晋左思《吴都赋》就有荔枝了。不对，更早些在西汉司马相如《上林赋》就有了，字作离支。此物应是吾国原产，传到欧陆才译成 litchi 的。

荔枝或离支之取名，李时珍《本草纲目》有二说：一说摘果"必以刀斧劙取其枝"，劙音同荔；另一说其果"若离本枝，一日变色，三日变味"，故名。二说俱嫌勉强牵合，难惬我心。犹记"文革"前读扬雄《方言》，似有双生子叫厘孳的记载，正好拿来解释荔枝取名，因为此物果实成双结对而生。荔枝或离支之名，皆从厘孳来。

可惜我的影印刻本《方言》早被抄没，无法引用。忽想起嘉兴市秀州书局，亟去一函索购。儒贩范笑我帮大忙，复印一册，邮寄惠我，感激莫名。急忙翻查，找到原文："陈楚之间，凡人兽乳而双产，谓之厘孳。秦晋之间谓之连子。自关而东，赵魏之间谓之孪生。"证据到手，对镜欢颜。

厘孳一词需要注释。孳好懂，就是生。厘音同俪，双也。丽之古文，乃画双鹿。成双结对，古人认为很美，引出美丽一义。《方言》厘应作俪，俪孳也就是双生了。《本草纲目》也提到荔枝果的双生，说："其子喜双实。"又说："其实双结。"《辞海》荔枝条文，漏说果实双生这一特点。幸好插图反映实况，画了一对双生之果。

跟斗应作羹斗

人走路不小心，脚被绊而跌倒，额头触地，这就叫栽跟斗。塞北江南，沿海内陆，文化水准不论高低，都懂得什么叫栽跟斗，何须我来饶舌。不过，我饶舌的原因是我弄不懂栽跟斗三个字。跟者脚后跟也，古谓之踵。脚后跟与计量的斗（dǒu 不读斗争的斗），有啥关系？又怎样栽？有何事实作为依据，把栽跟斗三个字组合成短语呢？

说者或称，斗字用错了，应该用头字。栽跟头也就是头脚上下易位，倒栽跟头。此说勉强缀合，终未惬意。头字为何误读 dǒu 音，且又误写成斗，说不出道理来，所以很难服人。窃以为跟斗本应作羹斗。后人不明白羹斗是何物，误写成跟斗了。详说如下。

《说文解字》："魁，羹斗也。"段玉裁注："抒羹之勺也。羹，汁也。"羹斗就是今之汤勺。两千年过去了，餐具的名称也跟着变了。箸叫筷，皿叫碗，羹斗叫汤勺，蜀人叫汤瓢。羹斗头部盛汤，大而深，柄部执手，细而长，可谓头重脚轻者矣，所以无法直立，立则必倒。人跌倒，头触地，如羹斗之倾倒，这就叫栽羹斗。栽谓头触地也。凡是植物，莫不脚跟栽地，而头向上。今头触地，所以说是倒栽。杂技有翻跟斗，头向下翻转一百八十度，字亦应作羹斗。探求词源，作点考证，似有必要。

然而错久成俗，不正确的也正确了。真要按照考证结果，一一纠谬，那就纠不胜纠，惹烦群众，得罪多数，吃力不讨好了。《新华字典》从俗从众，字作跟斗，不作羹斗也。我作这番考证，不过是读书人技痒而已。

马苜蓿与小巢菜

小小成都平原，气候温和宜人，夏天不像上海那样热，冬天不像上海那样冷。所谓数九寒天，平原依旧碧绿。何物碧绿？碧者竹，绿者树。更有秋收后的稻田，平畴接天，一望无涯，尽是小巢菜，青翠欲滴。小巢菜真是一种神奇植物，水稻收成完后，遍田撒播种子，不用管理，深秋蓬勃蔓生，紫花开放，逗人怜爱。来年开春，割蔓做猪饲料。割蔓之前，采摘嫩茎，掺以米粉，撒以姜颗，放以猪油，烹而食之，软香滑糯，终生难忘。五十年前，朱德居京，思念此物。成都平原新繁县农民采一筐送去，致使元帅食指大动。二十世纪七十年代后期，我在故乡劳作，曾率小儿到乡下去下田采摘，兜满衣襟，烹熟仅一小碗。吾蜀不呼小巢菜名，通称苕菜。苕字用讹，应作巢菜。据苏轼说，道士巢元修嗜此物，故名。宋时又称元修菜，亦因人而名。

小巢菜割蔓之后，根部有豆科植物的根瘤留在土中，犁翻土下，沤成氮肥，比化肥好得多，且更利于土壤保持活性。汉武帝派张骞通西域，引来苜蓿，并非巢菜。苜蓿之名乃古代大宛语 buksuk 之音译。王维诗云："苜蓿随天马，蒲桃逐汉臣。"指张骞事。蒲桃（葡萄）与苜蓿同时入中国，事见《史记·大宛列传》。

另有一种金花苜蓿，形态迥异于小巢菜，贴地而生，不引长蔓，吾蜀呼马苜蓿，亦入菜谱。忆幼时居县城，每晨枕上遥闻闾巷叫卖："马苜蓿啊。"马苜蓿为家常小菜，可比于黄豆芽。亦煎炒而食之，清香送饭。唐人嫌膳食差，诗有"苜蓿长阑干"句，谓此物纵横于菜盘内，真不识好歹呢。

魁星是何物

魁本来是汤瓢，不是星名。北半球的居民最熟悉的北斗七星，用假想的虚线连缀起来，形似汤瓢，所以把它叫作魁星。《史记·天官书》中，北斗七星又被古代天文学家分成两个部分。盛汤的部分四颗星围成四边形，名魁。执柄的部分三颗星牵成一条线，名杓，杓音 biāo。"杓携龙角，魁枕参首"，是说北斗七星用杓牵引东方苍龙七宿，用魁镇守西方白虎七宿，具有中央统摄之象，伟大非常。道教拜斗，就是礼拜北斗，亦即魁星。明清两代，吾蜀州县莫不有魁星楼，供奉魁星，据说事关本地"文运"。不是指的文学，是说科举考试，魁星保佑本地的读书人级级高中，功名圆满。

魁星又叫奎星。成都有奎星楼街，在少城内。奎星本属白虎七宿，有星十六颗。《史记·天官书》说奎星"为沟渎"管水利，同象征中央的魁星绝无关系。皆因奎魁两字音同，被道教搞混了，误为同一星群。后代孔门士子又见道教纬书中有"奎主文昌"之说，便鼓动州县修建奎星楼，祈祷奎星保佑。士子们只读"四书""五经"，不懂古代天文学，误把魁星当奎星，所以都叫魁星楼。

楼建成了，魁星像怎样塑？心中没谱，就在那个魁字上打主意。左旁鬼字，塑成狰狞鬼头鬼脸，能把小孩吓哭。鬼头左下一撇，塑成此鬼右脚向后撅起。鬼头右下的大弯钩，塑成此鬼左手向前伸出，托起一具量米的斗，而右手高举笔，笔尖指斗。这就是所谓的魁星点斗，表示考卷文章优秀，被点中了。

如此艺术构思，映照出科举制度中读书人头脑之鄙陋可笑。这类文化糟粕，还是不要继承的好。

天下的中央

《庄子·天下篇》中，惠施怪论之一："我知天下之中央，燕之北越之南是也。"燕国之北，也就是北方的北方，暗指地球北极。越国之南，也就是南方的南方，暗指地球南极。人到北极仰望星空，但见以天顶为圆心，满天星星皆作周期为二十四小时的顺时针方向的圆周运动，如旋伞篷一般。伞柄之下当然是天下的中央了。同样道理，人到南极仰望星空，所见亦是如此。地球上唯有北极和南极可以被称为天下的中央。惠施一定坚信地是球体，而且绕轴自转，所以才作如此猜想。

惠施的猜想没有人响应，被视为怪论。当时权威说法，地像方桌面，天像圆锅盖，盖在方桌面上。照此模型，桌面正中就是天下的中央了。据《水经》说，这个中央在中国西北方，距嵩山五万里，是一座山，高一万一千里，名叫昆仑，正是"地之中也"。《神异经》曰："昆仑有铜柱焉，其高入天，所谓天柱是也。（铜柱）围三十里，圆周如削。下有回屋，仙人九府所居。"天柱的作用是支撑起圆天盖，盖上嵌着星星。《河图》曰："昆仑，天中柱，气上通天。"昆仑山下是昆仑墟，《山海经》说那里有青河、白河、黄河、黑河、赤水、弱水环绕，凡人休想到达，只有神仙聚居那里。神仙可以缘着天柱上天宫去，拜见天帝。天帝也可以缘着天柱降落昆仑山，顾视众生。直到唐代，王勃《滕王阁序》还说"天柱高而北辰远"，深信不疑。

必待近代西学东渐，有了地理科学之后，昆仑真相方才大白，数千年之迷思（myth）方才打破。回头看惠施的怪论，如玉出璞，光辉可爱。他是醒得太早，所以不被人理解吧？

释粥

客持片纸，上书粥字，示我求答。答："四川人说的稀饭嘛。"客说："粥是稀饭，哪个不晓得嘛？我不是问这个。"我再看看粥字，忽然明白，笑问："你是要问稀饭与弓箭的关系吧？"客点头说："就是要问这个。枕上想了一夜，还是弄不明白为啥两张弓左右射。"

这是一个遇事认真的人，又具怀疑精神。勉强敷衍他，那是不行的。我在纸上写了一个鬻字，说："粥是汉代以后的简体字。古代繁体作鬻，音 zhōu，本义千真万确就是稀饭。鬻又音 yù。读 yù 就不再是稀饭，而是买卖的卖了。"说到这里，我又写了鬻的篆文，说："你看左右两旁，原来不是两个弓字，而是画的稀饭锅在冒气。左右两条波状曲线，由下引上，表示正在沸腾，水蒸气往上冲。秦朝改革文字，篆文变成隶书。篆文鬻隶变后，两条波状曲线就变成两个弓字了。"客乃大惊，说："原来是这样！"

粥下面那个鬲是啥玩意儿？《说文解字》答："鼎属也。"《尔雅·释器》说："鼎款足者谓之鬲。"所谓款足就是肥腿中空，这种鼎就叫鬲，音lì。鬲字象形，下三足，锅在上，上有盖。鬲的特长是炖肉，骨渣落在空足内，又省燃料。煮粥何须鼎鬲，锅罐皆可。古人造字，有时弄简成繁，为了与另一字互相区别，亦不得已。

四川人说的稀饭，古人曰薄粥。稀者密度低，薄者厚度小，用得都很准确。忆我平生与粥有缘，见了粥字，心生欢喜。二十世纪六十年代三年大饥，吃了许多菜粥，赖以活命。八十年代日子好了，又罹十二指肠溃疡，食粥三载而愈。至今每晨仍食大米以外的粥类，捧啜之际，感恩知德。善战粥也。

土洋两迷信

宋徽宗赵佶，戌年生，属狗，下诏禁止天下屠狗。明朝武宗皇帝朱厚照，亥年生，属猪，通告禁止天下杀猪，"如若故违，本犯并连家小，发遣极边卫，永远充军"。这样的大笑话，当时视为十分严肃，动辄要命。

古代纪年用十二支——子丑寅卯辰巳午未申酉戌亥。这十二个字符并无深意，只是一字代表一年，十二字代表十二年，十二年一轮回罢了。这种纪年法，源于木星围绕太阳运转，十二年一周期。木星在黄道上缓缓运行，一年一宫，十二年运行完十二宫。子丑寅卯辰巳午未申酉戌亥十二干，正好对应黄道十二宫。十二干不便于妇孺们记忆，换成动物就好记了。子鼠，丑牛，寅虎，卯兔，辰龙，巳蛇，午马，未羊，申猴，酉鸡，戌狗，亥猪。从此有了十二生肖。文盲记住自己属于哪种动物，就能请人推算自己是哪年生，今年多少岁了。为时既久，弄假成真，觉得自身真有狗性猪性羊性猴性，又觉得某粗人果然是猛虎，某伟人果然是神龙，而那个小妹妹真的胆小如鼠。这些都是低级迷信，十分可笑。

更可笑的是：现今少年男女忽然关心天文学的黄道十二星座，能背出十二星座的洋名，而且对号入座，说自己哪年生属于哪个星座，应该同哪个星座的人恋爱，应该避开哪个星座的人，凡此种种，稍具自然常识就能一眼看穿，这与半个世纪前愚夫愚妇的迷信生肖一模一样。这是西化吗，还是本土僵尸复活？我说这是伪西化，真土产。建议中学教科书增加天文学常识，讲明木星纪年原理，以及黄道十二星座和中国古代黄道十二宫之关系，还有干支纪年法，借此扫除少年迷信，勿使花朵被虫蛀蚀。

古人怎样取火

希腊神话有普罗米修斯盗取天火，中国没有。何必盗取天火，我们远古有燧人氏钻木取火。予观木匠钻孔，钻头变烫，但未见过燃起火来。取火，钻头须有棱角，木块必求干燥，钻具转速要快，还要在钻孔内放置燃媒（如木炭渣），庶可奏效。此一法也。

《庄子》说，"木与木相摩则然"。我拿两块木头互相摩擦，生出微温而已，不可能燃。古人用檀木造飞轮，套横轴上，摇柄快转。然后以干透的槐木条触压轮边，木条很快冒烟燃烧。郑玄注《周礼·夏官·司烜》引人说"冬取槐檀之火"，就是这样取的。此二法也。

三法是用阳燧取火，见崔豹《古今注》。阳燧是凹面青铜镜，形如杯碟，对着太阳，聚焦艾绒，很快点燃。

四法是用水晶球取火。《旧唐书》云："罗刹国出火珠，状如水精。日午时以珠承影，取艾依之即火出。"古罗刹国在今印度境内。火珠即水晶球，当作凸透镜用，亦聚焦燃艾绒，与阳燧同。

五法就奇特了，用冰取火。有古书说"削冰令圆"，取火如凸透镜之聚焦太阳光。惜乎冰怎样削，语焉不详。别以为原始人都很蠢，他们懂得就地取材，降成本于最低限度。

六法是用燧石敲击取火，后来演变成打火机。

然而最使我惊叹的是第七法。一位刑满释放的低文化先生告知我，用竹筷一根，裹以铺床稻草，踩以塑料鞋底，在粗糙的水泥地上，来回滚动蹂躏。总要踩紧，保证三分钟出火。他说："狱中吸烟，就这样取火的。"这真是现代燧人氏呀，佩服佩服。我又想说劳动人民如何智慧，终觉不妥。监有监规，不准燧人氏乱取火。

古人也用火柴

古人每年寒食（清明节前一日）取火，谓之新火，要用一年之久。厨下用火既毕，就要拨拢柴灰，捂盖灶内余烬，谓之蓄火。《汉书》："韩安国坐抵罪，狱吏田甲辱之。安国曰，死灰独不复燃乎？甲曰，燃则溺之。"溺即今之尿字。蓄火为活灰，熄灭是死灰。旧时人家用纸捻儿插入灶内活灰，引出火来，吹燃就成明火，点灯吸烟煮饭皆可用之。古人不用纸捻儿（造纸非易），而用焠儿（抱歉的是焠字简化成淬了）。焠儿也属火柴一类。所不同者，今用摩擦火柴，古用引发火柴。焠儿便是引发火柴，名曰发烛。陶宗仪《南村辍耕录·卷五·发烛》云："杭人削松木为小片，其薄如纸，熔硫磺涂木片顶分许，名曰发烛，又曰焠儿。盖以发火及代灯烛用也。"焠儿插入活灰，引出硫黄燃烧之火。初为荧荧一点蓝星，继为煌煌一朵红焰，可供使用。这便是明代江南常见的火柴，商品名称就叫发烛（北方叫取灯儿）。那时小贩有专卖发烛的，见旧小说。

更早些，宋代陶谷《清异录·器具》云："夜中有急，苦于作灯之缓。有智者批杉条，染硫黄，置之待用。一与火遇，得焰穗燃。既神之，呼为引光奴。今遂有货者，易名火寸。"这是用杉木签，长寸，一端熔涂硫黄。其形状与今之火柴梗很相似。不能自擦着火，不像摩擦火柴那样方便，此签仍有赖于灶内蓄火，以硫黄端插入活灰（寒冬插入烘笼亦可）方能引出火来。商品名称就叫火寸。发明人是谁，失载。猜想是秦汉时的方士，他们炼丹，熟悉硫黄易燃特点，知其能从蓄火的活灰中引出火来，由此发明火寸。

火寸一定早就传到日本去了。近代日文称西洋的摩擦火柴曰磷寸，显然是从火寸取名的。

造火柴的笑话

古代只有引发火柴，前言之矣。近代西洋发明摩擦火柴，清朝光绪初年已经传到上海，名曰洋火。中国古有火寸，为引发火柴之商品名称。今见舶来火寸，洋人造的，遂名曰洋火寸，简称洋火。直到二十世纪四十年代，蜀人仍叫洋火，虽然成都慈惠堂一九二几年已办起火柴厂了。那时岂止洋火，自行车都叫洋马呢。

话说清朝道光二十年（一八四〇），江苏泰州人姓丁名柔克诞生在官宦人家。自幼聪颖好学，无书不读。光绪七年（一八八一）主持湖北沔阳税务，公事余暇，将平生见闻之奇异者写入《柳弧》。此书为笔记体，丛杂有趣。书中第五三五条题曰"洋学"，概举西洋各种科技，津津乐道，可知属洋务派，头脑绝非冬烘。我赞赏丁柔克介绍西洋科技表现出的非凡热情，却不敢苟同他那样介绍洋人制造火柴。

怎么想起发明火柴的呢？他说，洋人先是看见地上阴火，挖开看是人骨，悟到人骨能够燃火。于是广为挖掘，遍采人骨，熬成膏剂。又用硫黄配合，造成火柴，行销世界。奈何人骨资源有限，所以售价极昂。洋人不断研究，又熬牛羊猪狗之骨，以代人骨，发现同样奏效。从此不必到处挖了，只需广为收购不值钱的畜骨就行了。火柴产量剧增，价格大大降低，以致贱价抛售。

丁柔克全不知开采磷矿一事，更不晓磷酸钙与二氧化硅，加上木炭，入电炉，经高热，取磷蒸气，冷却成白磷一事。此后还有变白磷为赤磷，使之性钝不自燃，才有可能造火柴。他仅闻说挖掘，混开矿为掘墓，等矿石为骨头，又以想象构成臆说，居然自圆。他是那般严肃，不知闹了笑话。

贝加尔即北海

古人造字"近取诸身"。吾人身上的口、齿、舌、鼻、目、眉、耳、项、心、手乃至男性生殖器都有象形字。背，显然是无法象形的，便画两人背对着背，也就是北，让你领会这是背字。这种造字方法就叫会意。北字最早就是背字。华北平原房屋向南采光取暖，背朝之方就是北方。后来北字借去专指方向，所以又造一个背字。北字今读 běi 而古读 bèi（背）。贝字亦读 bèi，与古北音同。前人由此推断，今俄罗斯东西伯利亚南部的贝加尔湖就是汉代苏武牧羊的北海。贝即北，表音也。

苏武手持节杖，代表汉家朝廷，远使漠北，被匈奴国王扣押十九年，罚做苦役，牧羊北海，仍然拒绝投降，事见《史记》。我读小学祭孔，歌生要合唱两首歌，其一为岳飞《满江红》，另一为无名氏《苏武牧羊》。时值抗日战争，意在高扬爱国激情。今之中俄两国，划界工作已经结束。贝加尔湖属俄而不属中，应无疑义。但是，北海之名确系我国所取。事涉民族史实，不可假装忘记。

贝加尔在俄文怎样拼，我不知。在英文为 Baikal。bāi 是北的音译，前人已说。而 kāi 据我看应该是海的英译。海字今读 hǎi 而古读 gǎi，有成都东郊客家话作证。众所周知，客家话保留着中原古音。海椒的海，客家读 gǎi，正是古音。海椒，他们说出来就成"该椒"了。kāi 正是 gǎi 音之转。试看同样以亥为声符之咳、该二字，前者读 ké 而后者读 gāi，便知 k 和 g 二纽可互转了。涉及语音学，详说颇沉闷，我就不说了。

古音趣闻

明末清初学术大师顾炎武，苏州昆山人，《日知录》作者，深研音韵学，夜宿友人家，晨睡被摇醒。友人叮咛说："厅芒了。"顾炎武听不懂。友人说："你喜爱讲古音，怎不知天读厅，明读芒?"顾炎武乃大笑。事见陈康祺《郎潜纪闻三笔》。

读者会问："古人讲话没有留下录音，你怎知天读厅，明读芒?"问得有理。我们确实无法聆听古人讲话的语音。但是古人留下押脚韵的诗歌，从韵脚上仍能侦听出某个字的古音来。以下两段四言诗引自《诗经》，请分说之。

"绸缪束薪，三星在天。今夕何夕，见此良人？"按照格律要求，天须和薪和人押韵，所以非读厅音不可。由此而知西周时天读厅。

"东方未明，颠倒衣裳。颠之倒之，自公召之。"按照格律要求，明须和裳押韵，所以非读芒音不可。由此而知西周时明读芒。顺便指出，倒须和召押韵，可知古无找字，召即找也。但也略有分别，召用口而找用手，仅此而已。

一次讲座，谈到古音无卷舌的 ér，儿字应读倪 ní 音。听众质疑，问我何以知之。一时窘迫，多亏吾蜀花蕊夫人现场救我。野史有载，赵匡胤问："蜀何以降？"花蕊口占一首答之。诗曰："君王城上竖降旗，妾在深宫那得知。十四万人齐解甲，竟无一个是男儿。"五代十国时，儿若音 ér，就失韵了。由此而知五代十国时儿读倪。再说这个倪字，从人儿声（儿是兒的简体）。儿是声符，而倪音 ní。由此推断，儿非读倪音不可。何况蜀人至今称男儿为男 ní，女儿为女 ní 更是铁证。

瓦合与瓦解

瓦有二义。一为屋瓦，此本义也。一为瓦器（陶器），此衍义也。《诗经》说的女婴"弄瓦"，乃玩陶制陀螺（今塑料制）。成语"宁为玉碎，不为瓦全"以及《尚书大传·周传》说的商纣军国"瓦裂"都以瓦器为喻。瓦合与瓦解则不然，乃以屋瓦为喻。其间分别，《辞源》失察，有待厘清。

请说屋瓦一义。在下有幸，曾在农场劳作，升屋布瓦，也算夫子自道"多能鄙事"，知悉瓦与人同，亦有两性之别。牝瓦稍小，仰置于两木椽之间，小头向下，大头向上，由下置上，直抵屋顶，形成瓦沟，所以又名仰瓦和沟瓦。牡瓦稍大，俯盖于两瓦沟之间，大头向下，小头向上，由下盖上，直抵屋顶，形成瓦脊，所以又名覆瓦和盖瓦。牡瓦覆在牝瓦之上，前者俯而后者仰，古人觉得好像交配，于是有了"瓦合"之说。合谓两性互相交合。瓦合既非有机结合，所以容易拆散。《汉书·郦食其传》中，郦生说刘邦"起瓦合之卒，收散乱之兵，不满万人"，正谓其队伍易散伙。于是又有了"瓦解"之说。解谓解除交合关系。瓦解一词首见于《史记·淮南王安传》之"百姓离心瓦解"。

宋代称妓院为"瓦舍"。《水浒传》说浮浪子弟"每日家三瓦两舍"。南宋人著《梦粱录》说："瓦舍者，谓其（指嫖客）来时瓦合，去时瓦解之义，易聚易散也。"这个解释具权威性。《辞源》释瓦合为"瓦器破而相合"，释瓦解为"瓦片碎裂"，义同"瓦裂"，皆以瓦器为喻，终觉未妥。若改以屋瓦为喻，似更妥帖些。旧时瓦器，缸钵坛碗，破了补好，同样坚固，岂是临时凑合而易裂散之瓦合吗？

黑子猜想

《华阳国志》说蜀人"好滋味，尚辛香"，可知川菜麻辣，早已如此。更早些，西晋张载登成都白菟楼，时在太康元年（二八○），有诗留下。其中六句专说成都美食。

> 鼎食随时进，百和妙且殊。
> 披林采秋橘，临江钓春鱼。
> 黑子过龙醢，果馔逾蟹蝑。

前两句说，随季节进时鲜，百肴纷陈，异味可口。中两句就不必解释了。末两句颇麻烦。"蟹蝑"即蟹胥，见《周礼·天官·庖人》，指山东特产之蟹黄酱。诗说蜀国干果（核桃、银杏、栗子、榛子、人参果之类）烹成菜肴，比蟹黄酱更美。注意，末句是用植物产品比较动物产品，且超逾之。前一句"黑子过龙醢"与末句成偶对，可知"龙醢"亦属动物产品，"黑子"同样亦属植物产品。如果我的假设成立，这两款异味究竟是何物，就有望说清了。

先说龙醢。醢是肉酱。《周礼》郑玄注说，制醢之法，切肉成片，晒干，斩成颗粒。然后杂合酒曲，放盐，美酒浸渍，密闭罐内。罐盖抹泥塞缝，不使走风。如是百日，醢乃成矣。据《礼记·内则》载，肉类如鱼和兔乃至蚁卵，皆可制醢。龙醢是啥？估计是蛇肉酱。古人称蛇为小龙嘛。诗作者非蜀人，显然吃过蟹黄酱和蛇肉酱，口味很不错。殊不知来到成都后，吃了蜀产的干果菜肴和"黑子"后，觉得更爽口。若不是这样，他何必替川菜打免费广告嘛？

那么"黑子"究系何物？我猜想了几年，有把握说，是豆豉之一种。北魏贾思勰《齐民要术》载作豆豉之法，甚麻烦。旧时吾蜀有三种豆豉，一曰干豆豉，二曰水豆豉，三曰潼川豆豉。一二两种家常制作，皆甚可口。第三种由作坊批量制之。我小时候，潼川豆豉为三台县名优特产，风行全川，以至出省，有当作礼品远道馈赠的。成都市正府街太和号酱园也制此种，名曰太和豆豉，蜀人莫不知之。平常人家放油一蒸，异味爽口，最下饭了。此物成颗粒，黑亮而异香，北人叫它黑子，非常准确。古书称脸上痣曰黑子。太和豆豉正像黑子。下饭之外，还当作料使用。蜀人炒回锅肉、蒸咸烧白，非用它不可，否则不提味。

朱熹所谓淫奔

髫年习朱夫子《诗集传》，就是宋代大儒朱熹作导读的《诗经》，每遇活泼有趣描写爱情之作，他老先生都要斥为"淫奔之诗"，给后生小子大敲其警钟。遇到这样四句："有狐绥绥，在彼淇梁。心之忧矣，之子无裳。"他就猜测，狐比喻男子，必定是鳏夫，在淇水桥上走，而看在眼里的，忧在心里的，只能是女子，且定为寡妇。她独关怀那鳏夫的裤子破旧，可见其不正经，所以老先生导读说："有寡妇见鳏夫而欲嫁之。"一代大儒想象力之发达，吓死人了。如此侦探眼光扫射之下，《诗经》三百篇，到处见"淫奔"，太可怕了。

何谓淫？"久雨曰淫"见诸《说文解字》。扩展开来，凡过度都叫淫，例如书淫茶淫。更进一步，男女胆敢相爱于婚姻关系成立前，朱熹眼里就是大淫。《诗经》描写男女交际，或相约于桑阴下，或相送于淇水边，或相逢于陂塘上，或相挑于居室内，或相语于坊巷间，或相期于城墙角，一句话，凡恋爱他看来皆淫也。

至于奔，今人多误解，以为是逃奔，而不知所谓奔只不过借其字罢了。如果《诗经》时代已经造出妌这个字，那就不会借用奔字，而可以直接写成"淫妌"了。妌这个字好讲。二合为一曰并，二马驾车曰骈（骈体文章句式对偶），板镶两块曰拼，所以男女成双曰妌。妌在今日仅具贬义，用于不合法的男女关系，双方互为妌头，各为妌夫妌妇。

《周礼·媒氏》："仲春之月，令会男女。于是时也，奔者不禁。"这应是周代的情人节。每年阴历二月，不是一天，而是整月，男女之未婚者有权自由恋爱，官方不得横加干涉。真若如此，该是良风美俗。就怕又是汉儒编造的理想国，教人空欢喜。

释间谍

《庄子·齐物论》说："大知闲闲，小知间间。"闲闲，散淡貌，不想与人较真的样子。凡悟道者，莫不如此。那些庸劣褊狭的小知正相反，逢人瞪大眼睛，做明察秋毫状。间这个字，《广雅·释诂》："觇也。"就是窥视。间间连用，就是死死盯紧他人。间在这里音 jiàn，间谍的间，不要读成 jiān 了。间的异体作䀠，多个目旁，点醒这是眼睛动作。《孟子·离娄》末段两次使用这个"䀠"字，一是齐宣王疑孟子唱高调，实际行为也许猥琐，便派眼线䀠他；一是乞丐之妻疑夫吹牛，便跟踪去䀠他（结果发现其夫讨乞酒食于丘墓间），其义皆为偷窥。间谍工作，先间后谍，首在偷窥。若不先看出一点门道来，拿啥回去报告？

苏轼《范增论》开篇说："汉用陈平计，间离楚君臣。"间谍的间或许指的是挑拨离间吧？我说不是。间与反间皆属计谋，乃战略和战役之部署，层次高。间谍古称细作，可见层次之低。循名责实，其义止于偷窥而已。

间说毕，请说谍。《说文解字》："谍，军中反间也。"你派细作来偷窥我，我也派细作去偷窥你，这就叫反间。谍就是反间。其实间与反间皆一回事，间即谍，谍即间。《左传》称谍而不称间。晋国抓住秦国派来的细作，称"获秦谍"，谍是名词。若派细作去"谍之"，谍就是动词了。谍字从言，右旁的枼是薄木片，上面写字，就是文件。古无纸张，文件写在木片和竹片上。间与谍若要分，也略有不同。间重在偷窥，说得好听也就是侦察。谍重在偷文件，说得好听也就是做情报工作。这是就字说字，实则不必分，眼手同时用。

人如其字

少时习字临帖，写颜真卿书《瘗鹤铭》，字作桃大。暑期日日研墨走笔，心无旁骛，居然像模像样。后攒钱买揸笔，不看帖，放手写，而字作碗口大，形成所谓颜字体了，肥壮厚实，稳重豪雄。我想象颜鲁公人如其字，是个严肃的胖君子。习字事小，但影响我处世为人，从此拘谨，不敢苟且。回忆少时习字，此乃第一收获。把字写好，倒在其次。

读《唐语林》，知鲁公不但是严肃君子，而且是体操健将。到老年仍"气力壮健如年三四十人"，据说"尝得方士名药服之"。七十五岁那年，受命去蔡州招安叛贼李希烈。临行前对人说："吾之死，固为贼所杀，必矣。"当场拖来两具藤椅，椅背相向，两手各握椅背，"悬足点空，不至地三二寸，数千百下"。又叫拿竹席来，紧裹其身，"挺立一跃而出"。又两手按床隅，飞身跳越而过，且来回五六次。他说自身强健如此，不可能死于病。于是到蔡州，见到李希烈，严词斥责，数其叛罪。李希烈没脸面作回答，又不敢抽刀威吓他。第二天派贼徒去缢死老英雄，遂其舍生取义之愿。

真是人如其字，壮烈千秋。

我成年后，接受革命教育，上班做编辑仍旧用毛笔，字体却暗中移换，不喜颜体之方正凝重，转而张狂起来。中年以后，备尝酸辛，笔下收敛，回归迟重。人说："你是一笔一笔斗的。"到老年来，傲性蠲除，笔下不复逞怪，显出几分和气。字体又一变，瘦如其人了。不是我安心要写瘦，是意识深处对瘦有好感，不知不觉字体就瘦了。我是字如其人。一切艺术作品都带有自我表现的痕迹，书法亦然。

重颐丰下之美

四十年前的事了，忘年交的吕老给我看相，提醒说："脸颊瘦，下颏尖，老弟暮年恐不免于凄凉。你要晓得，重颐丰下，方称福相。"三个月后，我就被故乡红卫兵戴上高帽子，押去游街示众了。

"重颐丰下"之说，似在哪本书上见过。那时天下即将大乱，忧心忡忡，无暇翻书查找，随即遗忘。四十年过去了，偶然找到出处，在《诗经·陈风·泽陂》内。这是一首描写美女的诗，共三章。末章云："彼泽之陂，有蒲菡萏。有美一人，硕大且俨。"俨音 yán，左旁女，右旁是饮字的古写，属形声字。字义是重颐，亦即双下巴。韩诗章句就是这样说的，还补一句："重颐丰下，斯为男子之状。"果如此，就该是描写美男之诗了。窃以为古人质朴，男女皆以重颐丰下为美。丰下谓脸颊胖，下颏圆。我不幸，正相反。天生如此，奈何不得。

《泽陂》一诗透露，肥硕高壮为美。一个健康社会，美之标准如此。不但《诗经》时代是这样，看看敦煌壁画，便知到了唐代，标准美女仍然是这样。这样的标准或许隐含着对体力劳作的认同。试想想，农耕社会里，男女都瘦成 T 型台上的舞鹤与飞燕，谁去耕田挖地、挑水砍柴、顶物背娃？如果说，文明高度发达的外星人，一个个细臂细腿，大脑袋，细颈脖，瘦成排骨，丑成鬼魅，那就悲哉惨矣，还不如维持着今日的低度文明为佳。鄙人坚信，世间一切真正的善，绝不应该与美对立。总之，胖也好，瘦也好，总得符合上帝的黄金分割比例，即 A：B＝（A＋B）：A。

丽者二也

汉字也有简化得很好的，例如丽字。丽字这样写，既是简化，又是复古。我虽保守，也很欣赏这样简化。丽的古文简单，画了两只鹿子。后造的篆文在下面又添画一只笔画复杂的鹿子，不但没有必要，而且添乱，让读者误解三鹿为丽。远古时代，文盲也能认识古文丽字，一瞥即知为二鹿也。有角有头有颈有身有尾，有两条腿（从侧看只能见两条腿），一只鹿在前，一只鹿在后，向左走去。可以猜想，丽字之造，源于集体狩猎需要。侦察员入丛林，发现一只鹿，就报告队长："鹿！"发现一对鹿，就报告队长："丽！"怕队长听不懂，还用手在头上比画表示鹿角。丽音lì，从前二也音lì。丽二音同，丽就是二。画一前一后两只鹿子，和画一短一长两条棍子一样，都表示数目的一双，所异者一繁一简而已。

繁体　篆文　古文

古时候送礼品，两张鹿皮或麂皮或其他珍兽之皮，都叫俪皮。送礼品成双对，这种观念维持到今。夫妇称伉俪，也是成双对。俪乃丽之俗字。丽同美组合成美丽一词，反映出华人自古以来欣赏空间结构上的左右平衡之美。大到故宫，小到窝棚，雅到骈文律诗对联，俗到贺喜四言八句，乃至中山服有四个衣袋，扇耳光须左右开弓，莫不如此。对称观念之强，胜过古希腊的"黄金分割"。

丽与二同。二因一而产生，一是正，二就是副了，所以旧时副职称为副贰。古人相信太阳月亮都附着天穹上，所以说"日月丽于天"。丽在此为动词，附也。单独存在为一，有所遭遇为二，所以飞机失事为罹难，屈原遭忧为离骚，罹与离音义皆同于丽也。

手套传入中国

《庄子·逍遥游》说宋国漂洗纩絮的专业户，为防治手皲裂，发明了护肤霜，世代自用。其秘方被人卖到吴国去，用于冬季水战。吴国水兵搽用了护肤霜，增强了搏杀力，打败越国。读到这里，我曾想过："可以戴皮手套作战嘛。"以当时的鞣皮技术，缝制皮手套不会成问题。或许那时早就用手套了。准之《说文解字》称袜子为"足衣"之先例，手套若有，该叫"手衣"。遗憾的是查了类书《太平御览·服用》，还是没有。看秦陵兵马俑，未见戴手套的。如果手套妨碍搏杀，当兵的不能戴，那端拱而坐，动口不动手的帝王总可以戴吧？为啥也不戴？

历代制礼作乐，服用奢侈。戴在头上成累赘的冠冕，他们发明了多少花样啊，都是徒具观瞻而无实用，成为虚饰。直到清朝皇帝，仍未戴过手套。那时富人过冬，戴毛皮缝制的筒形套，其名曰手笼子。二十世纪四十年代上海摩登穿海勃绒大衣，双手就抄在手笼子内。平民冬着棉袄，双手也抄在袖筒内。这种姿态使人耸肩佝背，显得没有精神。乾隆皇帝接见戴手套的马尔戛尼，应知晓其功用，然而"用夷变夏"是万万不可的，就让手冷着吧。

明末清初屈大均著《广东新语》，说他登荷兰船，见船员"人各以柔韦韬手，食则脱之"。柔韦者，软皮也。韬，套也。这是皮手套，尚无以名之。"韬手"动宾结构，倒之即成名词手韬，也就是手套了。如此说来，此物传入中国，仿而制之，至多三百年吧。

华人喜悦之词

英国某文化团体最近在一百〇二个非英语国家对四万人作了调查统计，得出最喜悦的英语单词十个。

一、母亲（mother）

二、热情（passion）

三、微笑（smile）

四、爱（love）

五、永恒（eternity）

六、奇妙（fantastic）

七、命运（destiny）

八、自由或自主（freedom）

九、解放或自由（liberty）

十、宁静（tranquility）

我想，那些非英语国家若与英语国家如英、美、加拿大、澳大利亚、菲律宾、新加坡、印度等相比较，一般人的语词爱好纵有差别，亦不至于胡骑越燕，各投南北。毕竟"人情不远"，文化观念契合大于分离。华人今占人类五分之一以上，若作调查统计，想我华人最喜悦的汉语单词亦应包括前列十个。当然，不一定都能挤上前十名，但总不会榜上无名。所谓有差异者，各有其不同的着重点而已。

就拿第一名的母亲一词来说，华人同样喜悦。但是总与父亲一词并列，称为父母双亲，而不会像前列调查统计名单一样，把父亲（father）刮到前七十名以外去。汉语敬双亲而轻母权，从不像英语那样称祖国、江河、船舟、土地为她（she）。五四以后新潮文人那样称呼，缘起于英译汉，这也该算是西化吧。可笑的是跟风太紧，流经四川的长江已经叫母亲河了，流经成都的府河与南河又在报章上叫母亲河，岂不"三妈"？不但江河，就是祖国称她，亦不合我华俗。孟子称"父母之邦"也是双亲并称，不能单称她啊。请容许我依次说下去吧。

二、热情一词，华人同样喜悦。但受阴阳观念支配，我们同时举出冷思与之结合互补，方才放心。冷思一词生硬，可用智慧一词代之。华人对热情与智慧可能有同等的喜悦，票数相近。

三、微笑一词亦佳。然对华人而言，恐应放到礼貌一词之后去了。华人城府较深，若要好听便说"胸中自有丘壑"或曰"满腹经纶"，不轻易笑出来。一以礼为准绳，只要有了礼貌，微笑或不微笑都行。

四、爱。华人严格区分男女之爱与"泛爱众"之爱，认为前者都属于欲，后者归于仁。对华人而言，仁爱一词必须入前十名，情欲之爱就难说了。

五、永恒。在汉语里，永恒即万古，等于千古乘十，恐不大吉利吧，恐怕难入前一百名。

六、奇妙。比较起来，华人更喜新奇，而尤着重于新，诸如新闻、新潮、新锐、新观念、新名词、新发型。既新且奇，那就更好，妙不妙在其次。

七、命运。华人之激进者不认为世间有这东西。"人定胜天"，哪个不晓？拿下来吧，放到百名以外好了。

八和九，自由或自主，解放或自由。同全人类一样，华人当然喜悦这两个词，应该入前五名。

十、宁静。比较起来，华人更喜热闹。燃爆竹，庆团圆，大轰大嗡人气旺，那样才有味道哟。

若叫我作个人选择，请容许我稍有不同。一是双亲，二是家园，三是礼貌，四是仁爱，五是自由，六是大同，七是勤劳，八是俭省，九是智慧，十是逍遥。

师爷字

旧时论字，斥书法俗气的曰馆阁体。所谓馆阁，明清两代指翰林院。馆阁文士奉命撰写文书，字体必须工整而又庸常，最忌个性显露，要让人看不出是谁写的才好。馆阁体虽然谈不上风格，但是皆有功力。单论功力，今之书法家还要差一截。与馆阁体同一路数，而功力远逊的曰师爷字。童年习字，有长辈警告说："写成师爷字，手就写坏了，一辈子没改！"所谓师爷即缮写员，旧时受雇于衙门誊写文稿的。"文革"十年返乡劳作，同属"黑五类"，有位朱医生，他就是师爷。朱医生一手字工整圆润，下笔之熟练、结构之匀称，都非我所能及。还有位木器店掌墨师，姓黄，也写师爷字，字也很规矩。老实说，今人想写到师爷字的水准，也不容易啊。

我也算写了一辈子毛笔。小学三年级起，就有习字课了。寒暑假期，还有小楷每日五百。同院小儿窗外玩耍，又跳又闹，我却必须收回"放心"，充耳不闻，屏息静气，凝目字格（比稿笺的方格稍肥且扁），小心在那狭窄的格界内安排繁体笔画。笔画不得头顶脚踏，左撑右拒。笔若触到格界，便犯规了。笔笔细描，若绣花然。坐要正，身要直，掌心要凹成窝（能容一个鸡蛋最佳）。磨墨只准逆时针方向转，还不准快磨。调笔砚边须轻，笔尖沾濡即可。写完四百九十九字，还剩最后一个字，也要恭敬从事，不敢稍有半笔潦草，以至流露"荒嬉"之态。字写完，要洗笔，插回铜笔帽内，好比庖丁解牛既毕，"善刀而藏"。如此夹磨，我虽庸劣，未能成家，总算习得怎样收心，学得如何谨慎。意想不到的是，小格内填满笔画，练成我节俭惯性。人说这是小气，小气就小气吧。

我仍然在天天写字，惯用毛笔（写稿用泡沫笔，看似毛笔）。深知法书之难，不敢狂狷自拟。写得不好，字不足观。好处或许有一点点，就是尚讲规矩，不敢乱来。当今书法家，不讲规矩而乱来的，和尚敲木鱼，多多多。究其根源，想必是小时候未受夹磨，童子功差。其间少有人能写师爷字，更不用说馆阁体了。前不久友人处看到不少民国年间公文卷宗，正是旧时鄙视的师爷字，笔笔贯力，结构紧蜷，中规中矩，戒怪戒嬉，虽不艺术，但能实用，不该受到鄙视。现在劣字丑字，秋蚓春蛇乱爬，怪字嬉字，冻雀寒鸦满树，有点师爷字，亦何伤大雅。从前文人以及官吏莫不能书，今则鲜矣。或许是因为时代不同吧，未可深责，但总不该太劣太丑，太怪太嬉，让人哂笑。前日电视屏幕瞥见李敖亮相，旁有签名式，敖字最后一笔，不成刀撇斜下之形，而似张胯抬腿之状，若犬尿树，令人莞尔。或许他是有意逗笑观众吧？

外行向我索字，总说"你老大笔一挥而就"，使我"很受伤"。他哪知悉我要闭门，关窗，脱衣，挽袖，有时还要扎紧裤子，然后全神贯注，忘却周围，一写再写，最后才选出一张来交差，还惶恐不安呢。

死如之何

客：你怎样看待死亡？

河：王羲之引古人言："死生亦大矣。"天大地大人大，这三大之外，死生为第四大，所以说"亦大"。说这话的古人是谁？是《庄子·德充符》篇中的孔子。"死生"在这里是偏义复词，就是死。王羲之紧接着感叹说："岂不痛哉！"可知与生无关。如果活着，还痛什么？总而言之，死为第四大。旧时丧家举哀，门额书"当大事"，便是承认了死亡为大事。不是某一家，国人皆如此，已成传统观念了。孔子的学生子贡说："大哉死乎，君子息焉。"言如诗，感动我。死为大，大在息。生劳作，死安息。古今的正派人，即君子，上自圣贤，下至百姓，皆能如此。这也是我个人的死亡观，人应该死得"大"。

客：你愿意怎样死去？

河：现代社会每一秒钟都有意外死亡发生，由不得我们愿意不愿意。如果有幸不死于横祸，能享尽天年，我愿意在僻静处，不痛苦，不恐惧，不怨恨，自然死去。如果要立遗嘱，必须写明不要公家讣告，说我这好那好。谀尸是可笑的，等于嘲弄死者。我一生画满了逗号、顿号、省略号、破折号、惊叹号。临到结尾，希望讨个句号，以求了断，千万来不得疑问号。能这样死，算是享足死福，死得很"大"，赞曰"大哉死乎"。死福只是人生美好的愿望之一而已，鲜见有获享者。不痛苦，这很难。脑卒中的猝死，说去就去，一撒手就走了，较之癌症折磨，辗转病榻，痛得死去活来，要少得多，或许仅百比一。不恐惧，就更难。阎罗十殿酷刑，今人都不信了，也不再恐惧了。但是死亡毕竟是未知的领域，因陌生而恐惧，终究难免。南齐谢朓为人所作墓志一篇，结尾四句，替墓中人感伤"风摇草色，日照松光"这太阳下的风景不可复睹，接着悲叹"春秋非我，晚夜何长"这墓中的没有四季变化的长夜漫漫永不旦之苦，让我们窥见古人之所惧。今人由于殡葬改革，不可能再有那种诗意的恐惧（唉，也是一种损失）。但是肯定另有所怕。家慈在世之时，多次说到"最怕过火焰山"。后来目睹遗体焚化，至为惨烈，我也怕了。所幸者第三不，不怨恨，我肯定做得到。不怨自己福薄，不恨他人整我，这得感谢孔孟老庄诲我。

客：你在前面谈到"君子息焉"指"古今的正派人"而言。请举例以说之。

河：孔子之死，最动我心。死前七日，他就告知弟子子贡："昨暮，予梦坐奠两柱之间。"这是殡仪之象，他已预感。还唱了歌："太山坏乎！梁柱摧乎！哲人萎乎！"（引自《史记·孔子世家》）何等的从容啊。两千年后，有人据此做了上联："太山颓，梁木坏，哲人往矣。"下联出自《庄子·列御寇》："天地棺，日月葬，夫子何之？"堪称儒道合璧，死得潇洒，挽得高明。古代的真君子只争这个，不争殡仪规格待遇。曾子之死，让人知晓何谓坚守原则。病危快断气了，他还吩咐儿子扶他起床，立即撤去豪门大夫送给他的高级竹席，以求死得正派。竹席撤换了，落枕便断气。更早些的伯夷叔齐，抨击武王伐纣"以暴易暴"，拒食周粟，饿死首阳。兄弟俩为原则而殉身，三千年来，受君子仰慕，受小人奚落。司马迁作《史记》，置伯夷叔齐于列传之首，何等的远见啊。就是这个司马迁，硬顶着侮辱，死于《史记》脱稿后，正是"君子息焉"。陶渊明之死，少见的从容。预写自挽诗，又写自祭文。甘心贫贱，勤耕苦作。病于营养不良，死于劳累过度，却无怨言，更不恨谁。自祭文结尾问："人生实难，死如之何？"正是生劳作死安息的意思。我口头的君子这个概念，既然泛指古今的正派人，可知并非阶级概念。寻常百姓中，君子也不少。我曾有幸同一群木匠共事十二年，熟悉他们。他们中间，一些所谓"旧社会来的"老木匠，勤劳本分，厚重讲礼，多系君子，对我谈不上好，但都为人正派。他们一个个的生则劳作，死则安息，同样死得很"大"。

客：照你这样说来，还有死得很"小"的吗？

河：对。那些都是我所说的小人。夏桀商纣，秦皇汉武，残民以逞，罔思悔改，他们算是小人中的巨头。夏桀死于流放，商纣死于自焚，其痛苦，其恐惧，其怨恨，可想而知。秦皇汉武，求仙觅药，妄想不死，费尽财力，透露出他们怕死的内心，既狠且怯。特别是秦皇，荆轲匕首张良椎，早已夺了他的胆，所以出警入跸，时刻恐惧提防。步行深宫中，还嫌不安全，要修复道。车行驰道上，又怕被看见，要筑夹墙。平原染疾之后，沙丘殒命之前，独夫想必非常绝望，非常愤恨，认为不但方士欺骗了他，呼万岁的臣工全都欺骗了他。当此际也，牙齿咬切，血脉贲张，哪能有好死呢。此之谓死得"小"。

客：你是说不正派的小人都死得很"小"吗？

河：一般如此。也有例外。举两例吧。太平天国晚期的忠王李秀成，愚忠洪秀全，荼毒生灵，蹂躏江南，也算是小人中的巨头，被俘乞降，写供词数万言，用输诚悃。曾国藩面喻他"国法难逭"，他便低头承罪，并续写供词说，愿意"欢乐归阴"。这四个字使我尊敬他。人杀了，但不能说他死得"小"。李秀成被俘时，押入曾国荃的大营。曾国荃恨，执刃刺戳其腿。李秀成冷静说："各为其主嘛，你何必这样？"这样的场面，小人尚存君子之风，君子却暴露出小人之相，富有戏剧性。另一例，一位老同事，历次政治运动的急先锋，整人手辣，"文革"期间尤辣。殊不料被其对立面揪斗，青钢大棒击脑，打成半身瘫痪，导致终身残疾。死前，其同志慰问说："被人打成这样。"低声回答："我也整过别人。"似有所悟。我凭这点也尊敬他，并为他的灵堂写了祭联。同样，我也不能说他死得"小"。

客：古人说："鸟之将死，其鸣也哀。人之将亡，其言也善。"这一点点所谓的善，恐怕也仅限于言方面吧？

河：言为心声。将死之人或无暇作秀吧。他们的善言反映出善心，哪怕只有一点点。我们这些人啊，恶花开了满树，唯根荄之尖端，应有几粒善细胞吧。孟子言性善，指根荄而言。荀子言性恶，指花树而言。我认为都有理。

客：你似乎想把天下人尽划入君子小人两类。

河：那就太道德主义了，太可笑了。少时老师有信奉程朱理学者，训话说："不为圣贤，便为禽兽！"我听了很恐惧，觉得自己这辈子没希望，只能做禽兽了。十九岁"参加革命"做报纸编辑，又听人分析说"不革命就是反革命"，可厌之至。为了便于说事，我不得已搬用君子小人概念，实无提倡道德主义之意。事实上，芸芸众生，勤苦奔忙，或为农工，或为官吏，或为商贾，或为学士，绝大多数埋头本职，饿则食，暇则玩，得则喜，失则悲，谁肯深思孰为善孰为恶，谁愿反问自己是君子呢还是小人？"思想改造十年八年"，"要狠斗私字一闪念"，"个人主义万恶之源"，徒托空言以邀宠耳。老实说，能默念"举头三尺有神明"，有所不敢为者，便算是难得的真君子了。这些正派人也各有小疵。他们面临死亡之际，也不一定发表善言。正派人中的专业人士有一技之长者，如政治家、天文学家、数学家、宗教家、美术家、音乐家、文学家、艺术家、学问家，等等，他们念兹在兹的无非其专业，往往置生死于度外，所以临终遗言多落于专业范围。大政治家孙中山濒死时反复念诵："和平，奋斗，救中国。"中世纪著《论无限、宇宙与众多世界》的布鲁诺受火刑时大叫："它（地球）还在转！"数学家查理·博叙在病榻上昏迷将断气时，医生断定他不会苏醒了。友人有知心者说自己有办法，便俯问："十二的平方是多少？"他用尽最后的一口气回答："一百四十四。"弘一法师李叔同临终时力写"悲欣交集"四字，语出佛经。法国画家珂罗临终时说："我由衷地期望在天国作画。"作曲家梅萨热在弥留时，

眼望苍天自语："我很快就知道天国里能听到什么样的
音乐了。"鲁迅遗嘱其子："勿作空头文学家。"赵丹临
终遗文《管得太具体，文艺没希望》。吴宓临终呼喊：
"我是吴宓教授!"以上诸君子皆死得很"大"，使人仰
慕，哀思不已。

客：你本人或许是君子吧？

河：不。我很想做君子，但做不到，至今仍是小人。
右派帽子戴了整整二十年，月月报告"思想又进步了"，
年年表态"已深刻认罪了"，全属假话骗人。世界上有
这样的君子吗？我若还残存一点点浩然正气，还禀赋一
星星至大至刚，"文革"时只需站起来喊叫三分钟真心
话，就枪毙了。那时我的活命哲学"宁狗活，毋狮死"，
想来犹觉可耻。后来山移水转，复出弄文，所作无非吹
抬有奖，讨的仍是小人生活。到了二十世纪最后十年，
方才知耻，回头读书。终极也不过做个"自了汉"，算
哪门君子!

客：好了。"牢骚太盛防肠断"。谈谈你怎样看待
"死后"吧。你相信人有死后的续存吗？

河：你提出灵魂有无的问题。"人死后的续存"也就
是灵魂吧，若真有，该多好。惜哉没有。儒家不谈论灵
魂有无的问题。孔子说："未知生，焉知死。"一推了
之。留下空当，让后来的佛教去填写。六道轮回之说，
安慰愚夫愚妇罢了。不过宗教皆具"神道设教"之旨，
自有其或多或少的功用，确不可废，也废不了。我虽不
信一切宗教，但认为灵魂问题《庄子·养生主》谈得最
好。庄子以灯喻人，灯盏好比身体，灯油好比精力，灯
炷好比灵魂。灯盏终究要坏，灯油终究要干，皆有时而

耗尽。养身和养生，均是徒劳的。你应该养好生命的火炷（故曰养生主），莫让风吹熄了。唯此荧荧一炷，可以点燃他灯。灯火代代相传，便是你的灵魂不灭。这与今人说"你永远活在我们记忆里"互相为表里。活在他人记忆里，就是你死后的续存了。

悲亡树

　　四川省文联（原含四川省作家协会）当初成立时，会址设在成都市布后街 2 号。至今仍在此，五十年不变。街名布后，源自清朝，意即布政使署衙门后面。布后街从前是一条僻静幽深的小巷，家家小院，没有一家商店。2 号院最大，曾为辛亥革命元老熊克武的家宅。宅南向，凡五进，木构平房，样式中西合璧，精致典雅。大院又可分为七个小院，院中皆植花木，曲廊窄道互通，生客往往迷路。后院又有绣楼、敞轩、花园、假山、凉亭、沟渠、水榭、荷池，非常好玩。前门黑漆双扇，玄关壁上浮雕贴金麒麟，五蝠绕之。门外高墙，上嵌有拴马石，供来宾系马用。熊家大宅有专职园艺师，川人叫花儿匠，照管大院花木。宅院移交时，他给每一株花木挂牌子，写明名称，如"日本横田枇杷""广东大白玉兰"之类，一一指点解说，交割与新主人川西区文联管总务的干部。那些晋绥解放区的南下干部，人都朴实，但文化低，园艺常识阙如，不免言之者谆谆而听之者藐藐。待到一九五二年我从报社调到省文联来时，上百株名贵花木的牌子都丢失了。当年革命运动轰天动地，谁还有那些资产阶级的闲情逸致去照看花木？

最早被砍伐一光的是左院大片的桃花林。空地做了篮球场，同志们要锻炼身体。后院左侧一株丹桂，树身径尺，做了单杠架，很快就死了。五十年后一位老街坊对我说："小时候，你们院里的桂花香遍了一条巷子。"算是多情的悼词吧，亏他还记得。

数年后，假山一带的竹林又被总务科长胡乱移栽，死得一竿不剩。此前，假山下的沟渠因后门修天桥已经填平，致使荷池水涸见底，菡萏魂销。同时，后院左侧靠墙一排柏树，为预防窃贼逾墙缘树而下，全砍掉了。要修男女厕所，又砍掉许多树。后院中间，敞轩北面的花园早已荒芜了。后院右侧断断续续修建寝室，再砍掉许多树。此外，大院各处原有许多果木，桃李杏梨石榴枇杷苹果之类，因无人照管，皆死于病虫害。

最伤心的是第三进庭院左侧两棵树。一棵老树是珠兰，拱把粗了。暮春花发，淡香不俗，清韵有格。每日午后，定有一位茶商，挟持黑布雨伞数柄来此，撑伞倒置树下，让那芥子似的珠兰因风自落。黄昏又来收伞，日可获花数两。每年花季过了，那茶商定要送猪肉来。记得有一年送十八斤肉。最多的那一年，一九五四年，五十斤肉。第二年实行社会主义改造，私营商店改为公私合营，私营的茶商不再来收花。从此市面上再无珠兰花茶卖。名花珠兰本来娇气，无人照管，不再开花。横牵一绳，缠系树身，晾晒衣物，为时既久，阴悄悄气死了。另一棵大树是广东大白玉兰，高出屋脊，花大如洗脸盆，庭院溢香。古诗云："中庭有奇树，绿叶发华滋。"此树可当之。怎奈浓荫蔽日，挡了办公室的光照，终被斩除，丧命钢斧。右侧那一棵小桃红，绒花粉红，裹枝绽放，妖艳可狎。怎样死的，我在机关农场劳改，无从知悉，想亦亡于虫害。这第三进庭院本是熊家大宅的核心，花木不但繁多，而且特别珍贵，皆遭厄运，纷纷谢世。最经得住摧残的仅有两棵老苏铁，俗呼铁甲松，树龄有百年，对称耸立在中道的两边，若迎宾然。满院花木死绝之后，唯此二老又熬了二十年，活到二十世纪八十年代之末，衰竭立枯而死。

最悲壮的是第二进庭院右侧靠墙的楠木。树身两人伸臂合抱，树龄不低于两百年，树冠荫蔽整个小院。院南一隅，有我一间寝室。那时年少，尚在顺境，未免多愁善感，早晨枕上听见楠木树间鸟叫，总要吟宋词句："数声啼鸟，梦转纱窗晓。"小院人迹罕至，楠木之外，又有果树数株，日光不到，满地青苔。斑鸠在我檐下筑巢产子，僻静可知。一九五七年我当右派，从这里搬迁了。楠木古树，因为地下水位沉降，吸水不足，营养不良，病了。懒得医治，干脆砍掉。先从树冠肢解，然后截断树身，就像凌迟处死。如此乔木，说伐就伐，无人疼惜。

五十二年前的熊家大宅，早已片瓦不留，寸草皆绝。旧址之上，如今只有四围水泥楼房，中间空地做停车场。高空俯视，就像四只火柴盒围成正方形，关一群甲壳虫，物不文，景不艺，毫无情趣可言。

我在这里糊口五十年了。去年迁居大慈寺路本单位的另一宿舍。二十世纪六十年代，我在这里守过建筑工地、种过蔬菜。后来又到机关农场劳改，稼圃操作之外，还培植桉树苗。苗大了，运回来，在这里重新栽，大约有数十棵。将近四十年过去了，如今仅剩两棵，已成大树，高齐六楼，挺直健壮，给我安慰。五十年间，东西写了一些，或早已速朽，或将要速朽，都留不下来。唯此两棵桉树，能活到我身后许多年，让后人晓得，我也有作品。

劣币驱逐良币

　　在下爱惜具象的钱。新钞到手，反复赏玩，拿放大镜瞪瞵底纹。那一组组回还往复的曲线使我目迷心醉，仿佛微闻纸上韵律悠然，能退楼外尘嚣入侵。凡是新钞，不论币值大小，皆宜当作美术作品赏玩，评量其艺术性之高低。拿人民币来说，浅紫色的伍角就比深灰色的百圆更悦目些。淡黄色的壹分，币值低到底了，面积又小，绘制者却能在窄幅上显现出宽裕来，而那满纸黄中数点红的编号何其亮眼。此外，壹圆之轻红、贰圆之嫩绿，放在一起观看，天然谐合。若就美感而言，远胜伍圆拾圆。所以，贰圆以下新钞，只要崭新，且无折痕，我都舍不得用出去，怕有脏手腻手黑手把它们污染了。天长日久，积存了胀鼓鼓一信封。请勿误会，此非投资收藏，仅仅爱惜而已。

　　具象的钱，除了钞票，还有硬币。钞票太薄，似无厚度，二维视之，逊于硬币三维远矣。体积较之面积，总觉得更实在、更具象。何况金属铸造，煜煜耀目，叮叮快耳，又非纸制品所能及。在下不但纸醉，尤其金迷，硬币积存了一铁盒，约有数公斤重。国家造币，利在流通。我私自囤积了这么多，不肯拿去流通，很可能"客观上"已扰乱金融了。若说有罪，那该是爱之罪。我太爱硬币了，到手就存，壹分也不用出。硬币另具一种美感，异于纸币。纸币之美，再现人间景物；硬币之美，联想天上星辰。拿我国的硬币来说，壹分娇小可怜，麦穗左右双抄，奠定对偶观念，"1"字直立高上，好像要象征天下一切价值的起点。贰分伍分，两次重复起点，一再放大圆面，似乎在暗示万物皆由渐变到突变——一角。一角面貌果然大变，麦穗变成菊花，圆周套纳九隅，壹字消失，告别古典。五角一元，再变金属成分，又像另有演化法则。其间所含构想，若能静心体察，亦有创意存焉。此外，我国港澳地区乃至海外硬币我也存有很少一点。我无兴趣从事搜集，只是过去偶尔到手，留着赏玩罢了。比较起来，不比人民币差。港元硬币系列，复杂且有趣些。贰圆之波周，伍圆之厚重，一瞥难忘。澳元硬币壹圆，双鱼图案线条流利。再说海外的。法郎硬币一元，农妇顺风播种，令人怀想旧时乡村。墨西哥硬币五元，圆周套纳七隅，中间鹰蛇头，下面仙人掌，富于自然地理特色。日本一元硬币，简洁明快，损之又损。印尼硬币二十五卢比，越南硬币十盾，一为天堂鸟，一为水稻株，皆其国之特产。这类设计堪称平实，能收介绍之功。最难忘的应是美元一分，上面一行英文题词"God we trust"，通译"我们信任上帝"。这是彼邦的价值起点吧，我想。叫我来译，我要译成"吾人听天"，更准确些。这句题词使我惊醒，然后沉思，终归肃然。古之君子不是有三畏，其一为畏天命吗？

　　一般而言，金属硬币有光悦目，有声醒耳，耐酸碱，耐水火，耐油腻，抠之而不穿，撕之而不裂，揉之而不皱。纸币则不然，易污染，易破烂，易霉变，易损残。新钞正如新妇，娇艳一时，多经人手，便成老妪，满脸皱褶，周身脏垢，虽未贬值，一角仍作一角用，一元仍作一元用，毕竟不逗人爱了。硬币瞻前或可永恒，纸币预后必定速朽。孰良孰劣，乃判然矣。所以说，在流通等值的前提下，硬币被认为是良币，纸币被认为是劣币。说这是非理性的偏见吧，一般的老百姓都这样看，你能奈何？在下爱惜硬币，积存了那么多，自甘愚昧，同伍百姓，不须讳言。不过，老百姓的看法似乎亦有根据，那就是硬币的铸造成本高些，纸币的印制成本低些。印一张百元钞票，铸百枚一元硬币，成本费用哪个高些，百姓虽愚，也能明白。你怎能指责他贵金属而贱纸张呢？他疼惜硬币，舍不得用，不是也有理吗？

难怪四百年前，英国理财专家格雷欣（Thomas Gresham）要感叹"劣币驱逐良币"。此言被后人敬奉为金科玉律，遂成为格雷欣法则，入经成典。何谓劣币驱逐良币？在下原是经济学的外行，怕阐述不清楚，且抄《辞海》条文。文曰："两种实际价值不同而名义价值相同的货币同时流通时，实际价值较高的货币，即所谓良币，必然被收藏、熔化或输出而退出流通；实际价值较低的货币，即劣币，则充斥市场。"所谓驱逐，乃指收藏（以及熔化或输出）。对收藏者而言，良币值得爱惜，被收藏了；对流通领域而言，良币退出市场，被驱逐了。名曰藏之，实则逐之。良币有灵，应向收藏者提抗议："我被铸造出来，发行开去，天性喜欢流通，适应市场。你把我扣留了，禁锢在箱匣内，还说爱我惜我，岂有此理！"幸好我无灵耳，不然会反骂硬币们忘恩负义、不受人爱。

　　说到良币被逐，想起一篇旧史。二十世纪三十年代中期，政府发行钞票，名曰法币，取代银币铜币。法币小钞印到贰角为止。贰角以下，廿分拾分伍分皆为镍币，贰分壹分皆为铜币。当时未有硬币之称，镍币铜币通称辅币。辅币图案设计呆板，其一面为党徽（国民党习惯了以党代国），最可嗤哂。然其铸造材质颇良，沉甸甸的。镍币尤佳，辉映闪烁，明洁可鉴，深受喜纳。不久，抗日战争爆发，百业遭殃，物价腾涌，货币贬值，钞票面额愈印愈大，发行量也愈多，作为良币的镍币和铜币，起初还很值钱，后来式微，一掬才买一块烧饼，谁还舍得用出去呀？于是市场上见不到硬币了，它们被劣币驱逐到千家万户的箱匣中以及小孩的扑满内，被遗忘了。除了这样蓄藏，它们还被手工作坊熔铸成材，打造水烟袋、腰带扣、香烟嘴、眼镜架、锁钥、碗盏及别的什物杂件。这是我小时候亲眼看见的。当年多次梦见拾得落星似的镍币，醒后怅惘。或许此物已成情结难解，所以老了还爱硬币，积存了一铁盒，迷金只差拜了。

　　幸好今人着眼于趣味者愈来愈少，醉心于实惠者愈来愈多，民众中如我者想必极为鲜见，所以普天之下滔滔硬币仍在畅快流通，绝无涸竭之虞。政府也无必要给我黄牌警告，依旧不闻不问，容我积存下去。公私两安，这就很好。杞人所忧者，其唯物价乎？不要轻易涨价才好。涨，亦宜有个控制幅度。这二十年，日子好起来了，富了不少人，物价也跟着滚动了。若以贱嘴所嗜川西荞面为例（我只熟悉这个），二十年前二角一碗，今日三元一碗，涨到十五倍了。若以伍分硬币付钱，昔年四枚便可脱身，今日要六十枚，双手捧着，撒向桌面，满天星辰，灿烂在黑漆的方天上。我舍不得割爱，情愿付纸币，扫回一桌星，珍藏铁盒内。为何今日市场上看不见硬币伍分贰分壹分了？是劣币驱逐了它们吗？这回不是，因为同值纸币小钞也失踪了。这回是物价不屑于理睬它们，它们自愧身价变低，没脸见客，藏起来了。在流通舞台上，它们从前演的角色，被新铸的硬币一角五角一元取而代之。眼前一场小沧桑，老夫感慨系之矣。

这新铸的硬币三种，我用磁铁一一验过，一角五角仍是铝币，一元却是镍合金的，应该叫作镍币。一元复使，镍币归来。永不回归的是少年，童梦里拾得多少镍币啊。现在早已无梦，每逢购物找补，店家付我这种一元的新镍币，辉闪在目，沉重在手，安慰在心，仿佛抓回了失去的岁月，要窃喜好半天。

虽然那是铁定法则，劣币总在时时刻刻驱逐良币，我仍要为今日的新镍币祈求平安，但愿不要重蹈六十年前的厄运，被民间手工场投入熔炉，打造成水烟袋之类的杂件吧。天文学家说，银河系里有一颗纯金的星。那太遥远，不要去想。只要流通的钱河系里有镍星在闪烁，时不时落几颗到我手上来，我就无忧了。

问路于翁

我从旧社会来，待人接物，礼数周到，往往过逾，显得可笑。少时入城，街头问路，必定含笑鞠躬，尊称一声大哥或大嫂、老大爷或老大娘。待对方停步顾视我，我才说"请问某某街怎样走"。对方赐教，我要道谢，然后离去。如果对方有所不知，我仍然要道谢，附一句"对不起"。回想起来，我得到的答复多具善意。不耐烦的应付容或有之，恶声相向则无。以善求善，不善者亦善矣。我信这个。

活到半百之年，独步街巷，忽有人尊称我老大爷，也向我问路。我好惊喜，这个陌路人啊他信任我。外地客人初来这个城市，人生地不熟，怕被坑蒙拐骗，心中畏惧。他一定觇视了许多人，觉得都不妥当，最后迎面瞩目我，觉得这个老先生面带善相，所以才来问我。我相貌不好看，生就一副福薄命蹇之相。脸颊瘦削使别人联想到狐狸，三角眼又像演戏的奸臣。加以步行快，急急风，看样子不安定。幸好走路直端，两眼平视前方，尚不失君子态。有人来问路，等于肯定我，给我打高分,我该感谢他。所以立刻停步,恭聆垂询,不敢有怠慢状。对方是男,我听询问,就要带着三分笑容,以示友好。是女,不论老少,我皆凝眸地面,侧耳听之,免滋误会。对方问路,内容多样。某某街怎样走之外,还有某医院、某机关、某公司、某学校在哪条街,还有火车站该往哪个方向去,还有某某路车站为何找不到,还有这条街为何找不到某个号数。诸般疑难问题,琐屑是琐屑,却并非无聊。看对方一脸的迷惑、一厢的信任,我就"不吝赐教",详为指点解答,务使对方醒豁明白,大悦而去。他若频频道谢,我还得连声答不必了。此时内心藏着一句"谢谢你的信任",不能说出口来。说了,对方会疑心我在玩诙谐,要不就太假了。礼节礼节,礼须有所节制,太诚实了反而效果不好。

如果止于感谢信任,两三句便回答明白,够之足矣。我这人很可能太积极,近乎好为人师,所以详为指点之时,热情满溢,往往牵对方到街口,戟指比画前去直走,比画左转右转,手语非常有力。如果当时手握物件,我也照样比来画去,颇似日本俳句所咏"拔萝卜的用萝卜为人指路",想来一定逗笑路人。还有几次,路旁两人一问一答,我听见那回答欠明白,竟至"牛圈里伸出马嘴来",从旁纠正,并引那问路者走到某某路车站,送他上车。最近一次,一位老太太问路,我因"风热上冲",嗓子嘶哑了,说话没声音,便给她比画过天桥右转。她感诧异,回头三顾。

小时候老师教"日行一善",我记住了。人有以学雷锋誉之者,我说:"这类琐事我从来不写上日记本。"

七月流火，一再错用

山东《泰山周刊·文化版》二〇〇五年七月二十日出"七月流火同题诗专版"登载新诗十五首，其中有十首以"七月流火"为题。这十位诗人分别来自海南、天津、浙江、吉林、重庆、新疆、哈尔滨、广东、河南等，其覆盖面颇广。诗好不好，我说不清。题目不妥一望即知。诗人们年轻，未读过《诗经·豳风·七月》，错用了不足责。何况多年来报刊上早已这样错用，误导读者，习非成是。最近又收到中国作协的《作家通讯》二〇〇五年第三期，见《流火的高原》文内反复出现"蒙古高原六月流火""流火的季节""流火的高原"有六次之多。文章写得热情洋溢，无话可说。错用"流火"，与《泰山周刊》同。昨日成都大慈寺茶聚，闻说京中某报登载文字，称某一位校长致词欢迎台岛新党贵宾，竟然也用"天气七月流火"映衬宾主热情。有人说用错了，却被某一位国学教授驳斥，称"七月流火"义为天气热本来就不错，因为《十三经注疏》上就是这样说的。如此强词夺理，小事也会闹大，未免不智。

在下书读得少，所幸者《豳风·七月》研习过，算是缺牙巴咬虮子——碰端了。有此卖弄机会，正好再次详说"七月流火"本义。各位看官，有事者各治其事，无事者两旁坐听。且听在下缓缓道来，当作龙门阵听可也。

话说三千年前，周成王下面有一个豳国，在今陕西省彬县。豳字难认，以同音改作邠，旧称邠州。邠字还是难认，现今又以同音改作彬了。其地正当北纬35°，比北纬31°的上海高4°。所以，南天某一星座，夜过南天子午线时（就是处在正南方时），在上海看要高一些，在豳地看要低一些，自然可能模糊一些。但是上海晦夜多而晴夜少，豳地相反，晦夜少而晴夜多，秋夕看星也就更要可观一些。这点很重要，因为"七月流火"说的乃是南天星象，事涉观测。气象状况良，观测效果也就好。

豳国很早以前是周民族的农业文化发祥地。周民族始祖后稷开创了豳地农耕，他是周民族历史上第一个农艺师。他活动的年代比三千年前更早些，恐怕是在距今四千年前吧。那时历法尚未完善，指导农事活动要靠观星。每年春回豳地，天转暖了，农夫黎明起身，跨出向南的窑洞门，抬头看见苍龙七宿第四宿名叫房的四颗星（天蝎座的蝎头和两螯）在正南方天空纵立排成一线，他就凭着祖宗代代传承的观察经验，惊喜说："春耕时节到了。"所以房宿四星周人叫农祥星。《国语》上说"农祥晨正"，晨即黎明，正即出现在正南方的天空，说的乃是星象。这种以星象定季节的方法，古埃及人也会。他们在寺院的石墙上刻字填金，有云："每当 Sirius（天狼星）黎明前出现在东方地平线上，尼罗河的洪水就要来了。"无师自通，古代许多农耕民族皆会观星以定季节。

回头说那农夫，春忙到夏，顾不上数刻痕计算日子，不知今年过去多少天了。直到某日黄昏，收工回窑洞，趁天色暗下来前，借着日落后的残晖吃完晚饭，忽觉一线凉风透脊而入，似有所悟。他急忙出门去抬头看，果然，那颗名叫火的红星（天蝎座阿尔法星，蝎心）亦即苍龙七宿第五宿名叫心的横排的三颗星中间的那颗大星，不左不右，端端正正出现在正南方天空。也是凭着祖传观察经验，他知道夏天完了，秋天来了，一年中最忙的秋收时节到了。

天星名叫火的有三，此名大火（杜诗"时当大火流"句指此）。另一个叫鹑火，乃朱鸟七宿第三宿名叫柳的数颗星。还有一个叫火星，乃太阳系的行星，地球的近邻，西洋人叫 Mars（战神）。后二者皆非"七月流火"之火，慎勿致误。

匆匆又是数日，秋夕同一时刻，农夫又看南天，发现那颗大火较之数日前向西移位了，同时也略有些下坠了。又过数日，西移下坠更甚。一个月后的同一时刻，再看南天，大火已移坠到西边地平线上，太低，翳于云雾，遮于山岳，看不见了。各位看官，这个过程就叫"七月流火"。仅此一解，不可有二。水向低头曰流。大火向西移坠也在流啊。火在这里独禀内涵，其义特殊，专指天蝎座阿尔法星，中国古代天文学称为心宿二，绝非"赤日炎炎似火烧"之火。望文生义，会闹笑话。国学诸君，还宜慎之。

"七月流火，九月授衣"是《豳风·七月》的开头两句。前句是引子，天气渐渐凉了。后句是落脚，该缝制寒衣了。两句连起来讲，就会感受秋风警告农夫，带我们回到三千年前去。少时诵读，但生寒意，有急迫感，联想到欧阳修《秋声赋》。那时塾师老秀才黄捷三先生说："火读 xi，音同喜，与下句衣押韵。"可能当时三千年前豳国土音这样读吧。

吾国典籍自从清朝末季废科举后，百年来渐式微，读者日稀，其中自有道理。要求今天的文化人必须读《诗经》，既不现实，亦无必要。现今《诗经》选本甚多，《七月》一首八章，各种选本几乎都选入了。诗人作家嫌全本太深奥，可读有导读有注解的选本，亦大有助于文学的写作，并且少闹笑话。孔子庭训其子："不学《诗经》，交际应酬，连话都不会说。"这话倒应在那位校长身上了。国学教授说，校长没有错，《十三经注疏》上有证据。今查《毛诗》郑笺云："大火者，寒暑之候也。火星中而寒，暑退。"这段文字就在《十三经注疏》上。原刻本无标点，若误读为"大火者寒，暑之候也"，就可以引出来做证了。君子爱人以德。曲学阿护校长，非真爱也。

三千年前豳国，一年之中，从炎夏到寒秋，过渡时间短，变化最剧烈。"七月流火"这个过程正是暑转寒的过渡。自然景观突变，农夫感受深切，所以一年农事要从这里说起。周公作《七月》诗，说稼穑之艰苦，也就从"七月流火"开头。鄙人诵读此诗，但觉农家酸辛，却又带着回甜。真是杰作，希望选入高中语文课本。

三千年前用太阴历，可知那时七月即今八月，今用太阳历也。若想观看南天星象"七月流火"，要到阳历九月才行。这是由于岁差，星象推迟了。若要看到豳国农夫看到过的一模一样的"七月流火"，就须到北纬 35°线上去连续观天。特此说明。

数年前见报刊常常误用"七月流火"，写过短文

《流火说星空》纠正之。短文发在上海《新民晚报》夜光杯上，编入《流沙河短文》一书内。数年过去，情形更不妙了。今写此篇稍长，但通俗，容易懂，或有助于纠谬吧。

附： **七月流火，"错"用何妨**
周兴陆

流沙河先生在《笔会》专栏发表《七月流火，一再错用》，对"七月流火"的天文学知识给予详细的介绍。但是，老先生把"流火的季节"、"流火的高原"之类的"流火"一概斥为错用，就不免"高叟之固"了。

关于"七月流火"，我是有些想法的。如果注释、讲解《诗经·豳风·七月》的"七月流火"，将它解释为天气"充满热情"，或者天气炎热，那是要加以挞伐的。但是，今天的校长说"七月流火，但充满热情的岂止是天气"，并没有什么不妥。语言是在发展的，唯其发展，才具有生命力。如果要固执"七月流火"的本义，那它就是已经死亡的典故而已，无法进入当代口语。"七月流火"在电视、报刊媒体、文学中都很流行，约定俗成，意思直白，一看就懂。我觉得这"望文生义"很好。本来，引申、转化就是语言发展的一个途径，甚至可以说"将错就错"是语言发展的普遍现象，也是语言活力之所在。毛泽东一九三〇年说"星星之火，可心燎原"，这就是在引申、创新。他的意思是革命力量会由小到大、由弱到强地发展；而其最初是源自于《尚书》"若火之燎于原，不可向迩，其犹可扑灭"，本意是火之燎原，人不得靠近，其势旺盛，但尚可扑而灭之。后来才一步步引申，近乎"涓涓细流，终成江河"的意思。

退一步说，把"七月流火"理解为天气炎热，也不是当代人的发明。宋末的刘克庄《永宁寺祈雨疏文》开篇说："七月流火，不胜亢烈之忧；三日为霖，未慰滂沱之愿。"这里就有天气炎热干旱的意思。古人都这么说了，今人为什么不能说！

乐山话里有学问

　　宣传乐山风景，有引用《论语》"仁者乐山"者，予甚惑焉。说来话长。《论语》的乐山，大家都知道，乐在那里不读 lè 而读 yào。有文化名人引《论语》此言而误读为 lè，被人哂笑至今。可见地名乐山不涉《论语》。何况前人有云："天下之山水在蜀。蜀之山水在嘉州。"乐山风景之美，非特山也，还有水呢。"仁者乐山"后面还有"智者乐水"。若要学舌于四十年前的"上纲上线"左腔，就该愤怒申讨引《论语》者，说："你说乐山人只仁不智，也就是憨憨嘛。这是啥话？"时代毕竟不同了，惹人发笑的批判已经过时了。

　　愚以为，乐山的取名不涉《论语》，而很可能出自《庄子》。前几年弄不明白为啥名叫乐山，特请教那里的一位文友。承告知说："有山名叫至乐山，简称乐山。"聆教大悦。原来如此，真想不到。山名至乐，正是《庄子·外篇·至乐》篇名。开篇首句问："天下有至乐无有哉？"至在这里是"至德"和"至人"的至，也是"夏至"和"冬至"的至，意思是到顶点。至乐就是绝顶快乐，真正快乐。我想那里的居民会觉得真正快乐比空泛的仁啦智啦有意思得多。游山玩水还要去想《论语》，岂不大煞风景。

乐山风景好，自不用说。然而说"天下之山水在蜀"却未必。此处不便与人争论。我更欣赏的是乐山人文之美，为我四川翘楚。那里的文盲都懂得什么是入声，比我强。我弄不明白，只好到林山腴的《入声考》里挖出一大堆入声字，编排成八类，读熟死记，庶几乎免再招人戳背脊骨。乐山话保留了古人的入声，应是文化传承上的贡献。乐山迤西到峨眉，迤南到犍为，从前通称"南路"。旧时"南路人"待客很守礼，而且"衣冠简朴古风存"，谈吐雅致，令人敬重。

乐山人说笨人是"愚古笨"，说寡言少语的人是"哑默神"，说口吃者是"謇白郎"，称医生为"太医"，称小腿为"臁呼骬"，称蜘蛛为"哲蛛呀"，称古迹为"古典"，称内裤为"小衣"。遣词用语，展现君子风格。青眼看好某人，乐山人说"睐视"。睐指青眼，就是目瞳。"明眸善睐"见《洛神赋》。我们说不要"理视"某人，应作"睐视"，而音转写成了"理视"。理乃玉之纹理，与视无关。多亏乐山人替我们保存语源，使人明白错在哪里。还有古音，蓄读 xiù，居读 kú，夜读 yì，也替我们保存下来，堪称守语尽责。人嫌他们那里语音土，编笑话说："四川谢谢（县县）都有土音，夺（独）有我们乐山没代（得）。"我说，土是土，笑归笑，但是土得有盐有味，具有音乐性，而且很古典。书生如我者，所取在此焉。

城市命名谈

命名之难，老子早已说透。其言曰："道可道，非常道。名可名，非常名。"按照通常译法，便是这样："凡能言说之道，皆非永恒之道。凡能呼叫之名，皆非永恒之名。"道不说了，只说名吧。一切命名，皆非永恒，这是因为名乃实之反映，而实又是在不断变化的。天长日久，实已大大变化，名却落在后面。这就是所谓的名不副实了。孔子感叹"觚不觚"，以此。

命名虽难，却又不能不命。名不副实，最常见于地名，其实多可接受，不必改易。例如上海，元朝置上海县，在今上海市的中部。其地更早些在南宋名叫上海镇，更更早些镇也没有，仅有三个渔村，曰上海村、中海村、下海村。上海原是渔村之名。昔日傍海渔村，九百年后演变成国际大都会，且距海边也很远了，仍不改其上海旧名。这样好吗？好。好在哪里？好在反映历史。历史引起遐想，往往能给现实增色。正该保留旧名，何必改易。

在下居住成都，爱我成都。成都本是古名。早在秦昭王派遣司马错南征灭蜀，命张仪筑成都城时，就叫这个名字了。成都之名从何而来？有三说焉。一说是蜀国古语地名，译音成都。二说远古羌族部落名成（住今甘肃成县），沿着岷江南下，移居于此，故名成都。三说出自《庄子》书中"一年成聚，二年成邑，三年成都"。我赞同第二说，兼且欣赏"成部之都"反映远古史迹，在命名上体现出善待少数民族的意思。第三说据我看最可疑。

当今旅游热，争赚观光钱，不免开动脑筋，想给本地取个有卖相的靓名，以广招徕。成都自不例外，靓名曰东方伊甸园。一时报章鼓动，喊明叫响。读书人迂执，不好去帮腔，空自狐疑而已。伊甸园（Paradise）之名出自《旧约·创世纪》，有浓厚的宗教色彩，宜慎用之。或译乐园，但从吾辈世俗眼光看去，园里有个上帝，性情严厉；有个亚当，又是痴汉，还有许多鸟兽，各种果树，实在谈不上有多么快乐（从宗教肃穆清静角度看，确是真乐）。辩之者说："东方伊甸园是数十年前美国记者取的名字。"我答：美国记者指的是四川西部的雪山地区，非成都也。若挑字眼，伊甸园《旧约》上写得明白，在巴比伦（今伊拉克），巴比伦本来就不属西方，而属东方（orient），哪能又冒出一个东方的伊甸园来呢？这和东方明珠之称不同，因为上海遥对西方欧美，自属东方无疑，明珠也是国产品嘛。

成都已有芙蓉城和锦城以及天府之国的美称，人多耳熟能详，不必另觅靓名。何况近年社会治安有待改善，须知伊甸园里并非天天都有小偷扒手强盗之类，总得低调一点才好。

替川人争炟字

《新华字典》无炟，又要麻烦排版的同志了。江南人不使用这个炟字，云贵川三省人频繁使用。米饭煮得软糯，他们说："太炟了。"炖肉，提醒厨下："炖炟些哈。"干活儿疲劳，怨言："周身都累炟了。"就医，主诉症状："脚炟手软，身上酸疼。"耳软怯内，叫"炟耳朵"。自行车三轮之带侧座者，曰"炟耳朵车"，夫力蹬而妻安坐也。软壳蛋叫"炟蛋"。不敢打架，临阵脱逃，叫"下炟蛋"。冬日街头烤番薯卖，通称"卖炟红苕"。占便宜，俗谓"捡炟和"。

炟字使用不但频繁，而且覆盖一亿人口之众，岂可小看？固然，方言土语宜加限制。凡诸党政文件、会议发言、报刊言论、学术文章、课堂宣讲、产品说明、法庭审案、民警执勤，都宜避免方言土语，而应使用规范语言，以示严肃。此外，就不必管得太紧了。小说戏剧，点缀二三方言土语，以渲染其地域色彩，亦可平添趣味。至于百姓日常生活，随意使用方言土语，这点民权总该有吧。川人造出炟字，音 pā，而不知古代早就

有，其字作霸，见诸东汉许慎《说文解字》："雨濡革
也，从雨从革，读若膊。"这是个会意字，或曰象意。
皮制成革，则硬，遇雨浸泡就变软了。由此会悟出烮意
来，亦巧思也。

霸字作为声符，用指月相，便造出霸字来。月上弦
为生霸，月下弦为死霸，见于《春秋》，上溯至甲骨文。
字与霸王无关。春秋五霸，初作五伯。伯音可转为霸，
霸音亦可演变成 pā。霸字百姓不识，既久而死亡，不被
使用了。但是口语代代传承，并未死亡。口语要落实到
文字上，所以川人造出个烮字来。还望《新华字典》开
门纳客，怀柔远人。

春秋舐词

　　甜言诱人，蜀谓之舐，豫谓之溜，皆指舌头动作。比较起来，溜具多义，不及舐之专表一义，而且更准确些。古文舐字，画长舌伸出来向上翻，可能是舐鼻尖上的饭粒，乃自舐也，非以甜言舐他人也。我今说说两千年前舐人一例，主角是大奸贼宦官赵高。

　　赵高揽得大权，厌恶胡亥高坐朝廷做皇帝状，实则一个惛憒少年，在那里瞎指挥罢了。赵高心头教训秦二世皇帝说："你小子太嫩了。世界上的事情复杂，你懂个屁！"可是话从口中出来，就修饰得很悦耳了。其言曰："陛下富于春秋，未必尽通诸事。"所谓富于春秋，是说你的未来还有许许多多岁月，让你听了感到舒服。你看那个富字用得多妙，而春秋又让你联想到春花秋月之美。究其实说穿了一钱不值，任一少年人，哪怕小乞丐，都可以说他富于春秋嘛。秦代的赵高创造的舐词，汉代的枚乘拿去舐太子。所作的《七发》云："今时天下安宁，四宇和平，太子方富于年。"注曰："凡人之幼者，将来之岁尚多，故曰富也。"

少年皇帝将来老了，又怎样舔？总不能说他"贫于春秋"吧？放心，会有人创造的。老昏虫来日无多了，你就不要再着眼于他的未来。你可以回头，着眼于过去，赞美他已经有许许多多的春秋了，让他觉得自己真有福气，同样感到舒服。舔词就是"陛下春秋鼎盛"，一直用到明清两代。鼎盛二字多么热闹，而且是现在时。仿佛许多春花秋月并未消逝，现在还堆积在他的面前，显得很鼎盛呢。有舌如斯，教人不敢不服。

李敖赘说《诗经》

前篇《朱熹所谓淫奔》二〇〇四年十二月十六日脱稿，十七日早晨看凤凰台，敬聆李敖解说《诗经·郑风·溱洧》，这正是朱夫子斥责的一首"淫奔之诗"。李敖解说得过分新奇了，在下不敢苟同。《溱洧》两章，今录其第一章以说之。

原文：

溱与洧，方涣涣兮。
士与女，方秉兰兮。
女曰："观乎？"
士曰："既且。"
"且往观乎？洧之外，洵讦且乐。"
维士与女，伊其相谑，
赠之以芍药。

下面是我的译文：

溱水入洧水，春涨碧波翻。

男女春郊游，采枝白玉兰。

女问："过河去看吗？"

男答："刚刚去过了。"

女说："不妨再去乐一乐。你看河对岸，喧哗又快活。"

于是双双过河去，溅水开玩笑。

临到分手了，互换香荷包。

好一幅风俗画。黄河流域郑国男男女女每年三月上旬巳日倾城出游，到溱河与洧河汇合处，撩裳浅涉，洗濯晦气。这种古风，在华南就是赛龙舟，在缅甸就是泼水节，在印度就是浴恒河。少男少女溅水嬉戏，交换香囊，留情表爱，此其时也。李敖嫌传统的解释不够味道，乃创新奇之说，惊动国人耳目。他从观、且二字重新解释入手。先是释观为欢，又释欢为做爱，"女曰观乎"就是"女问想要做爱吗"。然后释且为男器，又当作动词用，"士曰既且"就是"男答已经做过了"。接下去女又说"且往观乎"就是"男器去做爱吗"，"洵讦且乐"就是"真大男器快乐"。他的口头宣讲比之我的书面表达更加放肆无忌。他又说郭沫若就这样解释的。还说朱熹厉害，看清这是一首"淫奔之诗"。

所谓"诗无达诂"，历来异说多见。只是李敖之说过分新奇，胆量大于腹笥。《诗经》内的观字大多作观看解，无一作欢解的。不但《诗经》，翻遍"四书""五经"也找不出一条证据能助李敖一臂之力。《辞源》观字有十二解，亦无作欢解的。先秦古籍有谨无歡（欢），谨也无一解释为做爱的。歡（欢）字晚出，意为喜悦。到南北朝乐府诗中，方具情郎一义，女称所爱曰欢，但也不作做爱讲啊。大约到了《水浒传》，才有求欢一词。欢在此亦作名词用，未闻作及物之动词用，怎能由李敖随意译成做（口头宣讲李敖说搞，还用了"搞一盘"的说法）？

且说说这个且字吧。郭沫若研究古文字，说且像男器之形，就是后来的祖字，盖源于远古人类之生殖器崇拜云云。其说有力，人多膺服。但也有方家说像神祖牌之形（确实更像）。《诗经》内的且字多得很。吾蜀诗经专家向熹编的《诗经词典》且字共有九解，绝无作男器解的。倒不是说郭氏错了，而是由于文明日臻，且字借到别的用途，另具意义，而原义遂隐了。《诗经》时代历五百年，为吾国文化的黄金期，已不时兴把生殖器挂在嘴巴上了。李敖重新挂上，凤凰台宣讲之，哗众取宠罢了。

研读《溱洧》须了解其风俗背景及其现场情景。洧河对岸既然"洵讦且乐"，亦即真是喧哗而且快乐，可见人气旺盛，请问李敖，到那里去如何做爱？

这不是淫乱诗。全诗止于描写爱情，对话生动，情节有趣，再现了当时的淳风美俗，使我祖先脸上有光。朱熹斥之为"淫奔者自叙之词"，那就该用我说你说，怎么会用士曰女曰。朱夫子没道理，又来个李夫子，狂言欺人，给祖先涂花脸。

老聃的口音

　　我们能听见二千四百年前（春秋战国时期）老聃讲话的口音吗？当然不能听见。这还用问？

　　于是读者追问："既然不能听见，你凭啥说某字古音读某音呢？记得你说过，天明二字古音读厅芒。是吗？"

　　确实如此，天明二字古音厅芒，证据在二千五百年前的《诗经》句中。多亏老祖宗写诗要押韵，留下韵脚，让我们侦察出某些字的古音。若是他们当初像我们今天这样写诗不押韵，那我们就永远不了解某些字的读音有古今之变了。《诗经》有上下句云："绸缪束薪，三星在天。"天要读厅，才押脚韵。又有上下句云："东方未明，颠倒衣裳。"明要读芒，才押脚韵。就这样侦察出古音来，很容易。

　　老聃不写诗，但写了道德五千言，此书即《老子》，是长篇韵文，多有脚韵，偶有腰韵，我们仍可从中侦察出古音来。《老子》的古音同《诗经》的古音大多能吻合，由此而知那就是当时的普通话读音了。且从《老子》篇中摘句如下，一一说明。

句云："挫其锐，解其纷。和其光，同其尘。湛兮似若存。吾不知其谁之子，象帝之先。"纷尘存先押韵。可知先古音申 shēn。

句云："揣而锐之，不可长保。金玉满堂，莫之能守。富贵而骄，自遗其咎。功成名遂身退，天之道。"保守咎道押韵。可知守古音嫂 sào，咎古音轿 jiào。

句云："执古之道，以御今之有，能知古始，是谓道纪。"有始纪押韵。可知有古音苡 yǐ。

句云："名亦既有，夫亦将知止。知止所以不殆，譬道之在天下也，犹川谷之与江海也。"有止殆海押韵。可知海古音洗 xǐ。

句云："豫兮若冬涉川，犹兮若畏四邻。"川邻押韵。可知川古音春 chūn。

句云："得与亡，孰病？"亡病押韵。可知病古音棒 bàng。

句云："修之家，其德乃馀。"家馀押韵。可知家古音姑 gū。

老聃如果复活，说"上海人"，我们听成"上喜人"。说"四川人"，我们听成"细春人"。说"先生太保守"，我们听成"申生太保嫂"。说"有病回家去"，我们听成"苡棒回姑去"。这可爱的老头儿，岂不逗我们大笑？其实《易经》《诗经》《庄子》都有以上这些古音。这老头儿是当时的极品高知，他讲的是春秋战国时期的普通话，口音不土。不过据说他是今河南省东部鹿邑县人，此处当时属于宋国，地瘠民贫。从那里出来，或许不免带一点土音。例如《老子》书中三次见到韵脚上的母字，断定读米 mǐ。母读米音，就是土音。周朝天下，母字的官方音读 mǔ（与今音同）。证据是由于宗庙祭祀的《诗经·大雅·思齐》首二句云："思齐大任，文王之母。思媚周姜，京室之妇。"母妇押韵。可知母同今音，这是官音。

老聃的母读 mǐ 恐亦属于当时民间通读。《诗经·魏风·陟岵》句中屺母押韵，母也读土音 mǐ。《诗经·鄘风·蝃蝀》句中雨母押韵，母又读官音 mǔ 了。可见民间读音也不统一。

令人吃惊的是千年前从中原南迁的客家人，他们谨守古音，"宁卖祖宗田，不卖祖宗言"，至今称母为阿米 mǐ，与老聃同。英语妈妈叫 mammy，即妈咪，也带 mǐ 音。古今一脉，四海一体，岂虚言哉？

历史检验司马迁

二十世纪八十年代，某报有一条新闻说，陕西临潼骊山秦始皇陵墓的勘测报告有所发现，其一为墓土的汞含量超标异常。读报看到这里，暗自一惊，心跳加速，坐不住了，赶快去查书。查到了。据《史记·秦始皇本纪》载，始皇墓的地下建筑掘土甚深，冒出三眼泉水。墓中万万不能潴水，乃熔铜液灌入泉眼，堵死。然后在此三铜基础上修筑墓室，安置棺椁。下引原文一段："宫观百官奇器珍怪，徙臧满之。令匠作机弩矢，有所穿近者，辄射之。以水银为百川江河大海，机相灌输。上具天文，下具地理。以人鱼膏为烛，度不灭者久之。"墓土汞含量的超标异常，证实墓中千真万确"以水银为百川江河大海"。司马迁写的是事实而非今之戏说，我们可以信任他。什么叫"经得起历史的检验"？这就是。

墓中的液态汞（水银），两千年来，透过墓室罅隙，缓缓蒸发而出，残存墓上土中，被我们测出来。可以猜想，墓中地下宫殿每个角落都充满了气态汞（水银蒸气）。这是剧毒气体，既能杀盗，又能防腐。燃烛耗氧，显然也是为了防腐。引我猜想的是，利用什么机械，推动水银由川而海，由海而川，环流不已？机械动力从何而来？这就是那个时代的科技成就之具体运用吧？

此外，"上具天文"是说墓室穹顶绘有星图，"下具地理"是说墓室地上塑有地图，这都有待将来发掘证实。若能证实，这就该是世界上最古的星图和地图了。还有，上引《史记》原文后面，又记载了最惊人的一幕惨剧——为了保密，知内情的大批工匠被关闭在墓室外巷道里，窒息而亡。这也是世界之最啊！给暴君唱颂歌，最好低调一点，须知真相终有发掘见天之日。

河南安阳有一个小屯村。村北一湾小水，名叫洹河。一八九九年村中挖出许多龟甲和兽骨，刻有古文字。专家研究，名之曰甲骨文，断为商王朝的占卜文书，极有史料价值。由是恍然大悟，此处应为殷墟（商朝故都遗址）。其实，此处为殷墟，并非新发现，司马迁早就指明了。据《史记·项羽本纪》载，项羽约请章邯晤谈，地点就在"洹水南殷虚上"。虚为墟之古字。洹河正绕村北，小屯正是殷墟。由于甲骨文的发现，司马迁又一次经受了历史的检验。可叹的是，小屯村埋藏的刻字甲骨，千百年来大量出土，粉碎当作药卖，名曰龙骨，可治刀伤，竟无一双能识货的眼睛到这里来。设想东汉许慎，根据《史记》所载，寻觅到这里来，那么甲骨文就会早发现一千七百年。果然如此，《说文解字》书中许多字的解释，一定异于今本。

东坡剽诸葛

　　少时书窗诵读东坡名词《念奴娇·赤壁怀古》，似懂非懂，全凭幼稚的想象飞起来，竟得"神游"趣味。今日回想，当时窗外树影蝉声犹存耳目，而光阴已逝去整整六十年。问学未成，人渐老去，却滋生出一些乖僻，往往怀疑古人诳我。就拿这首词来说吧。黄冈赤壁（本名赤鼻矶）坡公游处是否真有"乱石穿空，惊涛拍岸"之景？他不会诳我吗？

　　长江三峡五十年前坐船游过，惊心动魄，终生不忘。湖北江汉平原却是坐车，无缘一睹江上景物。书本上说，长江奔出三峡，到宜昌南津关，江面豁然开阔起来，烟波浩渺，水远天低。愈向下游去，江面愈开阔，流速愈缓慢。流到黄冈一带，记载未闻有峡。江上景物，"美哉水，洋洋乎"，那是可以想象的。若说那里"乱石穿空，惊涛拍岸"，就不太好想象了。坡公两游赤壁，前赋后赋二篇。前赋"七月既望"，唯见"水波不兴"，"万顷茫然"。孟秋七月正是江洪暴涨季节，流量丰沛，为一年之最大，景物不过如此。后赋"十月之望"，冬季"水落石出"。石头有了，总不会高大到"穿空"的程度吧。至于"江流有声，断岸千尺"，只不过反衬出涸水季节流量锐减，水位降落，也不好说什么"惊涛拍岸"。证之以坡公自己的二赋，愈疑他在诳我。

前几日翻明代傅振商选编的《蜀藻幽胜录》，读诸葛亮著《黄牛庙记》一文云：

> 仆躬耕南阳之亩，遂蒙刘氏顾草庐，势不可却。计事，善之。于是情好日密，相拉总师。趋蜀道，履黄牛，因睹江山之胜。乱石排空，惊涛拍岸。

读到这里，忽然一噎，我惊呆了。坡公那两句，天哪，原来是剽用诸葛亮的。他只改一个字，"排空"改成"穿空"。黄牛庙在三峡最末一段西陵峡中，地处湖北宜昌之西。此庙背靠黄牛山，面临黄牛滩。此处江流狭窄迂回，重岭叠嶂，怒湍骇波。高岸间有巨石，状似一人负刀牵牛，人黑牛黄。古人步行经过此处，绕来转去，走了三日三夜，仍能遥见黄牛山的剪影，所以古谣谚云："朝发黄牛，暮宿黄牛。三朝三暮，黄牛如故。"赤壁之战的前一年，即公元二〇七年，应聘的诸葛亮二十六岁，跟随刘备由西陵峡入蜀，经黄牛庙。以北人而乍见如此险山恶水，遂得"乱石排空，惊涛拍岸"佳句。写景确切新奇，洵大手笔。坡公剽去，用于"水波不兴"，"万顷茫然"，江宽流缓的赤鼻矶，便可能不符合写实之真了。

什么"写实之真"？坡公乃是创派的大词豪，才不要你这一套呢！他的想象飞腾起来，但求景物夺人心魄。又不是画静物写生，何必照葫芦画瓢。真要"写实之真"，像小学生画蛋那样写赤鼻矶，你十四岁那年就不会诵读于树影蝉声的书窗下，得"神游"趣味了。须知"乱石穿空，惊涛拍岸"以山川之险恶暗示水战之激烈，而又缀一句"卷起千堆雪"，呈现壮美意境，正是这首词的成功之处。坡公他不是诸葛亮，诸葛亮写纪实散文，景物必须确实。他乃一代词豪，总要说得天花乱坠，炫人之眼，慑人之魂，他才满意。说他用这两句诳你吗？那你就未免傻得太可爱。赤鼻矶非战场（真战场在蒲圻赤壁），整篇词诳了你，岂止那两句呢？词中说"人道是三国周郎赤壁"，可见他很清楚此处不是。明知不是，这一诳就诳出绝代雄词来。

　　至于剽用一案，我想诸葛先生有灵，绝不会去挑起民事诉讼，要求坡公道歉赔钱。倒有可能下拜，感谢不已。若不经他剽用，世间能有几人还知悉那两句，于问世一千七百九十八年之后？古人不兴版权保护，要剽随你。隋炀帝诗句"寒鸦千万点，流水绕孤村"，被坡公门下弟子秦少游剽用到词中去："斜阳外，寒鸦数点，流水绕孤村。"古人不认为这有啥不好，没有谁去检举秦学士。

　　可能坡公自己觉得总不太好，所以又想遮掩，改为"乱石崩云，惊涛裂岸"。但读者不依，今本仍照旧。这首词用字或许有缺点，就是重复使用。整篇共一百字，竟有三个江字、三个人字、两个千字、两个国字、两个间字、两个如字、两个一字、两个多字、两个笑字。推想当初一挥而就，未能琢磨。坡公是个洒脱人，哪在乎这些。

少年读《水浒传》

影响我至深的文学名著，最少也有三本：一是《水浒传》，二是巴金的《家》，三是《庄子》。读《家》时是高中学生，脑左血热。读《庄子》时已是右派恶人，凄凄惶惶。这些都不说了，只说说《水浒传》。

一九四五年暑假期间，我十四岁，在故乡读初中二年级，受一位姓曾的同班同学传染，迷上了《水浒传》，躲在故家小室中，昼夜狂读，仿佛着魔。那些江湖好汉，简直就是我的兄长。他们闯祸逃亡，抗官落草，攻州牢，劫刑场，我都尾随他们，目击其事，身历其境，惊心动魄。偶尔清醒，返回现实，听见树上蝉吟，窗前人语，倒觉得很陌生，赶快又跑入书中去。看哪，沧州路上的大雪，草料场中的猛火，天津桥上的快刀，野猪林中的飞杖，何其痛快淋漓！令我伤心的是，水亭的响箭，山寨的反旗，聚义厅的"替天行道"，这一切终不免"英雄惊噩梦"，溘然幻灭。读者可知，我读的是七十回本，结尾的回目是"忠义堂石碣受天文，梁山泊英雄惊恶梦"。记得那是上海大达书局印行，四卷本，封面褐黄，绘武松打虎。有同学告诉我，一百二十回本后面受了招安，结局很惨，我就决心拒读。又听说还有部《荡寇志》，专写梁山英雄吃败仗，被擒被斩，我更厌恶，觉得作者太坏太毒，与吾为敌。

《水浒传》应该是我读的第一部长篇小说。后来还读过古今中外的许多小说，其中能读下去的佳作也不少。《水浒传》则不同，不但能读下去，而且能读进去。读进去有异于读下去。对故事感兴趣，由此广我见闻，自然能"读下去"。更进一步，与人物同悲欢，遂至移我心性，就是"读进去"了。我本柔弱少年，不好嬉戏，打架更不行，又怕鬼怕黑，读书用功，极守规矩，一副老成相。自从混入水泊山寨，结识李逵、武松、鲁智深之后，下得山来，心性大变，常常觉得正义冲动，血中燃火，恨这恨那，有太多的不平，就想造反，挥刀于幻象之中，放火于梦境之内。《水浒传》只读过那一遍，却影响了我青少年时期，使我言语文字有失检点，自招奇祸，蹭蹬了大半生。从前说作家是"灵魂的工程师"，后来又不说了。那些枯燥乏味，愚人不得，反而愚了自己的宣传之作，只能惹烦读者，哪能塑造什么灵魂？现在又听说小说供娱乐，管什么教育不教育。我看教育未必，影响作用却肯定是有的。好影响有，坏影响也有。

《水浒传》给了我许多快乐，令我感激终生。首先是开眼界，让一个未涉世的少年乍见社会下层真相，懂得一些人情世故，知悉生存艰难。至于故事转折回环，引人入胜，愉情快感，消我暑假，亦大有益。还有一个快乐，当年我在班上，同学提出七十回目中的任一回目上句考我，我都能回答出下句来。例如提出"急先锋东郭争功"，我便回答"青面兽北京斗武"。不但七十回目回回背得，连楔子的"张天师祈禳瘟疫，洪太尉误走妖魔"这样索然无趣的回目也背得，使同学们不敢小看我，我就得意了好一阵。少时对《水浒传》之熟稔，于斯可见。

我这人谈话啰唆，下笔简明，善用口语，能造短句。文采缺乏，不敢说写得好。但是，写得再拙，都能一目了然，容易看懂。读鄙人的文字，保证不苦。这点点可怜的看家本领从哪来的？可追溯到《水浒传》的文字，那短促有力的古代口语。这也该是好影响吧。

一部红楼饭碗多

　　想起五十年前，连续七日七夜，我读完直排本《红楼梦》，沉溺书中，若痴若醉。随后找来脂砚斋批八十回影印本，又一头栽下去，以福尔摩斯探案的目光，推敲那些朱批墨批，非要给"自传说"找出证据不可。下大包围，不但胡适、俞平伯、周汝昌、吴恩裕诸家的红学著作都研读了，曹雪芹的友人敦诚、敦敏、张宜泉诸人的影印稿本也都翻遍了。记得还有个被判管制的曹雪芹"粉丝"，名叫明义，他著的《绿窗锁烟集》也找来读了。真是一迷何深，看那贾宝玉，就像曹雪芹；看那大观园，"芳园筑向帝城西"，猜想就在什刹海。书中提到一家当铺在鼓楼西大街，很靠近呢。当时觉得自己也有"发现"，笔记若干条秘藏之，人前未免沾沾自喜。我最佩服胡适说书中写后半夜壁钟报时，不写寅时而写敲了四点，正是作者曹雪芹避祖讳（曹寅）。还有周汝昌《红楼梦新证》查出李煦被抄家的档案，惊其用功之深。俞平伯《红楼梦研究》也好看，考证"寿怡红群芳开夜宴"的座次尤其有趣，但终觉得浅了。

　　当年说不清楚为啥如此迷红。现在回头反省，岁月距离远了，也就容易看清楚了。一是少年的我身处顺境，多愁善感，加以旧学略有根底，刚够欣赏书中大量浅显诗词（连对偶的回目都能过眼成诵）。二是书中那一大群少女，无论小姐丫鬟，看来个个生动灵活，实在太可爱了。那时与人谈论宝钗和黛玉之比较，口头总说黛玉可爱，心头其实觉得薛宝钗、薛宝琴、史湘云、贾探春、贾惜春也都可爱。推而广之，便是晴雯、袭人、紫鹃、香菱、芳官、龄官、小红，乃至妙玉、鸳鸯、平儿，仔细想想，又何尝不可爱。爱诸女子，从而迷红，那是必然。三是书中人物居然不见"典型塑造"斧凿痕迹，例皆平实自然，着墨不多，活鲜鲜的，不露"描写"加工，绝非"创作"所致。他们不同于鲁迅笔下的阿Q，甲地找脸貌，乙地找短衫，丙地找毡帽。他们似乎都是自己走进荣宁二府和大观园来的，不需要曹雪芹给他们一一化装。难怪王国维或别的先贤说本书是"自然主义"之作。这和我们规定的革命现实主义创作方法，亦即木偶化装之术，大不相同，所以我感兴趣。纵然有曹雪芹的朋辈活到今日，告诉我们书中人物是虚构的，我也坚决不信。他们太真实太平常，仿佛至今还活在另一度空间内，常常诱唤我们通过时空隧道寻找他们。以上三原因，使我那时做了红迷。若不是撞上一九五七年的诗祸，戴帽弄去劳役，我也会顺水混入红学的圣池，到今日也"资深"了吧。

　　今日红学家愈来愈多，研究也愈来愈细、愈来愈奇、愈来愈精。成绩喜人，大有助于对《红楼梦》的解读和领悟。今日红学盛况，堪追莎士比亚作品研究。莎翁身上拔一根毛，都可以做学术论文，得个博士学位。曹侯略逊一筹，不过红学发展空间宽绰，矿脉富蕴，可能愈挖愈多。真该感谢雪芹老哥，功德无量，他在书中埋藏数不清的饭碗，供我们挖。饭碗二字不含讽刺。某些文人如鄙人者不算公务员了，所以挣钱吃饭天经地义，何必讳言饭碗二字。那些数不清的饭碗在《红楼梦》中埋藏得太深，不是空间的深以尺为单位计，而是时间的深以年为单位计，须待两百年后，方才大量出土，被我们挖到手。两百年之前，乃至一百年之前，曾有个别红迷在书中看出了点点矿脉，也算有所发现，还写入笔记内，但终构不成饭碗的意义，因为不能拿去安身立业，只能聊供谈助而已，不像今日，只要挖到碗瓷一片，都算红学家了。

世间最无奈的事情就是荣誉不能预支。伟人生前贫病潦倒，不能申请把身后的铜像折合成油盐柴米，提前付给本人，以纾穷困。遥想两百五十年前，雪芹老哥住在北京西郊香山正白旗营，敦诚所称"黄叶村"中，门前"满径蓬蒿"，他和新妇幼子共三口人"举家食粥"，常常贷粮赊酒。他若真有那么多饭碗，何不自家享用，倒拿去埋藏着留给后世。他在写书时绝对不察觉是在纸上埋藏饭碗，只是心想着"闺阁中本自历历有人，万不可使其泯灭"罢了。然而这句话我觉得仍是托词，当不得真。真实的原因是雪芹老哥人到中年自思，"一技无成，半生潦倒"，感到来日茫茫，加之眼前"茅椽蓬牖，瓦灶绳床"，寒暑难熬，饔飧未继，使他烦闷不堪，只好回避现实，投身入《红楼梦》的写作，追想那失去的富贵乐园，咀嚼当初那些男男女女一举一动一颦一笑，以及种种可喜可爱可悲可叹之事，这样他才快活。做"白日梦"追求快活，优秀作家莫不如此。说白了，这样写起来才过瘾，不然就烦。说这位老哥写书是出于社会责任感，目的是要批判什么弘扬什么，我不相信。一部书中是是非非当然会有，但非下笔前的动机，乃是书成后的效果。当然，有些作家例外，他们思想先行，正心诚意，批判敌方，弘扬主义，清清醒醒地写，既不做梦，亦非过瘾。不过曹雪芹不是那一类作家。就是伟大二字，也是我们加给他的，他不可能想过。他只是一头栽进去，似傻若狂地写。正是这种非功非利的写作态度，忆旧述实的写作思路，遣愁追欢的写作动机，"难耐凄凉"的写作环境，以及天资优越的写作才具，产生了《红楼梦》，而许多饭碗亦在其中矣。试想想，自己不下泪，怎使人哭泣？自己不鞔颜，怎使人欢笑？自己不沉到笔下，怎使人溺于书中？

饭碗是无意之间埋藏下去的。曹雪芹若意识到自己正在做慈善事业，思路一被干扰，好梦就弄醒了，还写什么。泉下无知，恐怕更好些吧。他若有知，闻说两百五十年后挖碗打架，定要哭笑不得。

说书艺术写新篇

旧时吾蜀城乡各地皆有民间艺人说书，娱乐民众。说书艺术分为两类，一类是"讲圣谕"，一类是"讲评书"，各据场地，互不侵犯。所谓圣谕多讲忠孝节义故事，每含因果报应观念，以收惩恶劝善之效。听众全是妇媪孩童，以及老叟。成年男子不听，嫌其宣讲内容太婆婆妈妈了，不够刺激。圣谕节目有《安安送米》《丁兰刻木》《赵五娘断发》《李三娘研磨》《雷打张继保》等。宣讲圣谕多在晚夕，人家夜饭之后。例须叠桌搭台，场地总在街巷大院门前，乡村则在祠庙门前，以便广纳听众。听圣谕免费，钱由主家出。主家酬神还愿，礼聘当地圣谕老师登台宣讲。开讲前要焚香燃烛，禀告神明，唱诵十愿："一愿风调雨顺，二愿五谷丰登，三愿民安物阜，四愿水火远行……"然后进入故事，条声悠悠道来。每讲到感人处，台下便闻抽泣之声。童年夜坐老家门口古槐阴下听过多少圣谕，记忆鲜活至今。至于蜀人所谓评书，即说书也，非书评也。说书艺人汉代已有了，有说书陶俑为证，它是成都北郊汉墓中发掘出来的，时在二十世纪七十年代。说书艺术到宋代而繁荣，其情形见诸《东京梦华录》《都城纪胜》《梦粱录》。说书以故事内容分，有"小说"专讲"烟粉、灵怪、传奇"，有"说公案"专讲"搏刀赶棒及发迹变泰之事"，有"说铁骑儿"专讲"士马金鼓之事"，有"讲史书"专讲"前代书史（所载）兴废征战之事"。此外还有说《孟子》的，说佛经故事的。最引我注目的是北宋时已经有"说三分"的，也就是说三国故事的，比罗贯中的《三国演义》早得多。据苏轼笔记载，京城小孩在家无赖，便给零钱叫去听书。听到曹操败了就鼓掌笑，听到刘备败了就丧气哭。记载的正是"说三分"。蜀中旧时"讲评书"承续宋元明清以来民间说书艺术传统，盛况空前。县城乡镇茶馆常有"讲评书"的，听众扎断半边街，惊堂木拍得路人探首。那时没有电视，没有电影（仅成都有），偶有戏剧，文娱匮乏，致使说书大有听众。少时在故乡茶馆痴听过《三国》《水浒》《说岳》《小五义》《施公案》《玉丝带》《鸳凰剑》等，多属武侠故事。评书老师也是"高台教化"，因为台高声远，又能让人看见他比画的一招一式和夸张的表情。每讲到生死交关处，他就忽然闸板，下台收钱。各桌茶客纷纷抛零钞入托盘，而那些鹄立在茶桌间"听战国的"则免费了。钱收完回台上吸烟，然后续讲。一般长篇故事可连讲八九夜，盛况不减。夜深评书收场，各自回家。黑巷无灯，独行怕鬼，吓得寒毛耸立，到老不忘。

从宋代到民国，千年以来，说书节目翻新不止，说书传统绵延不绝，劝善惩恶和娱乐消遣之功能亦一直维持着，足见民间文化形态生命力之强韧。朝代换了四个，其中两个还是异族入主，可谓天翻地覆了吧，又怎样呢？并未怎样，书照旧说。到了二十世纪五十年代，说书艺术忽焉衰竭，旧有说书节目打入阴山背后，任其瘐亡。一般而言，各类曲艺节目都具更新能力，可以改新词换新话。说书故事不同，因其主题思想无非忠孝节义，改改词换换话不能起死回生，自不待言。何况宣讲那些帝王将相、神仙侠客、公子佳人的长篇故事，不能照着底本背书，需要一路上加瓢添馅，抛些噱头，随意点染生花，或是卖弄关子。这些即席性的添加剂不可能事先送审，这就使演出成为不可能。也有一些"革命文艺工作者"教艺人说新书《铁道游击队》《地雷阵》《红岩》《刘文彩水牢》等，虽耸动一时，而终归岑寂。想来也是，严肃凌厉的革命故事，拿到自由散漫的茶馆里，用陈旧的腔调，辅之以古老的手势，讲给杂色的闲人听，确实未免滑稽可笑。至于那些"讲圣谕"的，因被目为"宣传封建迷信"，在蜀中比那些"讲评书"的更命蹇些，连艺人的身份都未取得，早已鼠匿。说书艺术式微，似亦必然之理，莫可奈何。

沉寂三十多年以后，前几年成都茶馆里又出现所谓散打评书。查其内容，无非言谈逗笑，噱头开花，或近似《东京梦华录》的"张山人说诨话"，而非宣讲故事的蜀中旧有的圣谕和评书，不过也算说书而已。只是旋起旋落，终难走红持久。

近来有小说家刘心武讲《红楼梦》，又有教授易中天讲《三国演义》，皆上电视，轰动全国。这是说书艺术复活，古老传统新生。读到此处，或有读者要抗议说："不伦不类，你在胡说。"他以为讲故事在茶馆和书场，听众给钱，这样才叫说书。我说，时代不同了，听众文化水准，较之六十年前，已大大提高了，他们早已不餍足于低水准的听故事了。何况年年长篇小说上千种出版，日日夜夜电视剧演不完，所谓故事滥若洪波，读者早已经胀憋了。刘易二位聪明，故事中间夹一片"学术"，遂创成新说书，承续了旧传统。书场从茶馆飞上荧屏去，"出自幽谷，迁于乔木"，顺潮流也。一家茶馆，听众有限，讲酬菲薄。飞上荧屏，全国上亿家庭，那"茶馆"该多大，经济效益不可同日而语，此亦现代化也。俄罗斯谚语云："草不照旧的长，花不照旧的开。"此之谓也。又或有读者说："你把他们二人贬成说书的，恐不妥当吧。"我说，当今小说家和教授多得滥市，并不矜贵，其间能以说书鸣者唯刘易二君而已矣。说书的如明末柳敬亭，名留青史，绝不低俗。我没有贬损他们的意思。

电视的普及彻底颠覆了昔年的茶馆评书和街巷圣谕，致使大众文化娱乐场所搬迁到荧屏上来，这就叫现代化。旧说书淘汰了，新说书红起来，没有什么不好。说书艺术从形式到内容与时俱进，蜕变一新，螺旋式地升起来了。新得炫目，乍看之下，无以名之。从历史角度看，明明白白就是说书而已。

宋代的瓦子里，说书人也有文化高的，能说《孟子》，能说佛经，能说正史。窃以为，新说书大有拓展空间，不妨也说一说《诗经》《庄子》《史记》等，还要说得很有趣味，让人不觉得那是娱乐。吾国典籍丰富，大有可为。

每忆星星月月游

欢笑的日子总是过得太快，令人感伤。

闲来忆旧，想起一九七九年年底，我从故乡调回成都市布后街二号大院刚复刊的《星星》，仍做普通编辑，何其快乐。当时看见国家前景一片光明，自身又欣幸脱离了苦役，正好努力工作。早晨八点不到，就提着温水瓶，端着浓茶，上班来了。星期日被当作星期七，仍来上班。此时室内空寂无人，不闻干扰，正好赶工。平时上班，看稿回信之外，还要给外地报刊写专栏文字，忙得头晕眼花。日日又有诗友或投稿者不速而至，来到编辑室中一坐，亮嗓喧哗，而我以及主编副主编等就得停笔敬烟，陪客笑谈。谈到劲头上，主客双方一激动，对话滔滔不绝，挥霍一个钟头，堆垒半碟烟蒂。那些年里，四川省文联十多个办公室，唯《星星》编辑室最热闹。

那时还是大院平房，花木扶疏，编辑室内宽绰，摆得下十多张办公桌。长于我的兄辈有白航主编、陈犀副主编，游力、曾参明、蓝疆，连我在内皆熟手。难得的是同心协力，不存在惯见的那些七拱八翘。这是快乐之源。小青年新同事来来去去先后有二十馀位之多。他们皆生手，做见习编辑，兴致高，气氛热。这是快乐之流。新老同事之间，独出个鄢家发，不老不新，比六位老编辑年幼许多，比一群新编辑年长许多。其位居中，承上启下。又一个难得的是鄢家发天性善良，而又快活。善良快活之外，更难得的是他像小孩一样喜好游玩。《星星》诗刊同人的月月游就是他鼓动起来的。你看他笑嘻嘻走到每位老同事桌前，脸上有不好意思的表情，搓着双手，恭敬地说："老师们辛苦了，松弛松弛。"问他怎样松弛，原来是去郊游。孔夫子领队的郊游，一年只有暮春一回，"冠者五六人，童子六七人"，江边戏水，跳舞唱歌。鄢家发鼓动的郊游，一年竟有十二回，总在每月《星星》编排完毕，发稿到印刷厂之后的某一天。说"辛苦"，是真的。白航损目，眼现血斑。陈犀熬夜，口散烟臭。我辈老编辑，个个认真干，没有不累的。鄢家发一鼓动，大家就响应了。从此以后，每见鄢家发走来说"辛苦"，大家就想起又该"松弛"了。别看这鄢胖娃（绰号）脸上憨厚，他能运用松弛二字遮掩擅自放假，亦算心头明白。我一想到他的语言伎俩，就觉得挺有趣，称呼他为"松弛松弛"。

出游之晨，《星星》全体人员在布后街二号门前聚合，比孔夫子的队伍大一倍，会餐够坐两张圆桌，猗欤盛哉。车子鄢家发早已安排好。编辑室不留人，锁了。省文联的其他部门，见我们这边如此之好玩，没有不羡慕的。大家上车，不讲虚仪，都随便坐。到了景区茶馆，不分主从，都随便说。这罕见的随意平等，应该说导源于白航人品。这位老大哥待下属简朴，既做不来假眉假眼"亲切关怀"，又学不会拿腔拿调"严肃帮助"。

看他对你似乎不闻不问，其实那是对你尊重信任。而待
鄢家发和气如侄辈，听他闹着要去游玩，就陪他去游玩
一天，全不在乎是否"政由己出"，真是难得。

游车上路，近郊则杜甫草堂、武侯祠堂、望江楼、
青羊宫，远郊则新都桂湖、广汉公园、灌县二王庙、崇
庆罨画池，都是赏景喝茶，说诗谈文，简直就是兰亭雅
聚的现代版。午餐又是鄢家发安排，编辑室的"节馀"
付款，吃得满意，花钱不多。餐桌上的白航敬酒之辞，
寓悲酸于谐谑，仅一句："祝愿今后不再互相揭发。"接
着便是鄢家发的一一劝饮，无非"辛苦""松弛"之类，
聊可助欢。

这样欢笑的日子都过去二十年了，鄢家发也老了，
白发了。前几天将稿本《雪蝴蝶》拿给我看，要我写几
句作纪念。他自一九八三年出版诗集《古原上的太阳》
后，又有《蝴蝶帆》《寂地》《边地雪笛》《永恒的漂泊》
《回望与歌谣》《散落的烛光》六种也是诗集陆续面世。
眼前的《雪蝴蝶》算来是第八本。他说："这是最后的
一本了。"闻听此言，我心伤悲。稿本看完，发现诗风
已大异于往昔，可比作寒蝉鸣。借《红楼梦》回目，这
是"感秋声抚琴悲往事"，恰好引起我的共鸣，并激活
了月月游的记忆。我自知无诗才，不诗已多年了，不便
妄议好朋友的得失长短。所以就此搁笔，藏拙为佳。

从袍哥说起

清朝结尾那年即一九一一年夏秋之交，吾蜀士绅率先反清，以捍卫川汉铁路筑路权为由，成立了保路同志会。自省城而各州各县，同志会遍地开花，势若山洪骤至，不可抵挡。很快又武装起来，建立了同志军。各州县同志军又合围省城，四面攻打成都，公然造反。由是引发武昌起义，辛亥革命，推翻清朝，创建民国。怪哉同志会，说成立就成立了，不数月而使江山变色，为啥来得这样快耶？原来各州县的同志会，其骨架就是当地早就有了的哥老会组织，川人叫作袍哥，官方看来就是黑社会。袍哥一词，《辞源》《辞海》不收，在下只好解释一下。《诗经·秦风·无衣》首章："岂曰无衣，与子同袍。王于兴师，修我戈矛，与子同仇。"同袍就是俗话说的打伙穿一件衣服，所谓战斗友谊是也。同在一个组织里，相提相携，互称哥弟，故名袍哥。袍哥组织严密，清规戒律苛细，讲究内外有别，很不透明。据袍界中人说，袍哥组织起源于清朝初年，长江下游的秘密反清活动。初名汉留，首领有顾炎武和黄宗羲这些学术大师，以反清复明为宗旨。后来，势力溯江而上，随着湖广移民入川之后，乃称袍哥。迨至乾嘉盛世，天下安谧，反清色彩终归泯灭，袍哥性质遂演变为代表士绅利益的地方社会力量，用以抗衡官府的行政力量，协助保境安民，当然也有武断乡曲，仗势欺人的。到了清朝末季，蜀中各州各县，乃至一镇一乡，皆有袍哥组织。故乡金堂县城即今成都市青白江区城厢镇，就有三个袍哥组织，皆以山名。当地谚云："飞龙山，出歪人。万年山，出差人。长寿山，出举人。"飞龙山组织内多有豪强土霸。万年山组织内多有衙门官吏。长寿山组织内多有绅粮文人。民国十六年即一九二七年三山合为一，名曰忠义公，包罗全县袍哥，形成表面一统。历任县官，下车伊始，都要拜袍哥码头，行政措施都要同舵爷们商量着办。否则掣肘窒碍，难以推行。倒是国民党县党部门衰祚薄，编制仅有四个名额，其势力不及袍哥的十分之一。政府固然是国民党的政府，而社会却是袍哥的社会。凡举办城隍会、开茶馆、烧龙灯、操练民团、贩卖鸦片、维持风化、摆赌、祭孔、调解纠纷，以及竞选国大代表和立法委员，皆由袍哥把持。甚至官方剿灭土匪，都需袍哥支持，乃奏敷功。拿现在的话来说，全属丑闻。

我自幼闻说天下袍哥共有一本《海底》，辗转手抄，内部密传，绝不示人。访诸故老，竟无一人见过，但都说有。书名"海底"，在下推测，盖取孔子"海内皆兄弟"之意，海指天下袍哥也。《海底》者，写袍哥老底之书也。袍哥既以海名，作动词用，音 hāi，所以操袍哥又谓之海袍哥。《海底》之书，久访不得，殊不料在王洪林《俗韵会通》书稿中乍见之。惊喜雀跃，自不用说。王洪林，四川资阳人，雅好桑梓史志研究，著有

《何村今昔》一书，颇具创意。他的这部《俗韵会通》可分四个部分。第一部分题曰袍仪，也就是袍哥的仪礼吧（兼含史略材料），必定出自《海底》无疑，但也只是《海底》之一部分，非全书也。窃闻异地袍哥晤面联络，例有暗语盘问。问从哪里来，必答木羊城中来。问木羊城中见到啥，必答木羊城中见到三锅十八灶云云。若答错了，便可能是官府派来的奸细。《俗韵会通》袍仪部分无此记载，亦无袍哥历史源流记载，故可断言非《海底》全书也。

读了袍仪部分，方知袍哥组织之严密、等级之严格、纪律之严厉、风气之严肃，一点也不乌合，俨然是要做大事的。难怪他们在四川做出那样轰轰烈烈的革命事业，催生了中华民国。若不是他们蜀中造反，逼使湖北新军入川来镇压，造成武昌起义的大好机会，清朝恐怕还要再拖几年才会垮台。不过，从袍仪过程中同时也能看出种种大不祥之怪相，一是他们言辞之唱腔化，二是他们举止之舞台化，三是他们仪式之烦琐化，四是他们会议之形式化，五是他们结构之极权化，六是他们观念之古代化，七是他们头脑之迷信化。其可笑不亚于洪秀全的那一套仪礼。洪秀全早期在广西搞的革命组织，其行为模式不就是"前袍哥"吗？四十年前的一九一一年，在川西闹保路同志军，势如破竹，胜利辉煌是他们；四十年后的一九五一年，在川西闹"反共救国军"，以卵投石，自取灭亡又是他们。一切事物的价值是正是负，莫不随客观环境和时代潮流之改变而改变。所以说，四川的袍哥值得研究呢。

除了历史研究价值，这类材料还可视作民间文学中的俚俗韵文作品，供专家研究。这正是《俗韵会通》的旨趣所在。书中第二部分题曰惊人炮，第三部分题曰照胆台，总共收集了半个世纪以前讲唱于民间的圣谕故事底本十一篇，亦俚俗韵文作品也。讲圣谕有异于讲评书，幸勿混淆。评书亦即说书，设座演讲武侠公案水浒三国之类，竦动听闻，快意忘形，听众多系青壮年男子。圣谕则讲唱忠孝节义劝善故事，感化人心，听众多系妇孺儿童。南宋陆游《过赵家庄》诗云："斜阳古柳赵家庄，拊鼓盲翁正作场。身后是非谁管得？满村听说蔡中郎。"这是盲艺人说唱大鼓书蔡伯喈和赵五娘的故事，类似讲唱圣谕（圣谕也有赵五娘截发的故事）。旧时人家酬神还愿，出钱雇请讲唱圣谕一台。邻里坐聚台下，静听宣讲先生缓缓道来，不时迳声悠悠吟唱一段，凄凉动听，余音缭绕于树影夕阳下，亦甚有味。讲到最动情处，妇孺群中往往响起啜泣之声。那些劝善故事，包括《俗韵会通》书中这十一篇，拿现在的眼光看，多不可取。其间鄙陋可哂之处，固不用说，且多愚昧迷信之谈，兼有鼓吹奴性之调，令人难耐。但是，你得承认，这就是民间的小说创作。嗜痂成癖者赞之为瑰宝，数典忘祖者詈之为毒瘤，皆非公正之论。还宜平心静气，阅读之，研究之，从而得出自己的结论来。再不像样的东西，置之于彼时彼境之中，莫不有其存在的合理性，而可资借鉴于今时今境。王洪林有搜集之功，令我佩服。

前面提到的十一篇，其中有一篇《洋奴祭》原不是圣谕故事底本，当另说之。作者秦立堂，清末举人，书院主讲。你别以为他是个子曰诗云的迂夫子，他的这篇韵文不但嬉笑怒骂，而且是用白话口语写的，熟练流畅，机智诙谐，洵佳作也。流传民间百余年了，有幸编入书中，足见其生命力之旺盛。

《俗韵会通》的第四部分和第五部分稍嫌丛杂，但亦有其价值，不妨耐心读之。这两部分，虽嫌丛杂，然皆可以归入应用文类。如各种格式的庆吊诗词，当时作为范本，供人改头换面以应用之。又如各种格式的祭文，林林总总，蔚为大观，可供各种不同身份的生者套用来祭奠各种不同身份的死者，以成礼仪，而尽人伦。又如各种格式的契约、合同、会簿、启事、辞呈、悔忏之类的应用文，莫不具有彼时彼境作为摹本的实用价值。这一部分题曰塾师录，便透照出一个小小的秘密。当时陋巷中的老儒、衡门下的文士、三家村里的塾师，例皆藏有这些应用文类，以备不时之需，代人捉刀，挣点散碎银两。可叹今之作家，小说、散文、论文、新诗样样随写，就是连一纸契约都写不来。曾见房地产的契约，上面写明"四至"，细致精确，惊为观止。大学中文系开有写作课，不知是否也教这些应用文类。

王洪林嘱我作序，谨书如上。时在二〇〇二年三月六日。

昔年我读余光中

那时，北京《诗刊》每月发行四十万份，四川《星星》每月发行二十万份。一次诗朗诵，听众两三千，成都一地就有诗人三百以上。如此盛况仅仅见于二十世纪八十年代初期，不但空了前，而且绝了后。噫，大家忽然风雅起来了吗？非也。那时九州月落，长夜破晓，凡睡醒者莫不睁开眼睛，不过未敢贸然起床，深怕有所触犯，一个个都尖起耳朵，侦听门外有何动静。新诗在那时就是报晓的鸡啼。一句"天亮了"能使人心跳，翻身坐起。一句"政策必须落实"能引起朗诵会鼓掌的暴风雨。"中国又有了诗"，一个诗人这样写道。

也是那时，我从故乡返回成都，从二十年苦役归队《星星》编辑部，心头快活，工作夜以继日，星期天当作星期七。日夜看稿改稿，同时写诗写文，还要复信。某日从来信堆中翻出一封香港刘济昆写给我的，说他编的《天天日报》副刊连载我一九五七年出版的诗集《告别火星》，并且逐日寄剪报来。我很感激，就和他频频通信，虽未晤过面，却无话不谈。在某一封信上，刘济昆说，台湾诗好，有一个余光中尤其好。随即寄来三本台湾出版的诗集：一是《当代十大诗人选集》，二是《郑愁予诗选集》，三是高准《葵心集》。《当代十大诗人选集》排列诗人顺序，第三是余光中。看照片人很瘦，属龙，大我三岁。这三本台湾诗集放置书桌上，时在一九八〇年秋。当时工作太忙，我只读了高准《葵心集》，觉得诗风与我相近。又读了《郑愁予诗选集》，觉得精巧，有宋词味。固然两位都好，但难以惊悚我。《当代十大诗人选集》这一巨册，无暇翻读。刘济昆又来信，劝我读后写出一些看法，作为评论文章发表，当有益于海峡两岸诗艺交流，亦大好事。为不辜负他的美意，我翻开这一巨册，读了彼岛十大诗人之首纪弦。此老之作，短小活泼，潇洒之至。偶有"政宣"作品掺杂其中，未免扫兴。读完纪弦一家，又因差旅北行，不克续读。遨游两月归来，案头山积，更不可能读了。

忙到一九八一年初秋，差旅东行。列车长途，不可闲度，终于在酷暑与喧噪里读完纪弦之后的九家。车上五十二小时，窗外景物一无所睹，唯神游于书中灵境，满心喜悦。其间最使我震动的是余光中。读他的《当我死时》《飞将军》《海祭》诸诗，想起孔子见老聃时所说："吾始见真龙！"

也就是在这时，在列车从成都到上海，转乘去南昌的车厢烤炉里，我反复权衡了刘济昆的劝说，立志要写《台湾诗人十二家》一书。《星星》主编白航嘱我为本刊写专栏，正好以此应之。差旅结束，回成都后，我便动笔。我尊重彼岛《当代十大诗人选集》的权威性质，在现成的"十大诗人"之后，添上郑愁予和高准，得十二家，一一介绍。《星星》一九八一年一月号到十二月号，连载这十二家的介绍文字，并附录诗作数首，每月一篇。陆续刊出后，反映很不错。翌年成书，正式出版。《星星》三月号介绍余光中的文字并附诗刊出后，我给余光中写信表敬意，托刘济昆面呈。不巧的是余光中已离港返台授课一年，要等他回港才好面呈。

一九八三年余光中已回香港中文大学续任教职，给我写了回信。钢笔字，很方正，严肃坚定，一笔不苟。信中有一段话我最赞同，如下：

> 我们的社会背景不同，读者也互异，可是彼此对诗的热忱与对诗艺的追求，应该一致。无论中国怎么变，中文怎么变，李杜的价值万古长存，而后之诗人见贤思齐、创造中国新诗的努力，也是值得彼此鼓舞的。

这是君子之言，和而不同。此后蒙他不弃，陆续来信赐教，并赠《余光中诗选》和他别的诗集多种。拜读既多，感想生焉。天下之诗汗牛充栋（《星星》每日来稿两筐），可读的却很少；可读而又可讲的更少。余光中诗不但可读，且读之而津津有味；不但可讲，且讲之而振振有词。讲余光中我上了瘾，有请必到。千人讲座十次以上，每次至少讲两小时，兴奋着魔，不能自已。回想当年盛况，觉得好笑。诗能迷人，确实如此。那几年内我讲过的余光中诗有《当我死时》《飞将军》《等你，在雨中》《罗二娃子》《所罗门以外》《乡愁》《民歌》《盲丐》《白玉苦瓜》《小褐斑》《长城谣》《唐马》《雨伞》《六把雨伞》《水晶牢》《橄榄核舟》《哈雷彗星》，等等。例皆打印成件，人手一册，逐字逐句细讲，还要粉笔板书，就像上国文课。有一次讲完课下台来，一位先生上前低声问我："余光远是你大哥？"我点头说是。他接着问："余光中该是你二哥吧？"我赶快声明不是。猜想他是见我如此卖力宣讲其诗，故有此疑。

《台湾诗人十二家》出书前，我又写了《隔海说诗》十四篇文字，在四川的《当代文坛》连载。其中一半篇幅都说了余光中。后来加上长序，也成了书，正式出版。当时海峡两岸阻于政治风涛，尚无交往，我这样做，不免招来物议。我当时憨胆大，自认为拥护党的十一届三中全会路线，拥护改革开放，此心可鉴，怕他个甚，所以全不放在心上。我的办公桌靠窗，放着一本《余光中诗选》。几天后，桌上的这本书不见了。遍找找不到，遍问无人借，我就疑心是重庆诗人李钢，此崽最爱搞恶作剧，近日又夜宿在编辑室内，一定是他作案。可是李钢大呼冤枉，他说："我已熬了一个通夜，把《余光中诗选》抄誊完毕，还拿书做啥嘛？"究竟是谁拿了，遂成悬案。我给余光中写信，谎说那本书被人借去不还。于是余光中又寄一本来，扉页题写"再送流沙河兄"。这也算是趣闻吧。

一九八六年我又选余光中诗一百首，一一加以分析，作为导读文字，附在诗后，拿到安徽《诗歌报》上连载。此报面向全国，拥有读者甚多，遂使影响扩大（此前只在四川）。《余光中一百首》后来也成了书，正式出版，一印就三万册（真实印数远不止此）。我在本书编者前言中说："余光中的诗作儒雅风流，具有强烈的大中华意识。余光中光大了中国诗，他对得起他的名字。"赞美当代诗人，我从未如此狂热过。惭愧的是此书印刷窳劣，又不付酬给原诗的作者，只给我二百五十元。我拒收，添成八百元。看在熟人面上，忍辱收下。此事我无法向余光中交代，至今横鲠在喉，扼腕捶桌。

大约是一九八七年，台湾陈映真来四川省作家协会座谈，介绍彼岛文坛现状，说余光中很右，属于官方诗人。有些人的说法比他的更难听，我早已听熟了。轮到发言，我说："无论此人是否属于台湾官方，都不妨碍我欣赏他的诗。"算是有来有往，维持平衡。大约也是这时，《人民日报》台湾专栏以香烟盒大小的篇幅刊出余光中一九七一年写的小诗《乡愁》。这是当时党报对待一首诗的态度，显然是着眼于诗之本身是好是坏，而不像陈映真那样审查诗人"左"耶右耶民乎官乎。这样审查一个作者，曾被奉为金科玉律，我们实行多年。谢天谢地，总算一去难复返了。

又想起一段趣闻，不妨说说。一九八二年夏，余光中信上说："在海外，夜间听到蟋蟀叫，就会以为那是在四川乡下听到的那只。"信上故国之思，深深使我感动。四年后，他写的《蟋蟀吟》中两行："就是童年逃逸的那一只吗？一去四十年，又回头来叫我？"表达了相同的意思。信上的那句话触动灵感，我写了《就是那一只蟋蟀》作答，发表在香港《文汇报》副刊上。朋友酬唱之诗，被人嘲谑为"利用蟋蟀搞统战"。一九八八年我差旅北京，北京电视台制作中秋节朗诵诗节目，已选这首诗。某人要求说："必须征询陈鼓应的意见。"陈鼓应曾有讨伐书《这样的诗人余光中》在彼岛出版。敌忾既深，一见那首诗有涉余光中，便叫取消。真是外来的和尚好念经，节目就取消了。翌年，人民教育出版社编高中第四册语文课本选入这首诗，给中国数百万高中生读。并给诗句作注释云："台湾著名诗人余光中，一九二八年生于南京，现任高雄中山大学文学院院长。"如今又过去十五年，高中生读者若累积计算恐怕上亿了。陈鼓应若有知，当大不快。

二十五年浑浑噩噩一梦，醒来人就老了。新诗大潮早已消退，绝不可能再来二次。青丝成白发，炬火余寒

灰。昔年恩恩怨怨，群鸡争虫罢了。只是回头写来，堪
作趣闻，娱人娱己，或可助谈资吧。我在二十世纪八十
年代之末，悟到自己缺乏天赋，乃停笔不再写长长短短
的诗句。从前我写的诗，或偶有可读的，但是皆不可
讲，因为太浅白太直露，讲起没味道。看清自己之丑，
亦算明智。昔年读余光中，我最大的收获，正是这个。

又挑金庸

　　曾有拙文挑剔金庸给学校写门联，不谙对仗平仄，而且意境阙如，道理亦谈不上。前几日他入川，游九寨沟，返成都坐茶馆。据记者报道说，"在雪白的宣纸上，他动情挥墨，留下二十八个大字"：

　　　　乘兴品茶顺兴馆
　　　　喜见传统皆呈观
　　　　蓉城悠闲宛然在
　　　　奋发腾飞心胸宽

　　金庸写完后，谦虚声明说："我作文章，平仄押韵搞不清，作得不好。"这是老实话，我不好再挑剔黏对平仄的毛病了。他也未说过这是一首七言绝句诗，我又怎好以格律和意境绳之呢。只是有一点不得不指瑕，"呈观"生造蹩脚，词性违碍，讲不过去。本来要用"呈现"才通，为了落脚平声，就强改"现"为"观"，以至明知故犯。韵文易犯这种错误，不足深责。我要挑剔的是他在九寨沟的题词。那也是"28个大字"。

第一句"长江源头九寨沟"就让我吃一惊，疑心自己老眼昏花，是不是看错了。忆我童年，小学地理课本就有"长江发源于青海唐古拉山南麓"。与此相应，还有"黄河发源于青海巴颜喀喇山北麓"。老师叫背熟，期末要考的。过了六十几年，怎么又发源于四川九寨沟了？二十世纪八十年代，有勘测队到青海唐古拉山南麓，找到长江源头，在那里竖了碑！噫，是他们找错了地方吗？这个玩笑开得不小，第一句为"长江源头九寨沟"的那首诗，还在成都报章上大字登着呢。当编辑的心知其错而不改正，不是有意拿大师来出丑吗？金庸若肯偶一收看中央台的天气预报，也不至于犯这样低级的错误。天气预报一开头就映出中华版图，长江黄河两条明亮的曲线非常醒目，一瞥而知江河源头在哪个省区内。九寨沟离长江源头两千里以上，"失之千里"要乘二了。不但不是长江源头，九寨沟也不是岷江源头。准确说，是在白水江的上游，但也非源头啊。

金庸的这个错，错得"很有学问"。想必他读过《尚书·禹贡》吧。古人就是认岷江为长江上游，所谓"岷山导江"正是如此。古人这个错认，延续两千多年，到了明清两代，方才厘清。金庸可能为古书所累，犯了地理常识错误，贻笑于小学生。这是他游九寨沟第一天的事。

第二天又给一群著名作家讲羌族历史课。据记者报道说："说起自己拿手的历史，金庸显示出了他的博学，成了名副其实的教授，在座的都变成了恭敬的学生。"鄙人不在现场聆教，未敢臆评。谨就报章文字所载，再来挑剔三下。

一、金庸说："羌以前是母系氏族，所以羌字当时是姜。后来成了父系社会时，才改成了羌。"这是想当然的说法。甲骨文羌字多，有三十四种不同的写法，而所指皆族名。董作宾说："羌字从羊从人，谊为牧羊之人。"说本《说文解字》，世所公认。羌字下面的儿即人，是指牧羊之人，代表畜牧民族，此与所谓父系无关。比较起来，甲骨文姜字极少见，只有一种写法，而所指为姓之一种。女生为姓，所以姬姒姚姜诸姓字皆女旁，此与所谓母系确有关系。照金庸说，造字之初，先有姜字，后有羌字。但是《说文解字段注》认为先造羌字，"姜字盖后所制"。吾从段玉裁说。

二、金庸说："羌族在历史上曾经是最大的民族。羌族与西南的汉人联盟，建立了西周。"这大概是指周武王伐纣，建立周朝。所谓"西南的汉人"又是大笑话。据《尚书·牧誓》载，武王伐纣，统帅庸、蜀、羌、髳、微、卢、彭、濮八族战士，宣誓牧野，直捣朝歌，灭了商朝。事实是姓姬的周民族在领导羌族以及其他七族（金庸称七族是"西南的汉人"），哪来什么"羌汉联盟"？那时哪有什么"汉人"？汉人这个称呼，受孕于项羽封刘邦为汉王，胚胎于刘邦以汉中为根据地，创建汉朝，直到北朝方才诞生面世。北朝民歌："遥看孟津河，杨柳郁婆娑。我是虏家儿，不解汉儿歌。"汉儿即汉人。周武王伐纣时，周民族为多数民族，羌族以及其他七族都是少数民族，那时汉族不但尚未诞生，连受孕也不曾。到西汉武帝时，这八族被称为西南夷，仍有待于汉化。

三、金庸还说他"正在研究羌族的灭亡"。我很吃惊。羌族还在，茂汶羌族自治县（旧县名）也还在，俱无灭亡预兆，他是要去研究怎样使之灭亡吗？

据记者报道说，金庸正在编著一套中国通史。我想用拙文《小挑金庸》内的老话劝他，请勿"在他擅长的武侠小说领地外，乱出笨招，争当箭靶"。

金庸先生二〇〇三年十一月二十三日上午，带着三个研究生，光临浙江嘉兴金庸图书馆，题写了匾牌"嘉兴学院金庸研究所"。学院拟好一副门联，敬请书字。金庸弃而不用，自撰一联书之。事见嘉兴《秀州书局简讯》一六九期。联云：

嘉德育英九十载，兴学培才二万人。

平仄仄平仄仄仄，平仄平平仄仄平。七字联内竟有五字平仄对不齐。退一步，一三五不论吧，仍有三字关键处对不齐。词义方面，"培才"就是"育英"，意思雷同，正如"开饭"之与"用餐"，岂能成对？硬把复词结构"培育英才"掰成两块作对，腹笥也太贫俭了吧？

对联挂在门口，鼓舞莘莘学子，自宜面向未来，拓开意境，阐明道理。金庸却写成了总结报告：九十年内毕业学生二万。既无可供涵泳的意境，亦无能给咀嚼的道理，太浅白，太枯燥，一副拙联。嘉兴我去过，知晓那里原是人文荟萃之乡，历史文化根深源远，慧心亮眼之人甚多，能诗擅文之客不少。如此言尽意穷刻板寡趣之联，挂在堂堂学府门口，不怕招来嗤笑？何况院方拟有对联，金庸来者是客，也该尊重主人，恭谨书字才是。再说，从命书写，正好藏拙，顺着梯子下楼，哪点不好。他偏要去逞能，在他擅长的武侠小说领地外，乱出笨招，争当箭靶。就假设他藏了拙联，仍然藏不住拙字。他的墨宝鄙人也拜读过，实在不敢恭维。

旧社会的官僚都能写几笔字，然敢于书联写匾者不多。多的是请书法家代笔，尚知有所敬畏，不像今之官人和名人那样，胆大逞能，总想张扬自我（之丑）。

　　以上小小挑剔，本可不写。考虑到报刊上捧官人和名人的歪风太强了，小挑一下，或可平衡版面，似亦有必要吧。

陈垣斥「远东」

　　吾蜀有安仁镇，以刘文彩庄园闻名。一九五一年春，我二十岁，做党报的见习记者，跟随《吕梁英雄传》作者之一的西戎，采访此镇。一日街上遇见轿车多辆，载乘京中民主人士数十，来此观察土地改革运动。贵宾云集茶馆，谈笑甚欢。领队的秘书长杨绍萱，京剧《北京四十天》的作者，西戎认出来，上前去招呼。杨绍萱引西戎和我到茶桌边拜见一位蓄须老翁，圆眼带笑，知是史学大师陈垣。那时有学问的甚多而大师甚少，不像今日，有学问的极少而大师极多。涂几张丑画，写几笔怪字，著几本黄书，导几部坏戏，甚至变脸，都叫大师了。

　　史学大师陈垣在茶座上说过啥话，记不得了。只是今日读到一篇短文，唤醒旧时记忆。那短文说，中华人民共和国成立以后，有人呈上所著书稿，书名有"远东"二字，当面请教。陈垣注视稿本，沉默良久，忽然问道："你是哪国人？"其人语塞，面赤而退。

　　"远东"一词，从前常见报章杂志，习以为常。二十世纪之初，在上海开远东运动会。二战结束后，同盟国要审判日本战犯，在东京成立远东国际法庭。远东者，东亚也。日本、韩国、朝鲜、中国、蒙古都在东亚。对中国而言，东亚不存在远近的问题。所谓远东一词，牵涉坐标原点。如果坐标原点设在欧洲，也就是说，站在欧洲，从那里向东望，东亚最远，所以欧洲人把东亚叫作远东（Far East）；中亚次之，所以叫作中东（Mid East）；西亚最近，所以叫作近东（Near East）。远东不过是地理概念，不同于"殖民地"和"附属国"之为辱称。中国人立足中原向外望，也有自己的坐标原点，也据此以命名。例如越南，意指百越（广西）之南。又如新疆以及新疆以西，汉称西域。再向西去，更远更远，远到欧洲，明清以来，叫作泰西。泰即太。太西了，到头了。泰西正好对应远东。国内地名同样牵涉坐标原点。例如广东之名出自广南东路，广西之名出自广南西路。广乃湖广（湖北湖南）简称，可知广东广西之坐标原点在湖北湖南。又如陕西者，陕州之西也；云南者，云岭之南也。

然而"远东"之称，从前往往出自老牌帝国主义之口，色泽毕竟不良，终非纯粹地理概念，见斥于史学家，我认为斥得好。但是，那部书稿的作者亦沿习误用罢了。陈垣冷斥，稍嫌严厉，不过是要他一次性牢记，亦与人为善也。这类所谓政治错误，如果落到东方学大师萨义德手里，便难免被打入帝国主义新殖民主义的"欧洲文化中心论"，予以痛歼了。上纲上线这套整人玩意儿，我们搞了多年，早已厌弃。怎奈欧美学府没玩过这一套，所以喜闻乐见萨氏之说，把他捧红。陈垣谦谦儒者，谨遵夫子正名之教，正是吾国读书人的优良传统，应该代代传承，而有别于萨氏之洋上纲洋上线，不可不察。

致马悦然先生

悦然先生：

"万事云烟易过"，而今蒲柳先衰。老来忆旧，想起一九八六年沪上金山之会，先生以及海外汉学诸家之言谈风貌，犹历历在目，宛如昨日。伤岁月之难回，叹盛筵之不再，令人唏嘘，迟回久之。当时会上，国内诸公发言多有涉及诺贝尔文学奖者，其间怨怼之辞，甚嚣尘上，而箭矢猬集于先生。观其俨然"发动群众进行斗争"之势，予甚羞之。拿不到奖就骂，哪讲半点中华礼仪，还是什么作家。比嗟来之食更下作，那是闹来之奖，有何脸面。幸好没有闹成功，免得羞死人。矢集之下，先生上台发言，轻言细语，一一解释。我见先生低头说理之时，满脸赧红。非于理有亏也，实为闹奖者感到羞耻也。洵谦谦之儒者，"骤然临之而不惊，无故加之而不怒"，吾于斯会识先生之涵养矣。

会上，我亦有论文《诗三柱》之上台宣读。论文虽无创见，念完幸蒙台岛及海外诸公鸣掌鼓励，盖嘉赏鄙人之半文言文也。文言文在大陆式微久矣，不图于斯会上听到了一点点。庄子所谓"闻人足音跫然而喜",诚有之也。

会毕返回上海市区,联欢于锦江饭店十四楼,群贤俱至,气氛甚好(闻不到硝烟了)。此时方有幸与先生晤谈兼识宁祖姊(她长我数月)。尤其可喜者我与宁祖可以算作同学不同校,她读省女中,我读省男中,同一班级,实在难得。当时同她话及华西坝与东马棚街,如温青春旧梦,笑语谵然。今已幽明隔路,思之伤感。愿她天堂快活,阿弥陀佛。沪上金山之会,于今十八年矣,思之若梦焉。

半个月前,友人唐君从台北为我带来先生大著《另一种乡愁》一册。春节空闲,烤火拜读,兴味盎然。每读到会心处,便说与内子吴茂华听。内子固不论了,便是鄙人,与先生虽有两次晤谈,其实亦并不了解先生。必待读了这部大著,方才熟悉先生之性情与学识,不但敬佩,而且爱慕。先生读《左传》之深入,研《切韵》之细致,译《水浒》之用功(发现林冲前面不识字,后面又会题诗之矛盾),析"大同"之独见,皆俱学术水准,不愧为当代之汉学大家。至于成都方言之研究,乐山方音仄声和入声之把握,在海外已堪称绝学,尤其难得。四川各地,唯乐山地区口语存在入声,其故伊何?鄙人以为应当感谢明末犍为人杨展。是他带兵守土,使剿灭川人之张献忠杀不进乐山地区。在先生熟稔的那一小块土地上,保留着真正的四川人,而入声亦赖此保留至今。纵观先生之学问,确如我国台岛诗人商禽所说:"马博士不仅是汉学家,又是语言学家、方言学家、历史语音学家,后来又专研四川方言与古代语法,学问渊博,按我们四川话说:他的学问太大很了。"商禽身居台岛,根在四川珙县巡场,多次回来,在成都晤过面,摆过有趣的龙门阵"你等会儿（李登辉）"，令我捧腹。所言"太大很了"一句，乡情蕴之焉，谐趣藏之焉，只有川人懂得，以及川妹子之夫婿先生懂得。先生还知悉四川话"的"读"哩"，这个读音非常要紧。听一个人会不会说川话，首先就要听这个音。"的"为何读成"哩"？曰，急读之为 dī，缓读之为 dīlī，分离读之遂为lī矣。此说出自先生的老师高本汉，他说汉语有复辅音。"哩"正是"的"之复辅音啊。鄙人习《说文解字》已多年，屡试此法不爽。例如洛字从水各声，各而读洛者，洛乃各之复辅音也。瞧我班门弄斧，先生宜哂之也。

《另一种乡愁》书中最见先生性情者，我认为是写峨眉山的那四篇。峨眉山径之上之下、一丘一壑、一云一水，俱入先生胸襟。八个月的见见闻闻竟成了先生的终生记忆，足见先生是个恬淡人物，同大自然有缘，本质不俗。现今俗物多如过江之鲫，看花则铺茵席而大嚼，游山则住宾馆而打牌，使吾将为花仙一哭，为山神一吼。在那四篇中，小和尚之活泼可爱，果玲法师之儒雅可亲，而又排异自守，与乎能海法师（在五台山）之拍案示寂，形象个个四棱四现，栩栩如生。先生莫不是从《世说新语》中有所借鉴耶？四篇之外，还有在《另一种道德》中亮相的厨子，一字不识的活庄子，他那样照顾逾墙的小偷，一副无是无非无荣无辱、等荣辱齐是非的淡漠之态，令人失笑，想气也气不起来。其间有大幽默存焉，有大智慧在焉。

通观书中，知先生之为人十分温和，平生绝无壮烈之举，所以行文平实，无鼓动之腔，无藻饰之辞，却又别有气韵，娓娓道来，泠泠可听，使人悦然久之。而最能感动我这条读书虫的乃是解放军已入川，成都已被包围，蒋介石两天前已从成都逃到西昌，川军三巨头已跑到彭县，正在宣布起义的一九四九年十二月十日那天，你猜围城中的那位"马洋人儿"在干啥？《岁末日记》写得明白："我正在读汉代的古诗和乐府。"

在这篇《岁末日记》里，我还读到国画家吴一峰一九四九年十二月圣诞平安夜在成都华西坝马悦然寓所共进晚餐，留宿夜话的记载。悦然先生，你可能不知悉八年之后他同我一样也当了右派，和我一起拉车运煤运米，和我一起每日清扫女厕所，后来又一起入深山背铁矿，夜间锯柴作打油诗。这和气的吴大哥先吟两句云："风卷油灯夜色哀，难禁睡意频频来。"我接续两句云："刀光斧影锯声里，大柴纷纷变小柴。"二十世纪九十年代他得寿终，到仙家白玉楼作画去了。

《另一种乡愁》书中，据我管窥，也有一些技术性的错误。敢竭鄙诚一一说之，供先生采择焉。

※P30.五岳之一的南岳衡山在湖南省，不在河南省。在河南省的是中岳嵩山。著《峨山图说》的覃鐘岳，鐘疑作锺，方有锺爱之义。

※P61.不能说"点火盆"，应该说"烧火盆"。

※P75.荀子的《成相篇》，你引注释说相是送杵声，而杵是舂器，都不错。不过舂器在这里乃是建房筑地四人共举之杵。旧时筑地有专人吼号子，就眼前所见随口编唱词的句子，例如专人吼唱"修起那个儿子住哟嗬"，四人同时投下重杵，吼唱一声"嗨"。接着专人又吼唱一句，四人又一声"嗨"。如此随口编唱，觇缕不绝，以舒缓苦劳焉。成相之相字即今之夯字。相 xiāng 夯 hāng 音可转。打夯有别于抬重物。抬重物如木石一类的，"前者呼邪（嗨）"而"后者呼许（嗬）"，一般没有唱词。也有就眼前路况吼号子的，例如前路有水潦淳

濫，前者呼"天上亮晃晃"，后者应"地上水凼凼"。又例如前路上有一堆牛粪，前者呼"前面一朵花"，后者应"莫要踩倒它"。又例如前路要倒拐，前者呼"轱辘钱"，后者应"慢慢弯（这儿要读川音 yuán）"。总之，抬木石重物的不吼唱筑地打夯的号子。先生用前后邪许（嗨嗬）呼应来解说荀子的《成相篇》，鄙人以为不妥。

　　※P90.台湾人说国语，问"你有没有读过这本书"，答"有"，先生听不惯，我也听不惯。鄙人猜想这种说法源自英语之 have 加过去分词以表达完成时态。这也许是恶质西化之一例吧？

　　※P116."石屋中学"应该作石室中学，先生记误。

　　※P118."我的岳母她当上了巴县女中的第一个校长，一共当了十五年。"校长应该说"第一任"或说"首任"，不能用"第一个"。汉语习惯了"第一任"的用法，我们只得遵守，用四川话说莫得办法得。

　　※P123."煮开水"应该说"烧开水"。一锅清水之中，必须有物投入（米、肉、菜均可），方能谓之曰煮。若投入的是鸡、鸭、鹅，就叫炖了。事涉厨艺，中国人的动词丰富得很，可冠全球。一笑。

　　※P196."鸦片苏"应该作"鸦片烟"。苏仅用于水苏旱苏叶苏。苏字的本义指叶子的枯萎，而鸦片乃熬罂粟果汁而成，与苏无涉，故不能用苏字。

　　※P199."一九五〇年七月初我接到成都市军事当局的通知：我两个星期之内必得出境。"所谓军事当局应作军事管制委员会（简称军管会）。

　　※P201."他在军队里打扑克牌赢得一大批钱。"应该说"一大笔钱"。语言习惯说钱用笔而不用批，又莫得办法得。

　　以上共十一条意见，如海鱼之一鳞，固无伤于《另

《一种乡愁》全书之瑰丽也。鄙人才疏学浅，那些管窥之见不过愚者一得而已。能与先生商量学问，真是荣幸之至。

我自二十世纪九十年代以来，不再写新诗了。而回头研读古代文史方面，也谈不上做学问，不过自娱罢了。随信奉上拙著《庄子（现代版）》《流沙河短文》《书鱼知小》各一册，以及内子吴茂华之《明窗亮话》一册，供先生闲览。用四川话说，看倒耍，混眼睛。敬颂笔健。尚祈赐教。二〇〇四年二月一日，成都大慈寺路，拜手恭书。

拜见敬容先生

　　二十世纪七十年代之末，长夜终于破晓，中国又有了诗。此生有幸，大难不死，在《诗刊》友人的召唤下，试着又写白话新诗，托人带去发表。眼见贱名又排成铅字印行了，"乍见翻疑梦"，有再生之感。到一九八一年春，拙作《故国六咏》又和三十四位诗人之作同获全国优秀奖，赴京与会。颁奖会后，闻说四十年代女诗人陈敬容先生居住在长椿街。此去不远，便说很想去拜见她。两三天后，五月二十九日诗歌组最后一次讨论会上，遇翻译家江枫。他说："陈敬容先生说你要去看她，她很高兴。"当天下午我便逃会，独自一人溜出京西宾馆，乘地铁到长椿街站，出来不远便是我要找的第十六幢一〇一号（底楼一号）。住址是江枫写在纸上的，我怕找错人，再三摸出来细看。敲门，门开。老大姐陈敬容先生正在厨房拨火，头顶着遮灰帕，腰系围裙，搓双手微笑着欢迎我。我说："我是来看我们四川老乡的。"心中的欢喜口头上说不出来，只是鞠躬致敬。进门是炉灶锅碗瓢盆，厨房逼仄。又进是寝间，有大床一铺，给两个女儿挤着睡，旁有小床。再进是书室，四围皆书堆，唯室中一隙地安置书桌。老大姐书桌前坐下来，面向窗外，能看见车辆街中跑，行人街边走。窗外就是闹市，喧嚣可知。我在书桌旁矮凳上坐下来，想起四十年代当中学生时就读过她的诗，而她现在正坐在我面前，历经风霜，苍颜华发，每日还伏在这张书桌上操劳译事，不得稍有闲暇，我就暗自难受。眼前居无馀隙，厨无鼎馔，不就是《增广贤文》说的"贫居闹市无人问"吗？老大姐是四川乐山人，"离别家乡岁月多"。好在去年《星星》诗刊到乐山大佛上面的乌尤寺就日峰开过诗会，我便拣些山明水秀的话告诉她，或可解数十年的乡愁吧。

龙门阵摆到深处，自然就说到蜀中的三年大饥和十年"文革"来。当然又说到当时的改革开放夜尽晨来，不觉湿睫，以至泪下。那是喜悦之泪，一边流一边笑。那天的拜见，四点半到六点整，仅一个半钟头。这是仅有的一次拜见。后来忙于工作，虽多次去北京，亦未再去看过敬容先生，就慢慢淡忘了。此事一晃过去二十七个年头，先生墓木已拱，后生的我也白头了，伤哉。

前不久，四川乐山师范学院陈俐教授来成都，以其精心编纂的敬容先生诗集示我，嘱我作序。自忖于先生之诗作素无研究，无能承担，当即敬谢。殊不料陈俐说："敬容先生当时还为你写过一首诗！"说着便从书稿中翻检出《乡音》一首，递到我眼前来。我扫读一遍后，居然真是为我写的。四川话说："弄来方起了。"不敢再推辞，只好答允写。人老了，记性差，查尘封的日记。原来拜见敬容先生那天是一九八一年五月二十九日下午，而《乡音》这首诗的落款竟然也是那天。推想起来，我告辞出门后，老大姐便下厨房去炊煮晚饭，一边围着炉灶转，一边打腹稿，当晚就写成了。瞬间即永恒，她活在我的记忆里。

敬容先生的诗，虽然少时读过，却谈不上热爱。动荡不安的四十年代，一个幼稚的中学生，我热爱着迷的是那时的七月派诸诗家，不是后来被称为九叶派（敬容先生在内）的诸诗家。必须文化程度提高，人生阅历渐多，处世态度沉稳之后，方能欣赏感情收敛、语言精致、意蕴冷凝如敬容先生之作以及九叶派的诗风。春兰秋菊，各芬芳于人生的不同季节，而皆属香草。我认为宜作如是观。

敬容先生在诗坛为我四川第一个女诗人。人虽去而馀音不绝，与嘉州山水同在。有此一编，实为必要。读者会感谢陈俐教授的。

二〇〇八年三月三十日于成都

车先生外传

车辐先生长篇小说《锦城旧事》即将付印，嘱我作序。我极乐意，与有荣焉。序无定法，我在这里愿向读者介绍很有趣的车辐先生。

先生年轻时乃是成都名记者，又任中华全国文艺界抗敌协会成都分会理事。我读小学，在报章上看见先生大名。读初中时想长大当新闻记者，也是由于看了先生写的《黑钱大盗李健》一文。后来成年，有幸与先生共事于四川省文联《四川群众》编辑部。时值二十世纪五十年代初期，先生已入中年，穿一身褪色的灰制服，骑一辆脱漆的莱里车，用一支老式的派克笔，抽一包廉价的大前门，小心谨慎，沉默寡言。编辑部里尽是一些不知天高地厚的小青年，"思想觉悟"高得吓人，都把先生当作"旧社会"看待，时时警惕着他。他若不谨慎不寡言，便要挨批评做检讨。我头脑虽亦"左"，但好学，知他腹笥充盈，见闻广博，所以常去坐守他的桌前请教，听些文化掌故以及旧社会龙门阵。先生平时假小心装沉默，遇上我这样虔诚的听众，很快就现真相显本色，高谈阔论，毫无避忌。此时才晓得先生原来是胸无城府、绝不设防的人。四十多年后，我给他定性为"不可救药的老天真"，可见其为人之一贯如此，亦可推想他在旧社会时早已如此。

在编辑部，先生的办公桌左端靠窗，桌旁壁上挂一只晴雨计。他每日骑车上下班，关心天气变化。桌上大玻璃板，压有一九三六年谒鲁迅墓的照片和他手书的迅翁七绝一首："大江日夜向东流，聚义群雄又远游。六代绮罗成旧梦，石头城上月如钩。"还压有老画报剪下的电影明星蓝苹的剧照。左壁上有一幅成都市大地图，谁都不去查看，唯有先生每星期一上早班时总要用笔在地图上画些符号。他说："昨天去看东郊建设，这里新修了一条路，我来添上。"每逢星期一，他都要添画一些符号，表示工厂、桥梁、道路、医院、仓库，等等。他哪知"阴暗的眼睛到处看见敌人"，竟将东郊一片画满各种符号，而竟浑浑噩噩不知祸之将至。有两个星期日，还带我去东郊看建设，一一指点，满怀豪情称颂不已。那时东郊沙河电影院尚未修，正在挖基坑打基础，我和他就坐在离基址不远处喝茶畅谈。谈完建设，他凝眸附近一座农家院，土墙竹林围绕，状甚一般，忽指点说："日本飞机轰炸成都，我到这座院子躲过警报。"十四年抗战的艰难岁月又从记忆里浮现出来。

在旧社会吃新闻饭，先生敬业十分，成名绝非浪得。衣袋内揣一个小本本，遇到一鳞半爪，立刻记下，以备采访之用。为人又好事，喜交游，管他三教九流，一混就熟。所以出去采访，每每旗开得胜，短消息，长特写，莫不精彩可读。脚板又翻得勤，车子又蹬得快，总是抢在同行之前，先拿到手。人勤快，饿得快，凡吃请，他都来。官方开新闻招待会，他也去坐头排，意在

桌上摆的蛋糕点心罢了。成都餐宴行业几位巨擘有一个
转转会，轮流请吃，他也每次跑去赶斋，大饱口腹，吃
过许多稀奇古怪的极品佳肴。如今老了，轮椅岁月无
聊，便一一写出来，还印成书，叫拙荆给他作跋。这类
文章只要几篇，已足逗得读者食指大动，还给他招来了
美食家的头衔，真是合算。我曾问他："既是吃转转会，
你就光吃不请？"他不好意思，说："我也请他们来吃过
牛肉碎臊（"臊"，川音读 shào）烩凉粉。"此品花钱最
少。巨擘们谅解他，新闻记者穷嘛。他到处吃请。未请
他，也去吃。重庆杨钟岫年轻时去拜见他，时届中午，
他问："还没吃吧？"杨答未吃。他便带着杨去撷英餐
厅，赴某家的婚宴。食毕出来，杨问主人是谁。他说：
"不认识，白吃的。"杨大惊，不敢再开这样大的玩笑。
他却泰然一笑，真是名士风流大不拘啊。

　　说到这转转会，又与扬琴有关系了。转转会的几位
东家，其一姓蓝，是包席馆子荣乐园的老板，同车辐先
生一样，都是打唱扬琴的票友，所以拉他去吃。其余各
个东家也都知悉这位记者，乐意邀他赶宴白吃。他们吃
毕，就要打唱扬琴玩了。车辐先生曾随扬琴大师李德才
游，能打会唱。又靠一些古典诗词垫底，唱起来就有更
深沉更细致的理解和感受，往往比肩专业人士。此种专
业多系盲人，一如古之师旷，因目盲而耳灵，辨音识声
优于睁眼仔。这些盲音乐家尽是贫民，地位低下。车辐
先生敬爱他们，常与之游。此种异行不被世俗认同，称
他为车老疯。疯，这里音 fěng，川语，指那些行为有异
于常人者。你，一个文化人，大记者，有身份，跑来交
游一伙穷瞎子，故称之曰疯。所以，疯在这里仅指性
情，非指精神疾患。从前先生年轻，每见这些盲音乐家
横过街道，便去搀扶。他们握一握他的手，便知晓这来

者是谁了，问一句："又是老疯吗？"不但扬琴艺人，那时各种民间曲艺人士，先生都去交游，结下友谊。十几年后，我和他拉车子街上走，背心短裤，满脸汗尘，仍有那么多曲艺界乃至川剧界的老朋友向他鞠躬问好，叫一声车老师。回想起来，他不是不拿架子，而是浑然忘却所谓身份高低，出乎真情，友爱他人。他曾引川戏唱词"好言一句三冬暖，恶语伤人六月寒"以教我。当时我二人正在服苦役，印象特深，至今尚不敢忘。

说到交友，先生还有一群文化朋友，都是抗日战争时期来成都的，计有作家、报人、画家、演员各类，其数上百，后来多半成名，举国皆知。数十年后，他们到了成都，必来看他，音樽话旧，使人感动。回头瞧瞧从前那些踯躅过他的人，如今一个个的门可罗雀，便知天理昭昭，善有善报。

我和先生不是朋友关系。二十世纪五十年代我出第一部诗集时，送他那本上面写的就是"车辐吾师指教"。尚忆昔年共事，梅里美的《卡尔曼》和《高龙巴》、哈谢克的《好兵帅克》，都是他叫我读的。我戴上帽子后，承蒙先生不弃，乐意助我拉车，绝无恶语半句。派来助我拉车的人多矣，唯先生最卖力。较之某位学者，绳子从未拉伸，还要做脸做色，而为人之孰优孰劣，犁然自见。帽子戴二十年摘了后，又是先生骑车远道前来故乡看我，回去又写采访发表近二十年，拙作被他青睐，又说些好言语鼓励我，始终不认我做学生。相反，颠三倒四呼拙荆为师母。此老身上原有帅克的诙谐与狡黠，晃眼一看，容易被误认为半瓜精。其实不是。

先生的趣闻，确实也不少。二十世纪五十年代初期，他家中子女多。他说他太太是航空母舰，上面停了八架飞机，却不说飞机是谁制造的。工资不够应付家庭开支，他就翻出郭沫若给他的三封信，卖给公家，获二百元（相当于今日的四千元），自称"出卖郭老"。一九五五年反胡风运动来势极凶猛，他吓慌了，赶快交出抗日战争时期胡风来信两封。事后又遗憾没有卖到钱，多次说起。也就是这一年，大祸突降，被捕入狱。起初怕枪毙，吓得睡不着。三天后打听到同狱的"反革命"多达数百人，皆属省级机关干部，他就吃了定心汤圆，放胆做体操，能吃能睡了。送回省文联，红光满面，还长胖了。补领十一个月工资，大喜过望，买酒痛饮，而且赋诗。记得其中两句，一是"灵魂已压扁"，一是"一身肥卆卆"。想当初逮他，编辑部领导人指着壁上地图，拍桌大叫："看这罪证！"送回来后，他才弄明白，自己被误认为"特务"了。从此再不提说东郊看建设，姑且偷着乐吧。一九五七年上头叫"鸣放"，他就设防，一声嗽也不咳。经此一吓，不敢再有趣闻，天天"夹住尾巴"。八十岁后，老还小，趣闻又回来。兹举四例，以博一粲。一是红袍礼帽，扮新郎官过瘾。二是接受陈若曦啵他左脸，假作亲爱。三是当着黄苗子的面，赖倒在郁风怀里，放嗲装小。四是为女艺人哭灵，大放悲号。以上"失格"之举，全有多人旁证，而且照相留影。

　　说到那位新故的女艺人，我得补充一点，逝世前多年已是老妪了。退回去六十年，她在成都唱红，拥有上自大学校长、下至贩夫走卒一大群追星族。车辐先生那时二十几岁，青年记者，非常同情她，帮她不少忙，还陪伴她登台共演，又在报上为她鼓吹。这部长篇小说《锦城旧事》就以她为主角，先从她母亲嫩豆花写起，旁涉旧社会的各种人物，而作者本人也以欧长歌的名字活跃在书中，煞是好看。论到小说章法，此书就谈不上。什么先锋荒诞种种新潮，更免谈了。但有一点，读者须知，此书太真实了，真实得近乎土。优点缺点，都在这点。若有高手拿去改编成电视剧，可能打响。

纵观车辐一生，写、吃、玩、唱，四字可以概括完毕。倒起说吧。唱，除了扬琴，他还会唱川戏，快活时放几腔，还听得。玩，一是游山玩水，二是跳交际舞，三是高台跳水，皆能超乎常人，玩得心跳。近年老迈，跳舞跳水不可能了，唯山水之游玩，念念不忘，坐在轮椅上还想出夔门，看上海，耍南京，约我明年同去。吃，到老还馋。其言曰："除了钉子，都能嚼碎。"夫妻肺片双份吃光，轮椅推上街，还要买两个蛋卷冰激凌，边行边吃。一夜拙荆去他家，回来说："看电视睡着了，手上还拿着半边桃酥，醒来再吃。"我观其人，应是天上星宿下凡，游戏人间，还要饱享太太贤惠儿女孝顺之福，令人羡慕。最后是写，写了一生，轮椅上还天天写信。拿太太的话说："我就是不会写。除写以外，哪样都比他强，还绷啥名人嘛？"

惭忆萧也牧

一九五五年秋，中国青年出版社李庚与萧也牧来四川省文联组稿，叫我把已发表的一些短篇小说收编成集，给他们出版。我那年二十四岁，幼稚无知且狂妄，但因在批俞平伯和批胡风两次运动中表现积极，被上面视为"新生力量"，当作培养对象，所以能得春气之先，有机会出第一本书了。快活自不用说。所谓云程发轫，这就是了。剪贴本整理好，编个目录，合成一册，很快寄往北京，等着出书。

来组稿的两位，李庚沉静少言，萧也牧热情多话，都是老大哥，该做我的老师，却来为我奔忙，真是颠倒裳衣。萧也牧原是小说家，因其短篇《我们夫妇之间》被粗暴批判，已经沉寂数年，埋头改造自身的"小资产阶级思想"，不敢再写小说，改做编辑。两位老大哥召见我，是在四川省文联会议室。室内左右两壁挂高尔基像和鲁迅像。花玻璃门外是老宅的小院，古树浓荫，时闻鸟啼。院角落里有我的居室，那些短篇小说就是在这里写的。

　　翌年夏天，我在北京城鼓楼东大街 103 号中国作家协会文学讲习所求学。一日忽见萧也牧来课堂旁听，便急忙跑去招呼他，怀着感恩报德之情，大叫一声"萧也牧同志"。他赶快声明："我是吴小武。"很热情的，双手握我，满面笑容。我暗自惊慌，心想糟了，认错人了。赧颜之后，不好解释，也就假装相识，含糊咿唔两声，退回自己座位去。此后多日，还遇见吴小武，我都设防回避，假装没有看见。可是他啊，快步过来，热情招呼，使我尴尬不已。次数既多，吴小武察觉了我的有意回避，也就不好再招呼我。难忘他那疑问的目光，使我内心不安。愿这个吴小武早日明白，他根本不认识我，那就好了。

　　此后几度沧桑，历经磨难。直到三十几年之后，读到纪念萧也牧的文章，我才明白萧也牧是笔名，本名是吴小武。罪过罪过，原来并非认错了人，难怪他那目光里的疑问。他会认为我是一个忘恩的小人吗？奈何他已去世，我没法向他当面解释了。回想当初他声明"我是吴小武"，显然是因为怕人提起被《文艺报》批判的往事。那时真能把一个人批臭，今则越批越香，致有挖空心思争取挨批之小人若某某者。今昔时势不同，由斯可见。

　　萧也牧来组稿的短篇小说集《窗》，不到一年就出版了。得钱五百多元，那是在一九五六年，能买米万斤了，不菲！集内有一篇《辣椒与蜜糖》，翌年被共青团中央推荐到莫斯科世界青年联欢节获得文学奖。消息见报时不争气的我刚刚当了右派，其事遂寝。